The

Survived Alchemist

with a dream of quiet town life.

06 book six

written by Usata Nonohara
illustration by ox

Kadokawa Fantastic Novels

嗷嗚——
喀沙
唰啦唰啦唰啦

呼啊…
好無聊，難怪大家都叫我別來。
去！去！
嘎
※喀沙沙！

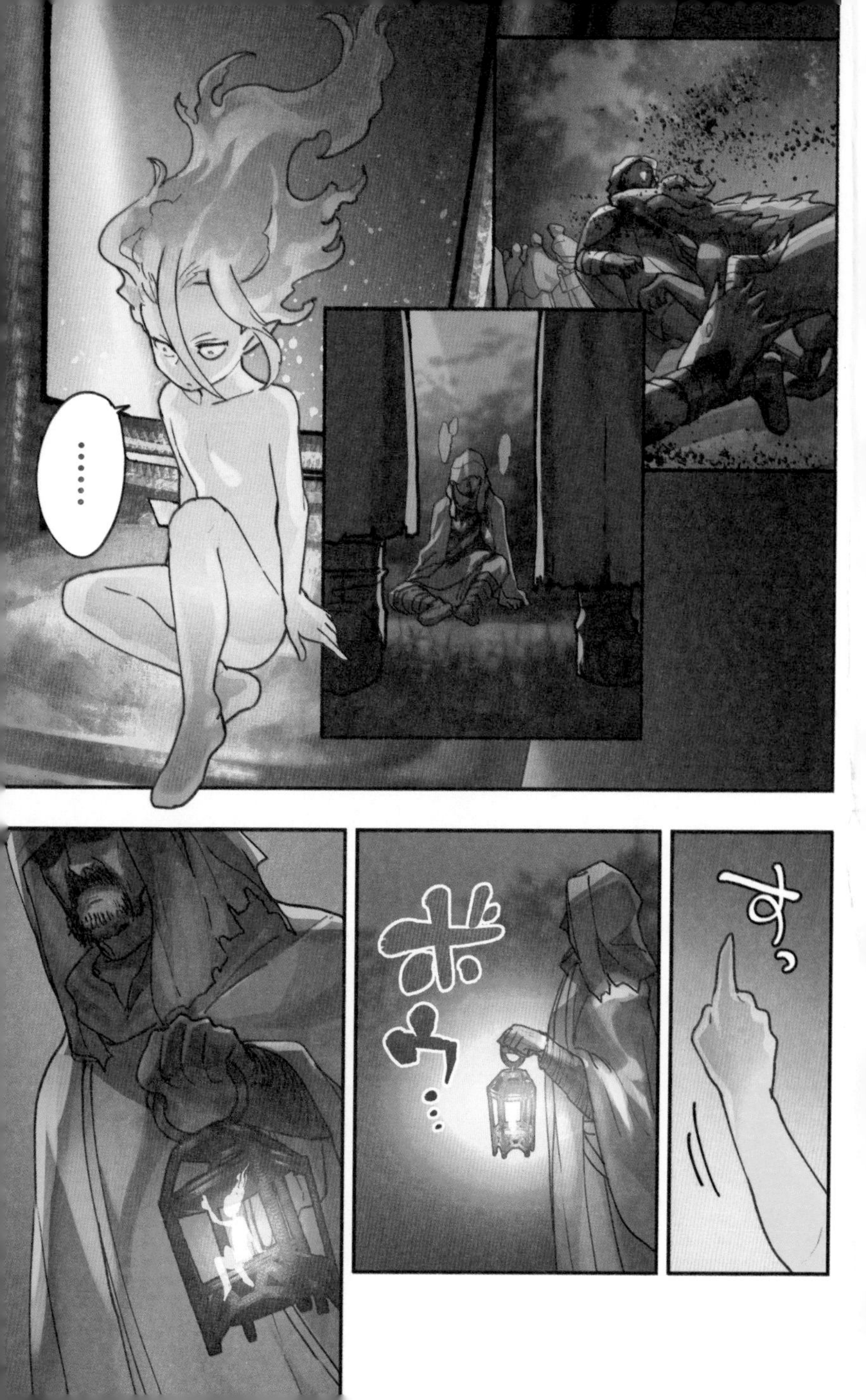

……
すっ
ボゥ…

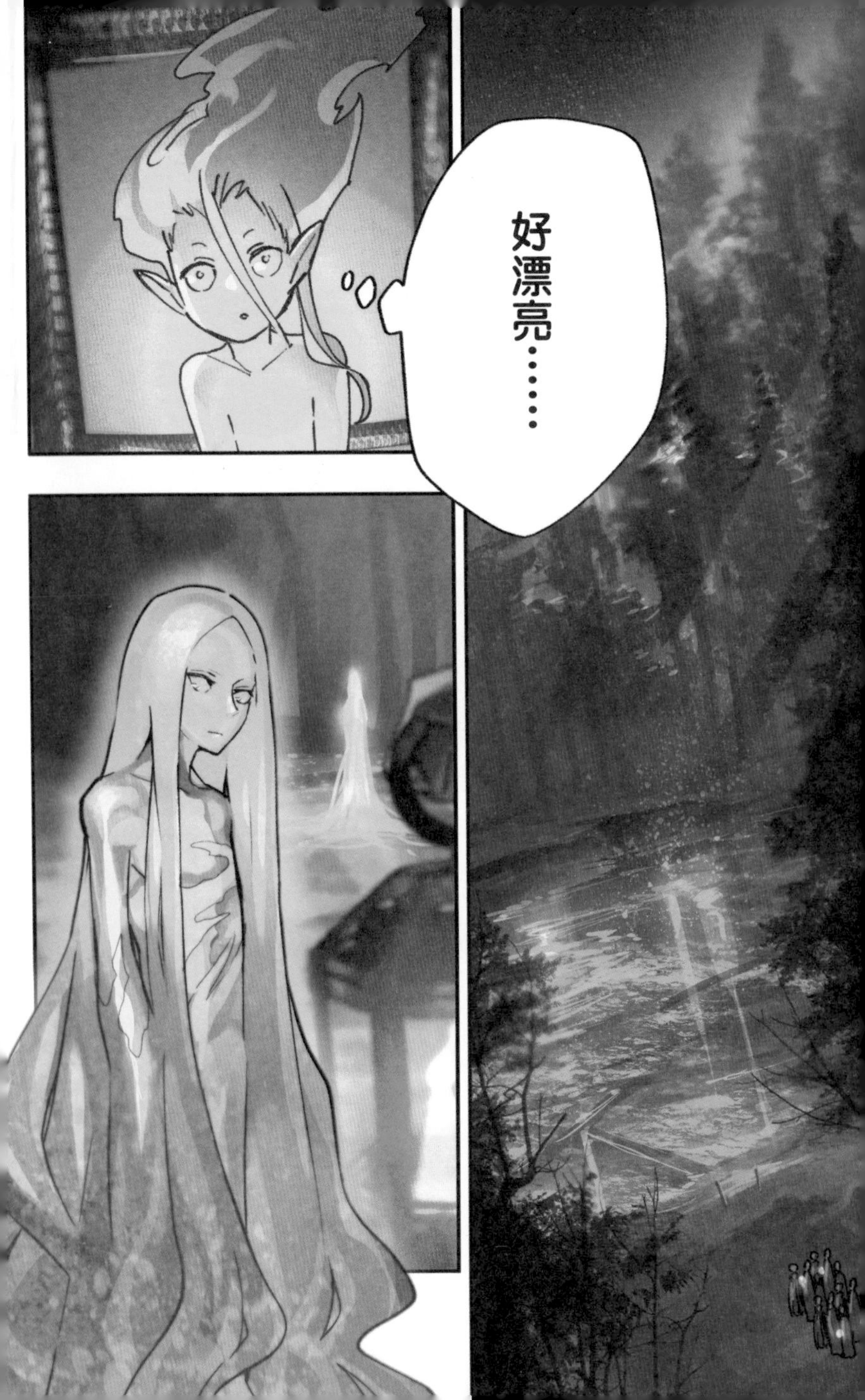
好漂亮……

コト

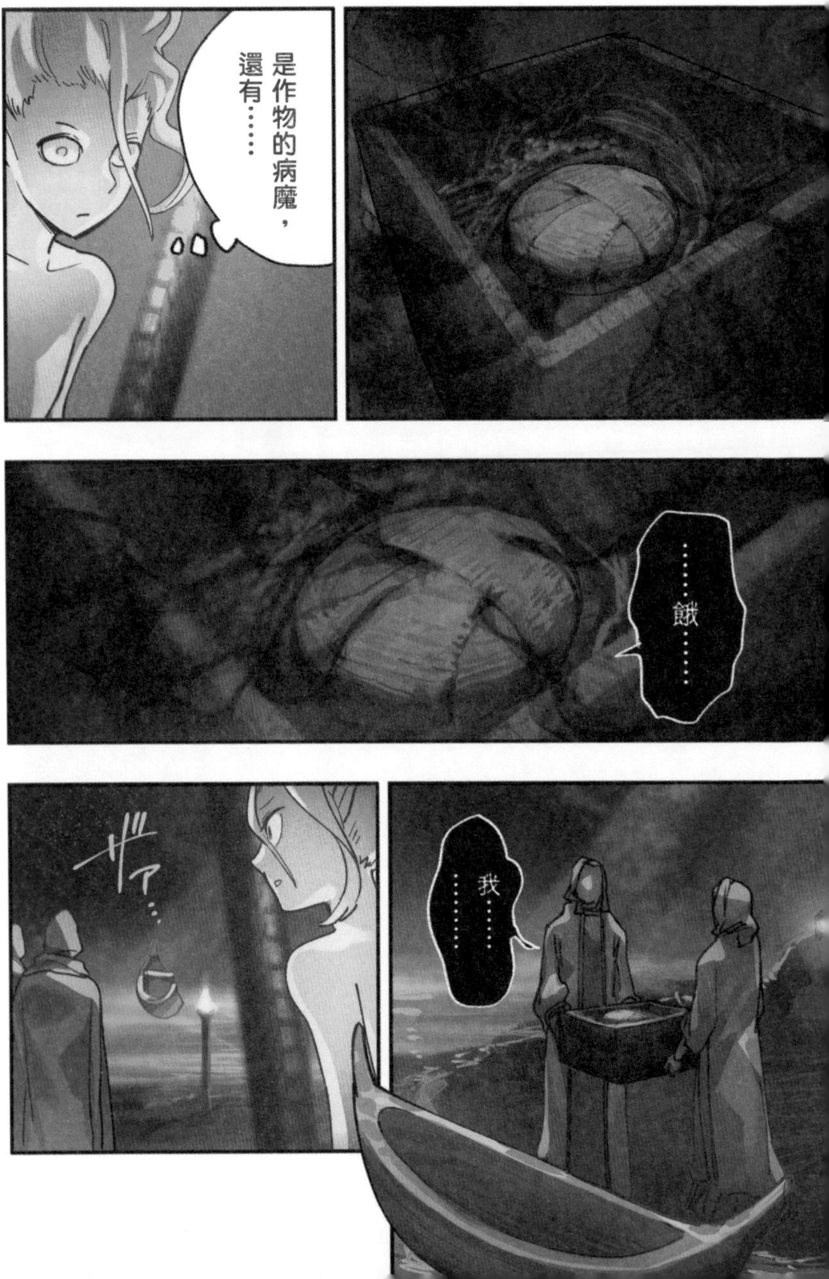
是作物的病魔，還有……
……餓……
ザア…
……我……

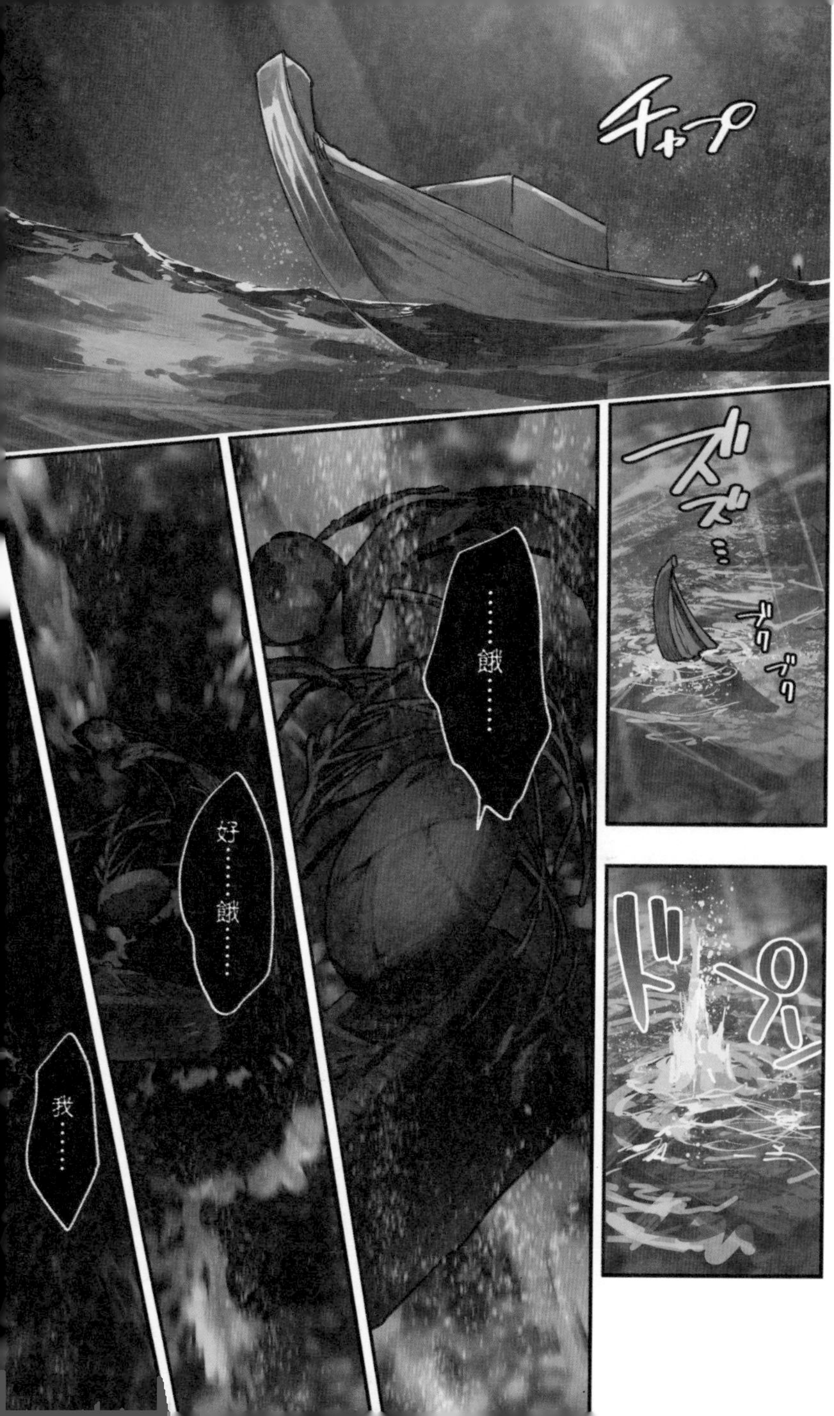
チャプ
ズズ…
ブクブク
ドプン
……餓……
好……餓……
我……

我等村莊之災厄已祓除。
作物得淨。
苦難遠離。
ザッ
……
ザッ
欸……
祢沒事吧？
ニコッ

倖存
鍊金術師的
城市慢活記

The survived alchemist
with a dream of quiet town life.

[作者]のの原兎太
[插畫]ox

written by Usata Nonohara
illustration by ox

06

book six

Kadokawa Fantastic Novels

The survived alchemist
with a dream of quiet town life.

06 Contents

The

Survived

Alchemist

with a dream

of quiet town life.

06

book six

序章

魔森林的深淵

Prologue

01

「師父，我好怕。魔物會跑來的。」
「別擔心，瑪莉艾拉。覆蓋在這棟屋子上的多吸思藤會隱藏妳的魔力，種在周圍的布魔敏特草也會散發魔物討厭的氣味，讓牠們自動遠離。魔物不會跑來這裡的。」
「可是，師父，魔物不是討厭人類嗎？」
「不是的，瑪莉艾拉。其實啊，魔物並不是討厭人類。只是因為累積了黑色的壞東西，牠們看到人類就會覺得很煩躁。妳也不想待在討厭的人身邊吧？像這樣好好保持距離，人類也能在魔物附近生活的。」

瑪莉艾拉還記得，自己是在剛被師父領養的時候聽說這番話的。
每當年紀尚幼的瑪莉艾拉因為在魔森林小屋過夜而害怕得哭泣時，師父就會這麼訴說，陪著瑪莉艾拉睡覺，直到她進入夢鄉。
太陽升起後，師父每天都會帶著瑪莉艾拉到魔森林散步。魔森林是鍊金術素材的寶庫，師徒倆有時會在小屋周圍的藥草園尋找藥草，有時也會出門採集有毒或是能治病的菇類。

枝葉茂密的魔森林雖然十分陰暗，卻也有些特別開闊的場所，彷彿樹木擁抱了陽光。灑落的陽光被空中的某種東西反射，看起來就像閃閃發亮的光之粒子正在飄落，安全得正好適合年幼且缺乏體力的瑪莉艾拉休息。這種地方會冒出聖樹的新芽，師父說祂們的力量足以「獨當一面地」保護師徒倆。離去的時候，如果有用灌注魔力的水對聖樹表達謝意，當天大多都能找到某種素材。

多虧除魔魔藥與隱藏氣息的魔法陣，瑪莉艾拉不曾遇見魔物，但師父有時會說要找「今天的晚餐食材」而出門狩獵魔物。雖然魔森林是魔物橫行的可怕地方，同時卻也是非常豐饒的森林，從果實、野菇到薯類與野生穀物，魔森林總是能為瑪莉艾拉與師父帶來四季的恩惠。

師徒倆有時會一起躲在樹木後方，緊張地看著扔進火中就會偶爾以陷進樹木的力道爆裂的神奇栗子漸漸烤熟；瑪莉艾拉有時會用染紅嘴巴與手指的果實玩起化妝遊戲，師父則用假裝渾身是血的遊戲來對抗她。

某次瑪莉艾拉靠近一個掉在地上的毛球，發現那是鳥類魔物的雛鳥，於是差點因此被亂啄一通。當時她幼小的心靈學習到，自己必須謹慎得不會被外表欺騙，才能在這裡生存下去。師父將前來尋找雛鳥的親鳥也一起做成了「火烤小鳥」，當作晚餐的配菜，使得瑪莉艾拉抱著難以言喻的心情把肉吃下肚，覺得自己彷彿學到了「弱肉強食」的自然法則。

瑪莉艾拉透過與師父生活的經驗了解到，魔森林當然存在危險，同時卻也有許多美味與有趣的東西。

雖然魔森林是充滿自然恩惠的森林，偶爾也會有什麼都採不到的日子，而這種時候，師父會用腳底反覆地踢著生長在森林中的聖樹，同時說著某些話。神奇的是，每當師父這麼做，就會有飛在附近的鳥將抓到的獵物拋到師父身邊，或是突然有一陣強風把附近樹上的稀奇果實吹落下來。

瑪莉艾拉曾經模仿師父踢聖樹的舉動，掉下來的卻不是食物，而是很大的毛毛蟲，師父還說是「被看扁了」，對她捧腹大笑。當時瑪莉艾拉說了「對不起」，用灌注魔力的水表達歉意，便有一片葉子輕輕飄到她的頭上，所以應該是獲得聖樹的原諒了。

現在回想起來，魔森林裡不只有魔物，就連草木與灑落的陽光都充滿了精靈的氣息。

（對了，當時魔森林小屋的藥草園有一座小小的湧泉呢……）

瑪莉艾拉剛被師父收養的時候，由於魔力還很少，無法用「注水」的魔法來應付洗衣煮飯、沐浴到灌溉藥草園的工作。

注意到這個情況的師父在滿月的夜晚用鞋跟踩出節奏，一圈又一圈地唱歌跳舞，那個地方就在隔天早上冒出了小小的湧泉。瑪莉艾拉還記得，師父每次轉圈，一頭紅髮與輕盈的衣裳就會隨之飄揚，腰上的閃亮裝飾也會發出清亮的聲音，反射著月光，看起來非常美麗。

或許是多虧了源源不絕的湧泉，藥草園的藥草即使不澆水也能長得相當茂盛；湧泉的水到了夏天仍然冰涼，浸泡在泉水裡冰鎮過的果實或蔬菜都會變得特別美味。雖然汲水的工作有點麻煩，但多虧了這座湧泉，附近沒有水源的魔森林小屋從此就不再缺水了。

瑪莉艾拉的魔力增加以後，便停止麻煩的汲水工作，選擇用魔法來取水。藥草園的小湧泉在不知不覺間被茂盛的藥草掩蓋，彷彿功成身退，當瑪莉艾拉發現時就已經乾涸了。

只不過，那個時候的瑪莉艾拉就連藥草園的灌溉都已經能用生活魔法充分應付，冰鎮食材的工作也能用鍊金術技能迅速完成，所以她自己也早就忘了湧泉曾經存在的事。

「我曾經在魔森林這麼生活，所以不太會害怕。」

瑪莉艾拉在名叫庫的奔龍背上搖晃，輕描淡寫地這麼說道。

由愛德坎帶領，列隊在魔森林中前進的一行人包括黑鐵運輸隊的尤利凱、法蘭茲，還有中間隔著瑪莉艾拉的多尼諾與格蘭道爾。考慮到危險性，戰鬥能力較低的兩名奴隸——尼可與努伊留在迷宮都市。

所有人都騎著奔龍，在連野獸小徑都沒有的魔森林中暢行無阻。他們使用瑪莉艾拉的手工除魔魔藥，搭配森林迎接、氣息遮蔽以及迷惑的三種魔法陣組合，使森林的枝葉彷彿敞開雙臂歡迎瑪莉艾拉等人的到來，一行人的氣息與魔力也被徹底消除，不會被其他魔物發現。即使偶有聽覺敏銳的魔物察覺他們的存在，也會因為迷惑的魔法陣效果而無法追蹤，一路上都相當順利，即便是多次往返魔森林幹道的黑鐵運輸隊也感到驚訝。

愛德坎等人甚至暗自佩服瑪莉艾拉，認為她不愧是曾接受芙蕾琪嘉的指導，而且曾經生活在魔森林的鍊金術師。

瑪莉艾拉的騎乘技巧很差，頂多只能讓奔龍維持慢步的速度，但在障礙物如此之多的森林裡，她卻像是在草原上行進。不論是多麼優秀的追兵，恐怕都無法輕易追上。

沒錯，即使是擁有「精靈眼」的A級冒險者——吉克蒙德也一樣。

02

「吉克這個大笨蛋！真不敢相信他竟然是那種人……」

低聲咒罵的瑪莉艾拉非常氣憤。

這也難怪，畢竟瑪莉艾拉之所以氣得翹起眉尾，都是因為吉克未經她同意便將史萊肯丟掉的關係。

「嗯，丟掉生物實在不可原諒咧。」

即使生活在同一個屋簷下，也不能擅自丟掉別人的東西。就算吉克很熱衷於蒐集的東西在瑪莉艾拉眼裡就像是垃圾，她也不會擅自把那些東西丟掉。最重要的是，史萊肯是生物，而且還是瓶中史萊姆（合成生物），沒有瑪莉艾拉供給魔力就會在幾天內衰弱而死。深愛奔龍的馴獸師尤利凱會百分之百支持瑪莉艾拉，也是理所當然的結果。

再說，瑪莉艾拉身邊的人都太寵吉克了。「枝陽」的聖樹精靈——伊露米娜莉亞總是優先考慮吉克而不是身為朋友的瑪莉艾拉，吉克偶爾使用「精靈眼」的時候，也會有大大小小的精靈聚集在他的身邊。就連火蠑螈也一樣，召喚者明明是瑪莉艾拉，祂卻是對吉克搖尾巴。

雖然名叫庫的奔龍比起吉克，更喜歡瑪莉艾拉，但牠心目中的第一名是尤利凱，所以跟瑪莉艾拉最親近的寵物就只有史萊肯了。

瑪莉艾拉總覺得「大家都只對吉克好」。而在吉克帶著空的史萊姆飼養容器回來的昨天，積怨已久的情緒終於大爆發。

吉克說：「這是有原因的……」拚了命想辯解，但瑪莉艾拉不想聽他找藉口，於是在一氣之下離開了「枝陽」。

這就叫離家出走，也就是所謂的「回老家」。

話雖如此，瑪莉艾拉離開的「枝陽」就是她唯一的家，而且兩人根本沒有結婚。

自從成功消滅迷宮，季節已經輪迴一次，但面對每天都開開心心地做著魔藥的瑪莉艾拉，軟弱的吉克明明在外圍建構了完美的包圍網，卻遲遲不敢正式進攻，所以兩人的關係沒什麼進展，這次大吵一架的事情反而是最明顯的變化。

不過，可不要小看這場看似溫馨的爭執。

瑪莉艾拉平常雖然是個極度少根筋的女孩，卻從兩百年前的魔森林氾濫（魔物暴動）中倖存，在迷宮都市甦醒後大量生產魔藥，對攻略迷宮的過程貢獻良多，最後甚至做出了聖靈藥，是個有心就什麼都辦得到的孩子。

當然了，因為她有得到相應的獎賞，經濟能力也很強。既然有雄厚的財力，此時不用更待何時？於是瑪莉艾拉僱用了愛德坎所率領的黑鐵運輸隊作為護衛，為了「回老家」而在魔森林中前進。

只不過，可以稱之為老家的魔森林小屋早已因魔森林氾濫（魔物暴動）而不復存在。

「說到老家，我覺得就是有父母在的地方。鍊金術師的師父不就像父母一樣嗎？而且火蠑螈說祂知道師父在什麼地方。」

順帶一提，可能是師父待在迷宮都市的期間曾經多次召喚火蠑螈，所以祂不只喜歡吉克，也喜歡師父。真是一隻花心的蜥蜴。

說到花心，讓人不知道該稱呼愛德坎還是愛黃坎的愛德坎自從消滅迷宮的日子以來，便以輕浮又容易搞定的黃金單身漢（獵物）之姿聞名迷宮都市，經歷了盛大的桃花期以後，被眾多女性求償慰問金或贍養費，因此一貧如洗。

據黑鐵運輸隊的成員所說，他明明是這一年才開始走桃花運，卻有女性帶著二到三歲的小孩子來找他，甚至有些女性是連手都沒牽過的，所以完全是被當成肥羊宰。即使到了全身家當都要被扒光的地步，本人還是深信自己很受歡迎就是了。

覺得再這樣下去不是辦法的黑鐵運輸隊已經跟瑪莉艾拉談妥，以金幣與驗明血緣關係的

「血緣魔藥」為這次的報酬，以便釐清狀況。

基於上述的原因，現在瑪莉艾拉跟愛德坎、尤利凱、法蘭茲、格蘭道爾、多尼諾等黑鐵運輸隊一行人，由坐在奔龍頭上的火蠑螈引導，在沒有道路的森林中前進。因為裝甲馬車無法行駛在這種野獸小徑，連盾牌甚至防具都重得無法裝備的格蘭道爾坐進了奔龍背上的鐵箱型鎧甲，以半行李的狀態負責殿後。

「欸，火蠑螈，我們快到師父那裡了嗎？」

一行人在昨天的中午出發，晚上在魔森林的淺層露宿。今天的太陽也快要下山了。已經來到遠比昨天還要深的地方，所以瑪莉艾拉有點害怕露宿。

「嘎？嘎嗚！」

火蠑螈歪著頭，為眾人指引方向。

「對喔，魔森林是魔物的領域，所以語言不通……」

因為火蠑螈在迷宮都市會說人話，瑪莉艾拉表達「想找到師父」的目的時，祂回答「嘎嗚，師父，知道。師父，這裡」，但一進入魔森林就無法用語言溝通了，因此祂只會專心帶路。一行人已經來到相當深的地方了，到底還要走多久才會到呢？

（明明是同一道地脈，為什麼語言會不通呢？）

在奔龍背上搖晃的瑪莉艾拉這麼想著，火蠑螈就突然發出「嘎嗚嘎嗚」的叫聲，開始吵鬧了。

「到了嗎？」

過了不久，茂密的樹林突然中斷，一行人抵達一片彷彿吞噬了草木的陰暗沼澤地。

現在明明沒有下雨，周圍的空氣卻潮濕又沉重。

或許是因為太陽即將西沉，魔森林的樹木遮擋了陽光，從黑色的水面望不見水底。樹木及高高的草叢生長在沼澤的邊緣，使黑色的沼澤看似開在森林中的一個大洞。

魔物也需要喝水，所以這裡應該是很珍貴的水源，四周卻安靜得不可思議，也聽不見魔物發狂般地咆哮。瑪莉艾拉無意間望向對岸，看見一隻長著四支角的壯碩魔物從森林中探出頭來。瑪莉艾拉的眼睛無法看清所有的細節，但從巨大的身體與尖銳的爪子和牙齒看來，那應該是相當強大的魔物。

「退後……」

愛德坎舉劍，指示瑪莉艾拉等人退後。

然而，魔物喝了沼澤的水之後，只瞥了眾人一眼便回到森林之中。

「這裡或許是所謂的聖域吧。」

「如果是聖域，空氣未免太混濁了。」

「不管怎麼樣，魔物不會主動攻擊就好了吧？」

法蘭茲看著魔物離去的方向低語，鎧甲中的格蘭道爾接著回答。解除警戒的愛德坎還是老樣子，嘴巴上說著很隨便的話。

（這些水給人不太好的感覺……）

既然魔物會喝，就表示這些水無毒，也沒有發臭。沼澤地的周圍只有下過雨般的沉重濕氣，聞不到腐臭或異味。即使如此，瑪莉艾拉仍然覺得這座沼澤好像已經徹底被汙染了。既然魔物不會主動攻擊，這裡應該就是魔森林的安全地帶。可是，瑪莉艾拉並不想待在這裡太久。

（師父為什麼會在這種地方？）

瑪莉艾拉想快點找到師父，於是望向火蠑螈，發現祂正注視著沼澤岸邊的一處，發出「嘎嗚嘎嗚」的聲音，聽起來就像是在催促。

「那裡嗎？那是……祠堂？」

崩落的岩石互相堆疊且布滿青苔，融入了周圍的景色。

靠近一看就會發現，上面留有人工的痕跡，似乎是年代相當久遠的祠堂遺跡。重疊的岩石下方有可以讓人進入的縫隙，而且基座也是以岩石打造而成，雖然因為覆蓋著青苔而無法從遠處看清，但仔細一瞧就會發現地面是由很大的岩石構成的。使用照明魔法將內部照亮，就可以看到祠堂深處有一扇通往地下的石門。

「嘎嗚！」

「師父就在這裡對吧！」

離開瑪莉艾拉的時候，師父帶走了一張「假死魔法陣」，所以她應該就沉睡在下方的地下室吧。一旦遠離生命危險，「假死魔法陣」就會讓使用者自然甦醒，所以只要打開門，使空氣進入，師父肯定就會醒過來了。

「師父！該起床了喔～！」

一想到師父就在下面，瑪莉艾拉便莫名湧現活力，於是奮力拉起石門。

「唔唔～好重喔～」

就算瑪莉艾拉拉得臉紅脖子粗，石門還是一動也不動。

「我來幫妳唄。」

「我來幫忙。」

「讓我助妳一臂之力吧。」

「交給我。」

「那我也要幫忙～」

「嘎嗚！」

尤利凱、法蘭茲、格蘭道爾與多尼諾紛紛上前幫忙。就連愛德坎和名叫庫的奔龍都自告奮勇，於是眾人把繩子綁在石門的突出處，試圖合力拉開。

「唔～這樣還是拉不開嗎——！」

因為即使所有人一起拉也都拉不開，正當他們放棄繼續拉，而瑪莉艾拉靠到了門上的瞬間——

叩咚。

石門朝內側開啟，瑪莉艾拉於是跌進突然打開的空間內。

看來這扇門並不是用拉的，而是用推的才能打開。面對這種老套的發展，瑪莉艾拉只有短暫的空檔能感到傻眼。

撲通。

明明是打開沼澤岸邊的祠堂，瑪莉艾拉卻莫名落入了水中。

不，這麼形容或許並不精確。如果這只是普通的水，瑪莉艾拉的贅肉應該會造成浮力，使她浮到水面上。

「嗚噗嗚噗，咳咳！」

瑪莉艾拉發出欠缺魅力的呻吟，漸漸下沉。

就像一座無底沼澤，她不斷朝深處墜落。

瑪莉艾拉朝自己墜落的地點仰望，發現遙遠的那裡就像月光似的，又小又明亮。彷彿看著真正的月亮，在天空中墜落。她環顧四周，看見有人影在黑暗中一同墜落。靠在門上的人明明只有自己，其他人也一起掉進來了嗎？還是說他們是來救人的呢？

那個使出標準的泳式，試圖游向水面的人應該是愛德坎吧。不過，他明明以很快的速度撥著水，卻彷彿時光倒轉一般，不斷被吸向水底。

（師父……好冷，好冰喔……）

明明是完全沒有真實感的奇妙地方，水卻冷得刺骨，使瑪莉艾拉只能勉強縮起凍僵的手腳，就這麼失去意識。

第一章

水之世界

Chapter 1

✲ 01

「嗯……嗚……」

好冷，好冰，而且好硬。

穿透衣服而來的這種觸感很熟悉。

瑪莉艾拉有時候會在這種感覺中甦醒。今天也在不知不覺間滾下床了嗎？人類的生存本能不容小覷，所以從床上滾落到冰冷的地上時，人會下意識地伸手去抓毛毯，或是在地毯上蜷曲身體。可是，今天的觸感比平常還要冷，睡起來相當不舒服。抓過來的布料緊貼著身體，正在奪走瑪莉艾拉的體溫。

（嗚嗚，毛毯……呃，奇怪？）

瑪莉艾拉總算驚醒。

「呃……我到沼澤的祠堂找師父……打開門就掉進水裡了。」

瑪莉艾拉試著回想先前的狀況，但還是一頭霧水。如果是掉進地下室還說得通，為什麼會掉進水裡呢？地下室積水了嗎？如果真是如此，現在的狀況又是怎麼一回事？

「有人救了我嗎……看起來好像不是。」

瑪莉艾拉以趴著的姿勢昏倒的地方，是比自己的胸部還要平坦的堅硬石磚地。

衣服與頭髮都濕透了，感覺不像是有人照料過的樣子。瑪莉艾拉拖著吸了水而貼在身上的沉重衣服起身，用「乾燥」的技能將衣服烘乾，經過日曬的溫暖空氣便進入布料中，讓緊繃的身體漸漸放鬆下來。

「時間還沒有過很久嗎？」

雖然自己是因為石磚地的冰冷觸感而甦醒，身體卻還沒有失溫。自從昏倒在這個地方，應該還過不了多久。

「話說回來，這裡是什麼地方？」

藉著陽光取暖，確認身體沒有異常的瑪莉艾拉突然感受到某種東西的影子掠過了自己。

「鳥……？咦……」

瑪莉艾拉昏倒的地方是個寬敞的圓形石造房間，以她的步伐來計算，從這一端走到另一端共需二十步以上。上方有圓頂狀的天花板，牆上有分別面向八個方向的高大窗戶。細長的窗戶即使踮腳也搆不到頂端，寬度大約相當於瑪莉艾拉稍微張開雙臂的大小。上面沒有窗格，也沒有掛著窗簾。

充滿室內的溫暖陽光就是從這些窗戶照射進來的，外頭的景色看起來模糊而不透明。因為現在所待的地方安全得讓瑪莉艾拉分了心，她原先覺得大概只是天氣不好罷了，但經過窗外而在瑪莉艾拉身上投射陰影的東西不是鳥，而是魚。

「魚？」

瑪莉艾拉趕緊靠近窗邊查看，發現自己原以為天氣不好的外頭位於深深的水裡，大小相當於人類的巨大魚類正在水中悠游。這裡的位置深得從窗戶仰望也看不見水面，或許是因為光線散射的關係，整片水域都呈現清晨或傍晚般的亮度。

「咦～？我果然是掉進水裡了……」

真是莫名其妙。不，如果是掉進水裡後漂流到此處，那倒還算合理。

瑪莉艾拉不經意地伸手觸摸充滿水的窗戶。

「呀！真的有水！」

接觸隔絕房間與外頭的界線時，手碰到的東西不是玻璃而是水。直立的水面經過瑪莉艾拉的觸碰，就像石頭掉落的水面般搖曳。

「咦～？我不是在作夢吧，畢竟摸起來很冰。呃～這是什麼不可思議的世界？」

瑪莉艾拉反覆把手伸進窗戶底部再抽回來，發出嘩啦嘩啦的聲音。用力拍打水面就會激起水花，水卻不會流進房間裡，相當神奇。

「傷腦筋～我不會游泳耶。」

問題不在這裡吧。

待在這個房間的人只有瑪莉艾拉，就算會游泳，她真的能逃出這種不可思議的世界嗎？現在瑪莉艾拉的身邊沒有任何人能表達這種中肯的意見。

嘩啦嘩啦嘩啦。

濺到房間內的水花橫向移動，又回到垂直的水面，看起來頗有意思。

當瑪莉艾拉忍不住玩弄水面的時候，突然有魚游過來了。

或許是以為躍動的水面有食物可吃吧。

「嗚哇！好大！」

瑪莉艾拉趕緊往旁邊跳開的同時，一隻大得能遮住窗戶的魚掠過她的手原本觸碰的地方，然後以驚人的速度游走。那恐怕是魔物的一種。

「好恐怖～就算我會游泳，可能也游不到水面吧……」

瑪莉艾拉仍然執著於游泳。

雖然論點有點偏離常軌，但無法從窗戶逃出的結論是正確的。

魔物魚游走以後，瑪莉艾拉在房間內繞圈，觀察窗外的樣子，猜出這個房間位於高塔的最頂樓。

水中只有一個方向有強光照射過來。如果自己來到這裡還沒有經過很久的時間，那應該是夕陽。既然如此，這座塔大概位於巨大建築物的東南角。雖然水使視野顯得不太清晰，但勉強可以看見包圍四周的綠色森林與另外兩座位於直角方向的塔。

為了整理自己的思緒，瑪莉艾拉開始深呼吸。

這個地方的空氣含有許多水分，就像抵達祠堂之前聞到的森林與水的氣味，所以瑪莉艾拉認為這裡確實是與那座祠堂相連的地方。

「就算乖乖待在這裡，也只會愈來愈餓而已。」

這個房間除了瑪莉艾拉以外沒有別人，周圍也沒有任何動靜。這裡應該是安全的地方，但瑪莉艾拉知道愛德坎等黑鐵運輸隊的成員也都掉進了這個地方。早點跟他們會合才是明智之舉。

「只有一道階梯啊。直接被沖到樓下還比較輕鬆呢。」

圓形的房間有一道通往樓下的階梯。沿著塔的牆壁打造的螺旋階梯比瑪莉艾拉張開雙臂的幅度還要寬，而塔的中央是打通的，可以俯視到樓下。塔的內牆每隔一段距離就有火炬可以照亮腳下，但打通的部分深不見底，讓人覺得有些恐怖。

行李都堆放在奔龍背上，所以連除魔魔藥也沒有材料可以做。

不過，瑪莉艾拉有個可靠的同伴。這種時候更該請祂幫忙。

「『來吧，火精靈——火蠑螈』！」

瑪莉艾拉對戴在右手中指的戒指灌注魔力。只要有火蠑螈在，就算沒有火炬也能照亮四周，而且祂大概比自己更強。

瑪莉艾拉這麼想，試圖召喚火蠑螈。可是——

「……沒來耶。」

火蠑螈並沒有出現。

「咦～祂還維持受肉的狀態嗎？」

為了請祂帶領自己找到師父，瑪莉艾拉耗費不少魔力使其受肉。就算是小小的蜥蜴身體，祂似乎也很高興能顯現，於是活潑好動地帶領瑪莉艾拉等人前往那片沼澤地。即使祂已經耗盡魔力而回歸也不奇怪，但現在或許還顯現在某個地方。

就算是暫時性的，只要肉體還存在，祂就無法任意出現或消失。只能請祂用肉體走過來，或是在耗盡魔力而回歸後重新召喚了。

「沒、沒關係！我一個人也沒問題。這裡只有一條路，往下走才能早點找到其他人嘛！……可是，準備很重要。總之先找些派得上用場的東西再下樓梯吧。」

顯然是在逞強的瑪莉艾拉對漫長的螺旋階梯嘆了一口氣，然後環顧自己所在的房間，尋找是否有什麼可用的東西。

02

一步又一步，一圈又一圈。

瑪莉艾拉不知道自己已經在螺旋階梯上走了多久。

「頭暈就不會覺得肚子餓了，或許還不錯。」

瑪莉艾拉自言自語地說著過度樂觀的話，抱著飢餓的肚子癱坐在中途經過的一個房間。塔的最頂樓除了室內的牆壁上有青苔與藤蔓、外側長著水草以外，房間裡什麼也沒有。能取得的素材只有生長在水中或水邊的植物，沒有多吸思藤或布魔敏特草等常見的藥草，重點是味道太特殊，不適合當作糧食。

「真的餓到受不了的時候，就吃這個吧……」

瑪莉艾拉採來當作緊急糧食的東西是名叫蓋浦勒的水草的果實。這種形似一串串小米的粒狀果實含有許多油分，營養價值雖然高，卻帶著令人難以下嚥的腥臭味，頂多只有蛙類魔物愛吃。或許是因為這種水草生長在淺水處，窗戶的水面附近長了很多。

用一種以細細的纖維組成，而且堅韌又柔軟的藤蔓植物——繩藤來將蓋浦勒果實纏繞在腰上的模樣，就是瑪莉艾拉現在的造型。名叫繩藤的植物可以用來代替繩索，應該派得上用場，所以瑪莉艾拉在腰上纏了很多，就連繩藤的葉子也順便纏到腰上了。繩藤的厚實葉子只要烘乾就會變成海綿般的多孔結構，可以用來吸水，或是當作點火時的火種，用途十分多元，但她現在的裝扮怎麼看都是草裙。這種既視感令人有點懷念。

明明已經帶著這身毫無女人味的裝扮走了幾個小時，腳下的螺旋階梯卻一點也沒有見底的跡象。瑪莉艾拉看到這個房間的時候還高興地以為自己終於走到塔底了，但完全是白高興一場，於是不禁癱坐在地。

這個房間雖然很類似最頂樓，面向八方的窗戶卻是被縱向分割成三等份的細長縫隙狀，窄得連瑪莉艾拉的頭都無法通過。如果太陽還掛在天上，至少可以分辨方向，但太陽已經在不知不覺間下山了。多虧裝在窗戶兩側的火炬，房間裡很明亮，從窗戶往外窺見的景色卻是正好相反的一片漆黑，什麼都看不到。

「感覺好像在看墨水瓶裡面……」

冰冷的空氣從沒有玻璃、只有窗框的窗戶流進室內。

「咦？風？」

真奇怪。外面應該只有水才對，為什麼會有風吹進來？瑪莉艾拉從窗戶朝一片漆黑的外頭伸出手，指尖卻沒有碰到水，反而抓到了戶外的空氣。

「沒有水？」

水在不知不覺間退了嗎？瑪莉艾拉伸手觸摸塔的外牆，便摸到潮濕的水草。看來直到不久前為止，這座塔都浸泡在水裡。

「到底是怎麼回事……」

就算想了解狀況，窗戶也窄得無法探頭往外看，而且窗外充滿了墨水般的濃稠黑暗，透明的水反而讓人覺得安全多了。莫名對外頭的黑暗感到害怕的瑪莉艾拉拔起摸到的水草，將手抽了回來。

「這是河尼厄思草耶。既然有長這個，就表示塔內很安全吧？」

河尼厄思草是又稱為水邊守護者的一種水草。雖說是水草，它卻像陸地上的常綠植物般，長有堅硬又強韌的葉片，會在岩石等處生根。之所以被稱為水邊守護者，是因為它會生長在人類或野獸作為水源的河川或湖邊，而且水生魔物不會靠近河尼厄思草。

瑪莉艾拉一開始醒來的房間有魚類魔物游過，但既然這裡長著河尼厄思草，就表示這個房間很安全。不過現在沒有水，所以魚也無法游過來就是了。

順帶一提，河尼厄思草也不能吃。它雖然沒有毒，卻也沒有營養。雖然這個房間應該很安全，但最好還是趁有體力的時候盡量前進。這麼思考的瑪莉艾拉發出一個打起精神的吆喝聲，重新開始走下一圈又一圈的螺旋階梯。

然後，當瑪莉艾拉終於看到第三個房間的時候，聽見了奔龍吼叫的聲音。

「這個聲音是庫嗎！」

瑪莉艾拉快步奔下階梯。

她衝進的第三個房間也跟先前一樣單調，只有鮮紅的火炬在細長的窗戶旁邊燃燒，但除了通往樓下的階梯，另外還有兩扇門。

因為門位於直角方向，如果瑪莉艾拉在最頂樓的猜測是正確的，這兩扇門分別面向北邊與西邊。北門的上半部已經腐朽而缺角，似乎無法完整閉合，所以稍微敞開了。西門是緊閉的狀態，但多次拯救瑪莉艾拉的庫發出的叫聲是從這扇西門對面傳過來的。有明亮的光線從通往樓下的階梯透出，或許下方不遠處也有其他的房間。

「嘎，嘎，嘎嗚～」

庫的叫聲雖然不是很急切，但聽起來好像是在求助。除此之外還有尾巴使勁甩打的聲音，牠或許是在跟什麼敵人戰鬥。

（有……有敵人嗎？如果有瓶子之類能裝東西的容器……）

只要有瓶子，就能用纏在腰上的藥草鍊成有用的魔藥，不過別說是魔藥瓶了，除了腰上的藥草以外，瑪莉艾拉什麼也沒有，這個房間裡也沒有掉著瓶子之類的東西。可是，這棟建築物如此巨大，很難想像裡面竟然沒有任何瓶子或花瓶。

（你等我一下，庫。我馬上回來。）

瑪莉艾拉飛奔似的衝下階梯。

下方不遠處果然有房間，更幸運的是，這個房間有許多散亂的物品，就像一個置物間。損壞的櫃子與箱子雜亂地放在地上。與樓上相同，北邊與西邊都有門，但兩者都被雜物堵住而打不開，甚至無法靠近。

「瓶子、瓶子……有了！」

隨便放在階梯旁邊的箱子裡雜亂地放著好幾個空的酒瓶。

瑪莉艾拉從中選出兩個較小的瓶子，展開「鍊成空間」。她現在要鍊成的不是治療人體的魔藥，所以不需要洗淨，這種瓶子正好適合。

瑪莉艾拉取出剛才從塔的外牆拔來的河尼厄思草。

可以驅離水生魔物的這種植物雖然不像布魔敏特草一樣會散發魔物討厭的氣味，卻具有吸收魔物的骷髏魔力的性質。所以它在有魔物棲息的水邊是小蝦或小魚的舒適巢穴，屬於有點珍貴的水草。

「『粉碎，注水，生命甘露，萃取，濃縮，藥效固定』。」

瑪莉艾拉迅速做好魔藥。做法與低階魔藥沒有什麼差別。她平常都會分離殘渣，但現在無暇這麼做，所以連同殘渣一起裝進了瓶子裡。

「再一瓶……以防萬一……」

瑪莉艾拉拿起掛在腰上的蓋浦勒果實，使用「鍊成空間」加以粉碎。

「『生命甘露，萃取，分離』。」

這個步驟不使用水或油作為溶劑。瑪莉艾拉直接用「生命甘露」溶出粉碎的蓋浦勒果實所含的油分，並且分離剩下的殘渣。從「鍊成空間」將萃取液移到瓶子裡之後，「生命甘露」就會在轉眼間流失。蓋浦勒油儲存「生命甘露」的力量很弱，所以即使在「鍊成空間」內相融，也會在離開「鍊成空間」的瞬間分離，只剩蓋浦勒油留在瓶子裡。

（分量有點少，灌注一些魔力好了。）

蓋浦勒油也是很容易感應魔力的素材。偏好蓋浦勒果實的蛙類魔物之中，愈強的個體，其行動範圍愈廣，所以為了被較強的個體吃掉，將種子運送到遠方，果實會吸收魔物散發的魔力而在短時間內膨脹，效果也會跟著變強。

瑪莉艾拉對只淹到瓶底的一根手指高的蓋浦勒油灌注魔力，它便產生許多氣泡，然後隨之高漲。漲到瓶子的七分滿後，瑪莉艾拉暫時停手，拿出剩下的材料——繩藤做成的繩子，以末端垂掛在外面的方式裝進瓶子裡，然後再用乾燥的繩藤葉子緊緊塞住瓶口。

「好，完成了！」

自從來到這個房間，只過了幾分鐘。應該還來得及。

瑪莉艾拉抓起完成的兩個瓶子，火速趕回樓上。

「嘎嗚～嘎嗚～！」

「太好了，牠還沒事。」

庫的叫聲從西門的另一頭傳了過來。這種叫聲聽起來就像是在說：「討厭啦～」雖然很厭煩，但不是感到害怕的音調。

保險起見，瑪莉艾拉謹慎地打開門往外看。

外頭是一片漆黑，上方的夜空別說是水面了，連一顆星星也沒有。除了從打開的門透出的光線以外，附近沒有其他光源，所以看不清遠方，但可以看到眼前有一條勉強可供馬車行經的石造通道。兩側有高度及腰的石牆，看起來就像外牆的最上緣。這條通道似乎連接著不同的塔。讓庫進到塔內，再把門關起來，或許就能阻擋正在跟庫戰鬥的某種東西了。

「庫，來這裡！」

「嘎？嘎嗚～！」

注意到瑪莉艾拉的庫出聲叫道。

牠步履蹣跚地走過來，似乎正拖著某種東西。

從門內透出的光線只能微微照亮庫的輪廓，所以瑪莉艾拉無法分辨纏住牠的東西究竟是什麼。牠奮力搖擺尾巴並踏步，試圖甩開那東西，但不斷蠕動的那東西正在緩緩擴散，彷彿要吞噬庫。

「嘿！」

瑪莉艾拉連同瓶子，對魔物丟出使用河尼厄思草做成的魔藥。因為只添加了河尼厄思草，效果恐怕差強人意，但還是能暫時嚇阻大部分的魔物，使其退縮。魔物的根源——汙穢的魔力會從沾到魔藥的地方洩漏，然後消散。這麼做雖然無法殺死魔物，但似乎會讓牠感到非常不快。

魔物一陣顫抖。

纏住自己的東西一退縮，庫立刻甩開魔物，朝瑪莉艾拉奔跑。

「快進來，庫，快點！」

瑪莉艾拉將門完全打開，呼喚庫。

隨著庫的身影變得清晰，在後頭追逐的魔物也被房間的光線照亮，顯露出真面目。被光線照亮的色彩就如夜色般漆黑，形狀則像史萊姆一樣不規則，邊緣正在蠕動著，朝這裡爬行過來。

「咿！」

「嘎嗚！」

雖然形狀有點類似史萊姆，但質地完全不透明，根本看不出這些漆黑的塊狀物有沒有核心。體型相當於大型犬的塊狀物每次爬行，下緣就會產生脈搏般的顫動。仔細一看會發現，牠的移動方式就像許多小蟲的集合體，一下子分裂成細小的碎片，一下子被相連的下緣捲入，然後吞噬。

既然連身為奔龍的庫都能應戰，就表示牠並沒有多強，但這東西恐怕不像史萊姆那麼可愛，而是非常不好的東西。

庫衝了過來，擠進一次只能讓一人通過的門。速度放慢的瞬間，黑色魔物撲向了庫的尾巴。

「嘎、嘎嗚──！」

「等等，庫，你冷靜一點！」

因為庫激動地掙扎，使得瑪莉艾拉無法關上門，像泥巴般黏在庫的尾巴上的黑色魔物也跟著進到塔內了。

「嘎嘎！」

因為庫用幾乎要甩斷的力道猛搖尾巴，於是黑色魔物被彈飛，硬生生撞到門上方的牆壁。不過，黑色魔物似乎沒有受到傷害，馬上開始蠕動，再次爬向瑪莉艾拉與庫。牠的動作變得相當緩慢，也許是因為害怕亮光，或是討厭火。

「呀——！爬過來了！」

「嘎——！嘎嘎——！」

一人與一隻張大嘴巴，發出沒有教養的吶喊。明明是人類與野獸，動作與表情卻如出一轍。也許是跨越了種族的藩籬，心靈相通了吧。

試圖用魔藥趕走魔物並隔絕在外的計畫失敗了。另一瓶魔藥不該浪費在這個地方，所以也只能趁黑色魔物遠離的現在逃到別的地方了。塔的樓上與樓下都是死路，庫通過的西門上方還有黑色魔物正在蠢蠢欲動，所以逃往損壞的北門是唯一的選擇。

「庫，走這邊！」

瑪莉艾拉打開北門，抓起門旁的火炬，奔向一片漆黑的外頭。庫也跟著她出去，用尾巴將門甩上。

黑色魔物被關在塔內，但因為北門已經損壞，牠從縫隙中爬了出來，在轉眼間逼近瑪莉艾拉與庫。

「呼！呼！呼！」

瑪莉艾拉跑得氣喘吁吁。從塔的上方也能看到北邊有相同的塔。逃進那座塔，或許就能甩掉黑色魔物了。

瑪莉艾拉明明已經用盡全力奔跑，與黑色魔物之間的距離卻愈來愈近。牠在黑暗中的速度果然會變快。瑪莉艾拉取出裝了蓋浦勒油的另一個瓶子，用火點燃垂在瓶口的繩子，朝黑色魔物投擲。

啪啦！

瓶子碎裂的同時，火焰瞬間竄升。

被瑪莉艾拉的魔力強化過的燃燒彈引起了比人還要高的火柱。

火焰似乎順利吞噬了黑色魔物。黑色魔物反覆扭動身體，然後如煤焦油般融化，接著又開始劇烈燃燒。

「得救了嗎……？」

原本的路被火柱阻擋，已經無法回頭，但也多虧這場火，瑪莉艾拉總算能看清周遭的環境。

她此刻所在的位置是外牆之上，也是塔與塔的正中間。自己正要前往的塔與原本的塔位於差不多的距離。而且，或許是沿著牆壁爬上來的，通往塔的路上有一隻比剛才打倒的個體大上兩倍的黑色魔物正在朝瑪莉艾拉與庫爬行。

「怎麼辦……我已經沒有燃燒彈了……」

或許是顧慮到背後的火焰，黑色魔物看起來像是在觀望撲向瑪莉艾拉與庫的時機。瑪莉艾拉向前舉起手上的火炬，試圖牽制黑色魔物，但也不認為這種東西能夠對付牠。等到背後的火柱消失了，牠或許會立刻撲過來，把自己吞噬。

「嘎嗚……」

庫對瑪莉艾拉展示自己的背部，意思應該是要她騎到自己背上。瑪莉艾拉一邊用火炬牽制魔物，一邊作勢爬到庫的背上。可是，瑪莉艾拉原本就笨手笨腳的，黑色魔物不可能放過這種破綻百出的動作。黑色魔物就像被風吹動的一塊布，張開身體撲向瑪莉艾拉與庫，試圖一口氣吞噬他們。

「呀啊！」

瑪莉艾拉下意識地丟出手上的火炬。就像是要呼應這個罕見的少女式尖叫，火炬瞬間熊熊燃燒，形成一隻蜥蜴的模樣。

「吼嚕嚕嚕！」

刺眼的白光與高溫火焰從火蠑螈身上迸發，襲向黑色魔物。瑪莉艾拉被強光照得不禁閉眼，再次睜開眼睛的時候，黑色魔物已經消失得無影無蹤，只有熟悉的火蠑螈發出「嘎嗚」的叫聲，吐出一口小小的煙霧。

「火蠑螈，祢來救我了！」

「嘎嗚──！」

帥氣的蜥蜴瀟灑地現身，拯救瑪莉艾拉脫離危機。某個「精靈眼」持有者究竟還在什麼地方摸魚呢？如果他在這種危急時刻出場，瑪莉艾拉或許就會原諒他了。

就像是早已從記憶中消除那個人的存在，瑪莉艾拉用雙手捧起嬌小的火蠑螈，道謝後將祂放到肩膀上。

「有火蠑螈在就可以放心了。」

「嘎嗚嘎嗚。」

瑪莉艾拉對火蠑螈說話，庫則在一旁附和。火蠑螈輕舔了瑪莉艾拉的臉頰一下，然後攀在她的肩膀上。看來祂願意陪著自己。

瑪莉艾拉想重新點燃火蠑螈顯現時熄滅的火炬，於是回頭面向後方的火柱，但火焰已經快要消失了。她靠近黑色魔物的餘燼，想借用一點火焰，卻發現地上掉著一顆白底搭配朱紅色斑紋的小石頭。

「好漂亮……這應該不是魔石吧？是那種魔物的核心嗎？可是沒有討厭的感覺……」

瑪莉艾拉用火炬的前端取出帶著斑紋的石頭，等待它冷卻後，偷偷收進口袋裡。

黑色魔物沒有再出現，於是瑪莉艾拉平安抵達了下一座塔。

這座塔內也有點燃的火炬，把手放到透出光線的門上，就能順利進入塔內。瑪莉艾拉原以為這是東北邊的塔，但一進門就能看到對面也有同樣的門，所以這裡應該是東邊的塔。塔的構造與剛才待過的東南塔幾乎相同，這個房間除了通往北邊的門，還有登塔的螺旋階梯，以及通往樓下的階梯。

「這裡沒有黑色魔物吧？」

這座塔的兩扇門都沒有損壞。對兩扇門都加上門閂的瑪莉艾拉總算鬆了一口氣。雖然剛才黏在庫的尾巴上而跑進來，但黑色魔物好像會怕火，所以應該不會進入窗戶與出入口旁邊都有火炬正在熊熊燃燒的這個房間。

瑪莉艾拉祈禱牠們不會來，但一想到黑色魔物可能從下方的房間湧來，或是從階梯的上方掉下來，她就不敢放心休息了。

「還是多採一些河尼厄思草比較好。」

河尼厄思草對那種黑色魔物有效。瑪莉艾拉覺得這座塔的上方可能也有生長，於是帶著庫登上了塔。

靠瑪莉艾拉的雙腳得花上約一個小時的距離，庫只花了不到十分鐘便爬完了。看到塔中間的房間透出亮光時，庫突然發出「嘎嗚嘎嗚」的叫聲，開始衝刺。

「等、等一下，庫！」

瑪莉艾拉拚命抓緊庫，免得被甩下去。只有攀在肩膀上的火蠑螈一臉愜意地享受當牛仔的感覺。這時有個熟悉的聲音從一人與兩隻的頭上傳來：「庫！還有瑪莉艾拉？」

「尤利凱！原來你沒事！」

「嘎嗚——！」

差點被庫與瑪莉艾拉撞上，尤利凱叫道：「嗚哇！冷靜點！」在閃躲的同時安撫一人與一隻。真不愧是馴獸師。

「瑪莉艾拉，這裡是哪裡咧？那些黑色魔物是啥？」

為重逢感到高興的瑪莉艾拉與庫總算冷靜下來以後，尤利凱這麼詢問瑪莉艾拉。

「不知道……可是，我覺得師父就在這裡的某個地方。」

瑪莉艾拉低著頭回答。在那座沼澤的祠堂，火蠑螈確實指出了這個地方。既然自己是從那座祠堂來到這裡的，就表示這個地方與師父有關。

如果真是如此，那些黑色魔物究竟是什麼？牠們身上散發著極度不祥的感覺。

明明有那種東西到處徘徊，師父卻沒有現身，這讓瑪莉艾拉有點想不透。

「師父該不會是遇上什麼麻煩了吧……」

就像是要安慰語塞的瑪莉艾拉，肩膀上的火蠑螈輕輕磨蹭了她的臉頰。

「總之這裡好像很安全，今天就先吃飯然後休息唄。」

用庫所載的糧食解決一餐之後，瑪莉艾拉與尤利凱決定在這裡過夜。

03

無邊無際的天空，以及無邊無際的大地。

稀疏的灌木，以及遠方的山巒。

這個無限延伸的世界充滿了白色的靜謐空氣與藍色的光芒。

天空漸漸亮起，淡薄的雲朵與略帶藍調的天空宣告了黎明的到來。

在遠方啄著地面的巨大鳥類抬起頭的瞬間，世界頓時被陽光普照。

名為紅色的色彩此刻誕生在這個世界，自己從騎著奔龍的母親背上，靜靜地凝視世界的變化。

母親輕踢馬鐙，奔龍便開始如風一般奔跑。

不斷地跑，不斷地跑，奔向朝陽。

不論怎麼跑都看不見世界的盡頭，自己曾經認為，這片景色就像天空一樣，可以延伸到任何地方。

缺水的無盡荒野既嚴苛又無情，撫過臉頰的風卻很清涼，而且十分純淨。

這就是心中最初的風景，自己應該回歸的地方。

只要閉上眼睛，明明就能立刻回想起來。

（好骯髒的天空……）

從這個似乎位於帝國邊緣的小農村仰望，總是只能看見混濁的天空。簡直就像是天空正對人類的醜惡皺起眉頭似的。

自己用嬌小的身體背著過重的貨物，走在林間道路上。得快點回去才行，要是又挨打就慘了。

自己走在避人耳目的林間道路，回到位於村莊郊外的家。

「到底跑去哪裡鬼混了？慢吞吞的傢伙別想吃飯！」

明明已經盡快趕回來了，卻還是被家裡的女主人罰自己沒飯吃。

「喂喂喂，妳至少也給一點飯吧。要是不快點長大，那就派不上用場了。」

「嘖，我可是好心照顧這兩個混到野獸的傢伙呢。連同那個翹辮子的媽媽，給我心懷感激地吃吧！」

替自己說話的人是女主人的丈夫，也是從事畜牧業的一家之主，但他看著自己的眼神就像評斷家畜一樣討人厭。狼吞虎嚥地吃完女主人粗魯地遞出的麵包與湯之後，自己奔向獸舍。

「嘎～嘎嘎～」

「謝謝。你沒事唄？」

跑到這裡飼養的唯一一頭奔龍的隔間後，自己鑽進稻草中。待在這裡就可以安心了。這隻奔龍是有自己在，所以才能飼養。自己的職責就是訓練牠。

生性凶猛的奔龍非常難以馴服，據說沒有特殊的技能是辦不到的。相對地，由於牠們有勇氣在魔物之中行進，所以經過訓練的奔龍可以賣到很高的價錢。

這隻奔龍才訓練到一半，只會聽自己的話。對那對夫妻來說，牠就跟野生動物沒什麼兩樣，所以自己在這裡可以安心睡覺。

自己脫下破了洞的鞋子，將踩在腳跟下面的銅幣裝進藏在稻草底部的袋子裡。像今天一樣出門採買的日子，自己會一點一滴地存起撿來或殺價得來的零錢。

「再多存一點就逃走唄。」

「嘎。」

來到這個地方的原由，自己已經不記得了。

記得的只有天空與大地不斷延伸的那片風景，以及母親的溫柔聲音。

或許是覺得來自異國的幼童聽不懂，母親因病去世的時候，這個家的夫妻在獨自留下的自己面前這麼說道：

「明明是因為她說自己會用馴獸技能，我才收留她的，結果竟然只留下這個連技能都用不好的小鬼。」

「妳先等等。這傢伙是混到野獸的丫頭。等她學會使用技能，再回收先前付出的成本就好了。而且再繁殖的話，可以賺得更多。」

從此以後，這對夫妻不只會使喚自己，還會三不五時就要自己快點報答他們的養育之恩。他們明明語帶輕蔑地將身為馴獸師一族的自己說成「混到野獸的傢伙」，卻又想用莫須有的恩情來束縛自己。

當時自己年幼又孤獨，什麼也辦不到。但現在已經存到了一點旅費，而且還有奔龍在身邊。

「妳等我，媽媽。我一定會帶妳回去。」

就算懷中只有母親遺留下來的一束編髮，也一定要帶回那片天空之下。

雖然自己連那個地方究竟位在何處也不知道。

母親最後的叮嚀言猶在耳。

「尤利凱，妳是自由的，可以去到任何地方。」

自己一定能抵達那片風景。

04

「嘎嘎～嗯，嘎嘎嘎～嗯。」

庫從東塔的頂樓窗戶朝外頭伸出尾巴。

嘩啦嘩啦，搖啊搖的，牠開心地把尾巴垂到水中，一大早就相當興奮。庫似乎很喜歡挑釁魔物，連身體都跟著搖晃，用尾巴來引誘魔物魚。

「來了！庫，就是現在咧！」

「嘎嗚！」

庫聽從尤利凱的口號，把尾巴抽回室內，同時跳向窗戶旁邊。

嘩啦！

魔物魚受到庫的挑釁而朝著塔的窗戶筆直游過來，張開長著許多尖牙的嘴巴，衝進了塔內。

「呀啊！」

躲在房間角落發呆的瑪莉艾拉看到巨大的魚從窗戶衝進來，嚇得驚聲尖叫。沉思的時候有巨大的魔物魚躍出水面，實在是有點過於刺激了。

正如預料，一早醒來就能看到外頭充滿了水，而為了取得庫與自己的糧食，瑪莉艾拉與尤利凱來到這裡釣魔物魚，不過瑪莉艾拉滿腦子都想著昨晚的夢，整個人心不在焉的。

（出現在那場夢裡的人，是小時候的尤利凱吧……）

為什麼會作那種夢呢？

原本想著這件事的瑪莉艾拉對上了魔物魚的大眼睛，嚇得不小心跌坐在地。

（好痛，口袋裡的素材要被壓扁了……奇怪？）

原本收在口袋裡的那顆白底紅斑的珠子消失了。不小心掉在某個地方了嗎？

「喝啊！」

衝進房間的魔物魚還沒有從對面的窗戶衝出去之前，尤利凱的鞭子把魔物魚的頭與身體一分為二，也順便打斷了瑪莉艾拉的思緒。

「尤利凱好強喔！」

遠遠看著少了頭部仍然不斷彈跳的魔物魚，瑪莉艾拉靠近尤利凱。

「在水裡戰鬥就算了，這點程度不算什麼唄。明明要去魔森林，像瑪莉艾拉這麼弱的人反而比較稀奇咧。」

「嗚……這麼說……也沒錯啦。」

「可是瑪莉艾拉會做魔藥，也會做菜。這條魚就交給妳料理唄。」

「嗯，交給我吧！」

瑪莉艾拉也許是漸漸習慣了尤利凱的有話直說，或是知道其中並沒有惡意，所以並沒有把這番毒舌評論放在心上，開始料理魔物魚。

魔物魚即使少了頭部，大小仍然相當於人類的小孩；身高與瑪莉艾拉相差無幾的尤利凱將其肢解，確認從魔物魚體內取出的肝臟沒有毒以後，把肝臟拿給庫吃。肝臟完全不合瑪莉艾拉的口味，但這似乎是愛喝酒的人會喜歡的珍饈。不知從何時起，原本在瑪莉艾拉身上化為圍巾的火蠑螈也跟庫一起啃起了肝臟。

瑪莉艾拉將魚肉切塊，把今天要吃的份進行表面的冷凍處理，明天的份則完全冷凍，然後把剩下的部分做成魚乾，再撒上香草，烘烤早餐的分量。

這裡也長著許多繩藤，所以只要用烘乾的葉子當作燃料，火力就跟燃燒稻草一樣強，可以做出好吃的烤魚。這種魔物魚屬於紅肉魚，油脂多的側腹部就像肉一樣，早上吃稍嫌油膩。所以瑪莉艾拉對靠近尾巴的背肉灑上滿滿的香草，做出清爽的風味。一早就吃得相當豐盛。

將硬麵包丟進「鍊成空間」，使其吸飽「生命甘露」，然後稍微重新烘烤，就會變成柔軟的麵包。這是兩百年前過著貧困生活的瑪莉艾拉為了將又乾又硬的便宜麵包變得更好吃所發明的技巧。雖然「生命甘露」可以讓快要過期的麵包變得跟剛出爐的麵包一樣美味，但兩百年前的瑪莉艾拉吃的便宜麵包幾乎沒有使用奶油或蛋，所以就算是剛出爐也不怎麼好吃。

不過，現在瑪莉艾拉手中的是烘烤成乾糧的麵包，添加了許多奶油與蛋，所以只要經過軟化，就會變得像迷宮都市最受歡迎的麵包店一樣美味。

瑪莉艾拉在麵包裡夾進香草烤魚和苦味少而口感好的一點藥草，做成三明治。以缺乏調味料的料理而言，這樣的成品算是不錯的了。剛才還在啃著魔物魚肝臟的火蠑螈張大嘴巴仰望瑪莉艾拉，好像很想吃一口。

或許是很高興能跟尤利凱和瑪莉艾拉一起吃飯，庫也高興地咀嚼著魔物魚的肝臟，看起來有點可愛。

「……幸好我有跟瑪莉艾拉會合咧。」

而且，瑪莉艾拉似乎還抓住了尤利凱的胃。這道菜應用了類似的紅肉魚食譜，都是多虧有「書庫」。

「今天有很多事要做，所以得好好吃飯才行。」

聽到瑪莉艾拉這麼說，大口吃飯的尤利凱與另外兩隻都點了點頭。

「那棟建築物是神殿嗎？師父會不會就在那裡？」

「看起來顯然很可疑，而且就像終點咧。」

瑪莉艾拉與尤利凱從東塔的三樓眺望中庭的建築物。那棟建築物有白色的牆壁與翡翠色的屋頂。好幾個半圓形重疊而成的圓頂天花板相當複雜，瑪莉艾拉第一次見到這種樣式的建築。由於是隔著水觀看，所以細節很模糊，但相較於長滿水草的外牆和塔，那棟建築物的白色牆壁應該沒有水草攀附。

就像是在宣告「這裡有東西喔」似的，看起來非常可疑。

塔就是圍著那座神殿而立，三層樓高的外牆則連接著這些塔。

昨晚，瑪莉艾拉移動到這座東塔的通道位於屋頂，現在所在的地方則是一層樓之下的東塔三樓。這個房間並沒有通往二樓的階梯，南北兩邊的門則連接著走廊。

走廊的窗戶呈現細長的形狀，旁邊有點燃的火炬，光線很明亮。牆上裝飾的畫描繪著冒險者與魔物戰鬥，或是庶民生活的樣子，另外還有一般家庭也買得起的家飾品，看起來有點像是博物館。

一行人試著走到走廊盡頭。但瑪莉艾拉一開始甦醒的東南塔三樓被一大堆雜物堵住而打不開，東北塔則是能從敲響的聲音得知裡面已經進水了。直到晚上水退了為止，恐怕都無法離開東塔。

東塔三樓也跟東南塔一樣，放著餐具與雜物。不過，這裡跟帶著某種懷舊感的東南塔不同，有香味很淡的香水瓶、裡面裝著劣質酒的高級酒瓶、保養得宜卻使用了很久的銀製餐具等等，許多東西都給人一種矛盾的感覺。放在這裡的東西究竟是屬於誰的呢？

（感覺好像在偷窺某人的過去……）

感到有點心虛的瑪莉艾拉只蒐集了需要的瓶子，重新開始補充燃燒彈與除魔魔藥。接下來的目標是東北塔。在三樓的走廊上等待，應該就能在日落的同時進入塔內了。

日落使天空的色彩開始轉變，外頭的透明度也隨之增加。

瑪莉艾拉定睛注視著失去光芒的同時變得清晰的景色，發現外頭的水並不像拔掉塞子的浴缸一樣慢慢減少，而是隨著光芒的退散而同時消失。太陽完全下山之前，瑪莉艾拉在門把能夠轉動的當下就打開了東北塔的門，所以門的另一頭瀰漫著濃濃的水氣，就像身在迷霧之中。

「往下的樓梯……好像沒有。」

「通往西邊的門壞掉了咧。」

這個房間也放著幾個櫃子與箱子，壞掉的箱子露出了色調華麗的女性服飾和裝飾品。其中似乎還有信件與化妝品，但全都濕透了，沒辦法使用。

「瑪莉艾拉待在這裡，我馬上回來咧。」

西門本身已經脫落，尤利凱快步奔去，打算確認那裡有什麼。瑪莉艾拉與庫往門的另一頭窺探，看見瀰漫霧氣的走廊前方有夕陽照射進來。

（雖然看不太清楚，但走廊中斷了嗎？呃，奇怪？火炬呢？）

直到前來東北塔為止，走廊上明明都有燃燒的火炬，這個房間與前方的走廊卻都沒有火炬的亮光。畢竟原本是浸泡在水中，火會熄滅也是理所當然的，可是先前的房間明明沒有補充燃料，火炬仍然可以持續燃燒。所以即使是原本進水的地方，有火炬燃燒也不奇怪。

瑪莉艾拉對這個房間及西側走廊沒有火光的事情感到弔詭。

轟！

就像是要炸飛瑪莉艾拉的疑惑，走廊的盡頭有火舌竄起。應該是尤利凱使用了燃燒彈。殘留在房間裡的水氣頓時消失，外頭已經是一片漆黑。

肯定是黑色魔物出現了。

瑪莉艾拉為了能隨時逃跑，騎到了庫的背上。移動到奔龍頭上的火蠑螈代替火光，照亮了房間。

「走廊過不去咧，中間崩塌了。而且，黑色魔物超多的咧！」

返回的尤利凱用流暢的動作騎上庫的背部。載著兩人的庫似乎已經等不及了，立刻奔上階梯，來到有外牆通道的四樓。

「嗚哇，這裡也有！」

連接著外牆通道的四樓房間也沒有點亮的火炬，幾乎淹沒走廊的黑色魔物在西側那扇脫落的門外蠢蠢欲動，朝這裡逼近。因為是全身呈現黑色軟體狀的魔物，無法分辨究竟是多個小型個體或是一個大型個體，總之就像是黑色的浪潮襲捲而來，不快點逃走就會在轉眼之間被吞噬。

「尤利凱，要往上跑嗎！」

「不行咧！照這個樣子看來，上面也不一定安全！」

「可、可是，南側也有魔物！」

庫用前腳靈巧地打開門，返回東塔的外牆通道上卻也有好幾隻黑色魔物。牠們應該是沿著牆壁爬上來的吧，雖然不像西側一樣，多到足以淹沒通道，但數量還在持續增加。

究竟要逃往樓上，還是返回原本的東塔呢？回頭的通道上有魔物，樓上也是死路一條。在這種情況下，其他同伴不太可能乖乖待在同一個地方。

「嘖，沒想到會有這麼多咧。黑鐵運輸隊大概沒有人會笨到傻傻地留在這個地方！用燃燒彈一口氣衝過去唄！」

「知道了！我來丟燃燒彈，趁著起火的瞬間衝刺吧！」

瑪莉艾拉拿出燃燒彈，用火蠑螈點火，再朝通道使勁一丟。以她的投擲能力而言，這個燃燒彈算是丟得不錯，沒有撞到室內的牆壁，而是落在門外幾步的距離，擴散成一片薄薄的火焰。黑色魔物似乎是被突然竄起的火舌嚇到了，讓瑪莉艾拉等人可以趁機逃走。

尤利凱沒有錯過這個機會，駕著庫衝了出去。為了通過人類用的門，庫低下頭，以放低重心的姿勢，如子彈般衝向通道。牠跨出第一步便奔向門外，然後順勢助跑，正要用雙腳使勁一蹬，飛越火焰的時候——

「啊！上面！」

大概是撥開火焰，爬上了塔的牆壁吧。黑色魔物從上方掉了下來。那隻魔物被尤利凱的鞭子彈開，又被火蠑螈的火焰燃燒，墜落到外牆下方，但突如其來的狀況讓奔龍停下了腳步，這時上方又有另一隻魔物掉下來了。

「哇！不要過來！」

「呃，瑪莉艾拉，妳冷靜點唄！」

尤利凱試圖用鞭子打落下一隻魔物，卻被在後面高舉燃燒彈的瑪莉艾拉擋住，無法自由活動。火蠑螈只能燃燒黑色魔物，無法將牠擊飛，於是熊熊燃燒的塊狀物便從瑪莉艾拉等人的上方落下。

要不是載著瑪莉艾拉，庫就能用尾巴打飛黑色魔物了，但如果載著瑪莉艾拉空翻一圈，她就會跟著魔物一起飛出去。

萬事休矣。

正當熊熊燃燒的黑色魔物即將落在瑪莉艾拉等人的頭上時——

「『疾風之刃』！然後是本大爺，登！場！喝啊！」

正好在瑪莉艾拉陷入危機時出現，是身為英雄之人的特權，但不知為何，用風刃砍飛黑色魔物，從塔的略高處跳到瑪莉艾拉等人面前的，竟是身為雙劍士的愛德坎。

「愛德坎先生！你是從哪裡過來的？」

「竟然有人笨到傻傻地留在這個地方咧。」

「呃，尤利凱說得太狠了吧！」

明明帥氣地拯救瑪莉艾拉與尤利凱脫離了險境，愛德坎得到的卻是這種待遇。尤利凱的冷淡反應讓愛德坎的心都碎了。

「虧我還沿著塔的牆面衝下來救人～討厭～我要哭了啦。」

看來愛德坎是從塔頂的窗戶，直接沿著牆面衝下來的。

牆面上有突起處和窗戶，也長著水草，所以有地方可以攀附，但他的動作幾乎可說是墜落。多麼輕巧的身手。該說不愧是A級冒險者嗎？或者就只是一隻猴子呢？

愛德坎說著「我要哭了」的同時，用雙劍放出風刃，將掉下來的黑色魔物砍成兩半，讓牠們掉到牆壁下。

「總之得救了咧。愛德坎也要跟我們一起走嗎？」

有愛德坎在身邊就能放心了，於是瑪莉艾拉對尤利凱的提議連連點頭，不過——

「咦～不行耶。因為等一下～狂歡時刻就要開始了。所我也要在這裡一起狂歡，之類的？」

「等等，我聽不懂你在說什麼咧。」

「放心，尤利凱，我也聽不懂。」

愛德坎正在說些莫名其妙的話。連瑪莉艾拉都對他投射冰冷的視線，希望他別跟這個世界一樣令人疑惑，愛德坎卻對兩人露出一如往常的笑容，然後說道「好吧，直接看比較快」，並握著劍指向西北方。

在沒有月亮或星星的黑暗中，塔的亮光已經消失，從通往南北兩側的走廊透出的微微亮光也無法觸及北側的牆壁。除了一片黑暗以外，瑪莉艾拉的眼睛什麼也看不見，但以魔力強化視力的尤利凱可以看到北側的外牆周圍已經崩塌得彷彿被挖空，而且有黑色魔物大量聚集在那裡。

除此之外，還有比夜晚或黑暗更加深沉的某種無形事物，正要從被挖空的外牆另一頭湧進牆內。

「那是……什麼東西？」

「不知道。」

對於來路不明的魔物，更加來路不明的東西蜂擁而來。

尤利凱本能地察覺那些東西絕非善類而感到戰慄，愛德坎則以堅決的表情注視著。或許是因為平時的為人，擺出嚴肅表情的愛德坎看起來並不像認真的樣子，所以只能見到一片黑暗的瑪莉艾拉完全無法體會這份危機感。

「那種很不妙的黑霧很快就會一口氣湧進來，被那些黑色的類史萊姆吸收光光，然後類史萊姆會大暴增，瘋狂地互相推擠。已經可以說是狂歡，狂歡了。」

「……我知道愛德坎就是個笨蛋了咧。所以？為什麼你要一起狂歡咧？」

雖然愛德坎的說明一點急迫感都沒有，但兩人已經了解狀況了。不過，愛德坎為何要留在危險的這裡呢？對於尤利凱的這個問題，愛德坎輕輕笑著這麼回答：

「沒有啦，因為要是我不在這裡阻止，那些類史萊姆就會擠過頭，跑到建築裡面來。所以啦～趁我在這裡拖住牠們的時候，你們就去神殿尋找逃脫的方法吧。」

「愛德坎先生，你的意思是……」

「你果然是個笨蛋咧……」

昨晚瑪莉艾拉一行人可以逃進安全的塔，而且安全地睡覺，都是因為愛德坎在這裡跟黑色魔物戰鬥的關係嗎？

對此隻字不提的愛德坎只說道：「好啦～拜託你們了～」然後就像是要去有漂亮大姊姊的店似的，一派輕鬆地轉身離去。原來他真的是英雄。

「這個拿去唄！那些東西好像很怕火咧！」

「哦，謝啦！」

尤利凱把裝著燃燒彈、河尼厄思草製成的除魔魔藥及緊急糧食的袋子丟過去，愛德坎接住後便奔向擠滿黑色魔物的西側通道。

「瑪莉艾拉，走唄！」

「嗯！……等一下，這是……」

瑪莉艾拉從庫的背上跳下來，撿起掉在腳邊的小石頭。地上有幾個褐金底色搭配綠色與藍紫色斑紋的小珠子，另外也有先前見過的，帶著紅斑的白色珠子。這些珠子實在不像是路邊的普通石頭，就跟糖果差不多圓；瑪莉艾拉將珠子收進腰包裡，然後再度騎到庫的背上。

「好了，妳再丟一次燃燒彈唄。」

「沒問題！」

「嘎嗚！」

瑪莉艾拉使盡全力丟出燃燒彈，奔龍則跑在擴散的火焰上。

似乎是火蠑螈保護一行人不受火焰傷害的關係，驅離黑色魔物的火焰之路對瑪莉艾拉等人來說，一點也不燙。

「一口氣跑去東南塔唄！」

「嗯！那裡說不定有通往樓下的階梯！」

或許是因為愛德坎阻擋了魔物，魔物的數量並不像往南走時一樣多。

往愛德坎所在的東北塔附近望去，就能看到黑暗中不時有光芒閃現。

「他有用到燃燒彈呢……」

「……愛德坎很命大的咧。」

按照愛德坎的作風，真的危險的時候應該會逃走，但時間還是很寶貴。瑪莉艾拉等人通過東塔，在用完最後一個燃燒彈的同時回到東南塔。

05

「嗯～通往樓下的階梯很明顯已經被堵住了。」

「這是故意的唄。」

瑪莉艾拉甦醒的東南塔三樓塞滿了大大小小的箱子與櫃子，房間裡的模樣正好可以用置物間來形容。

第一次踏進這個房間的時候，瑪莉艾拉急著要救庫，所以沒有發現這個房間通往二樓的階梯已經被一個巨大的箱子完全壓住了。

這個房間裡有幾個超過兩人身高的大型箱子，周圍還有大小與葡萄酒箱差不多的箱子堆積如山。由於數量多到寸步難行的地步，就算想把箱子推開也沒有足夠的空間；即使尤利凱要用鞭子打壞箱子，鞭子也會纏住其他的雜物。

而且通往北側與西側的走廊也被雜物堵住了。

「裡面裝的是空酒瓶？還有書跟……奇怪，有魔藥瓶耶。另外這些是舊衣服？」

與東塔不同，這裡大量堆放著庶民之中比較貧困的人會使用的物資，有許多東西是瑪莉艾拉也覺得很眼熟的。

因為燃燒彈用完了，這些空酒瓶正好可以用來做新的燃燒彈。有了這麼多空酒瓶，就能盡情放火了。

「這個大箱子裡裝著什麼咧？多尼諾應該能打壞，但靠我們頂多只能移開北側的雜物唄。」

目前無法下樓，就算要找其他的階梯前往西側，也得一路打倒魔物並穿越四樓的通道。若不補充燃燒彈，恐怕無法繼續前進。

「總之要快點去採集藥草唄。瑪莉艾拉，抓緊咧。」

「嗯，我知道了呀啊啊啊啊啊啊——！」

雖然嘴巴上回答「我知道了」，瑪莉艾拉卻發現自己根本搞不清楚狀況，在劇烈搖晃的奔龍背上感到有點後悔。她慶幸地心想，好險自己中途有閉上嘴巴，才沒有咬到舌頭。

尤利凱對愛德坎的態度明明那麼冷淡，內心或許非常擔心他。又或者是擔心可能待在西側的其他同伴呢？

抵達生長著蓋浦勒果實的樓層時，瑪莉艾拉已經頭暈目眩，實在不是能夠採集素材的狀態。

尤利凱的體格就跟瑪莉艾拉差不多纖細，看起來並不像肌肉發達的樣子，為什麼會有這麼大的差異呢？也許是馴獸技能的效果，或者該說不愧是黑鐵運輸隊的成員吧。

「瑪莉艾拉就稍微休息一下唄。」

尤利凱在累垮的瑪莉艾拉面前疊上一叢又一叢的水草。

因為是將生長在塔的外牆的蓋浦勒果實連同周圍的藥草全部扯下來，雜草還比較多。其中也混了一些可食用的水草，經過烘乾就能當作煮湯的材料了。

（照這個樣子，我來這裡不就沒有意義了嗎？）

瑪莉艾拉這麼想的期間，水草山仍然持續增加。尤利凱似乎會用鞭子纏繞水草，採集手搆不到的範圍。對尤利凱來說，水草看起來全都一樣吧。

「好了，瑪莉艾拉，快點做燃燒彈唄。」

尤利凱側眼看著光是要分類就很累人的水草山，這麼說道。

真是魔鬼。對平日總是被吉克寵壞的瑪莉艾拉而言，這正好是不錯的復健。

「嘎嗚呼～」

不知道在高興什麼，火蠑螈愉快地搖著尾巴。

「嗚嗚，我做就是了……」

認命的瑪莉艾拉揉著被暴衝的奔龍震得發疼的屁股，開始著手分類水草並製作燃燒彈。

雖然尤利凱拔來的水草分量相當多，瑪莉艾拉還是沒花多少時間就做出了奔龍可以承載的最多燃燒彈。

因為只有低階到中階的程度，瑪莉艾拉轉眼間就能做好。就算再加上大量零碎藥草的分類與處理，也花不到一刻鐘的時間。

首先用「藥晶化」從一起拔來的水草中去除藥草，然後以不同的乾燥條件搭配風力分類法來處理剩下的水草與蓋浦勒果實，就能輕鬆將它們分開。

所以自從抵達這座東南塔，直到採集蓋浦勒果實並製作燃燒彈，然後回到東南塔四樓為止，明明只過了幾刻鐘的時間，可是——

「咦……？天已經亮了！」

這裡連時間的流逝都不正常嗎？昨天的夜晚長度明明與正常的時間差不多，此刻的外頭卻已經開始亮起，也充滿了水。

「會不會是有什麼條件咧？」

尤利凱陷入沉思。

「說到跟先前不同的事情……愛德坎先生？」

「嗯，頂多就是愛德坎跳著火舞狂歡唄。」

愛德坎何時學會操控時間的技術了？

雖然A級冒險者確實很厲害……
「再怎麼說也不可能是因為愛德坎做了什麼的關係唄。」
「就是啊。可是，早上不會有黑色魔物，這樣愛德坎先生就能休息了。」
「！就是這個咧！」
瑪莉艾拉不經意的一句話讓尤利凱有了反應。
「不是因為天亮，黑色魔物才消失，是因為解決了黑色魔物，才這麼快就天亮的咧！」
這個世界的夜晚與黑色魔物彼此相關，沒有完全打倒魔物的時候，夜晚會維持正常的長度，在天亮的同時充滿水，使黑色魔物消失。
第一天因為不知道黑色魔物的弱點，愛德坎可能戰鬥了一整晚，但今天尤利凱告訴他弱點，並將燃燒彈交給了他。愛德坎雖然會使用屬性劍，但畢竟不是魔法師，所以魔力並不高。不過只要善用燃燒彈，就能有效率地打倒黑色魔物。
這就是尤利凱的推論。
「嗯，在這麼不可思議的世界，就算發生那種事也不奇怪。可是，這麼說起來……就表示愛德坎先生真的讓夜晚結束了？」
「嗚……用那種說法來形容愛德坎，讓人聽了有點火大咧。」
「的確，他可能會說出『哇哈哈哈，本大爺就是夜晚之王～』之類的話。」
夜晚之王愛德坎。雖然他在另一方面似乎還算配得上這個稱號，但考慮到他因為感情糾紛而來到這裡的經歷，比起夜晚之王，夜晚的奴隸或許更適合他。

「要是跟愛德坎說這種話，別說是王了，他甚至會說自己是『夜晚之神』唄？那傢伙的個性很輕浮，與其說是神，不如說是紙咧（註：日文中的「神」與「紙」同音）。他最好玩火玩到引火自焚咧。」

昨晚的愛德坎或許玩火玩得很盡興，而尤利凱的毒舌也不遑多讓。瑪莉艾拉只能用尷尬的陪笑來回應。

「啊、啊哈哈哈哈。不過，火確實很有效就是了。啊……」

「怎麼了咧？」

火這個詞讓瑪莉艾拉想起了一件事。

愛德坎所在的東北塔三樓與四樓都沒有點亮的火炬。

「欸，尤利凱，這個房間不是每隔一段距離就會有點亮的火炬嗎？會不會就是這些火炬形成了阻擋黑色魔物的結界？昨天有一隻黏在庫身上跑了進來，所以可能也不算絕對安全就是了……」

瑪莉艾拉想起，黑色魔物黏在庫身上而進入這個房間之後，動作很明顯變遲鈍了。

「原來如此……可以從火炬的狀態判斷那個地方大概有多安全唄？」

「嗯，應該沒錯。」

「火啊……」

應該不只有瑪莉艾拉能從中感覺到某種符號化的意象。

「現在應該先做能力範圍內的事咧。我們去把三樓往北的通道整理成可以通過的狀態唄。」

似乎是想轉換心情，尤利凱說起現在該做的事。

把現在所待的東南塔三樓的雜物清掉，應該就能經由東塔，前往愛德坎所在的東北塔了。這條通道每隔一段距離就有點亮的火炬，最好先確保這條路可以安全通行。順路送燃燒彈與糧食給愛德坎也不錯。

「送物資是個好主意咧。在走廊的窗戶上放食物，他聞到味道就會自己過來了唄。」

「……愛德坎先生是動物還是什麼嗎？」

尤利凱果然還是尤利凱。

準備好要送去給愛德坎的燃燒彈與糧食之後，瑪莉艾拉等人也開始吃晚餐了。

因為有在東塔採到可作為食用油使用的亞種蓋浦勒果實，瑪莉艾拉做了炸魔物魚排三明治，再用剛才採到的水草與魚乾來煮湯。

「被那種黑色魔物纏住，會有某種東西被吸走的感覺咧。」

尤利凱一邊咀嚼嘴裡的三明治，一邊開闔自己的手掌。可能是在跟瑪莉艾拉會合之前，曾經與黑色魔物交戰，所以被纏住過吧。

「吸走血嗎？還是魔力？」

「兩者都不是咧。雖然不太清楚，但總覺得有重要的東西被吸走了咧。」

話說回來，庫也被黑色魔物纏住過。那種黑色魔物似乎會纏住生物，吸收某種東西。

「嘎嘎～」

不知道究竟聽不聽得懂，庫的叫聲就像是在附和。牠的叫聲好像在說「被吸走了～」一樣可愛。瑪莉艾拉想安慰牠，於是說道「只能吃一點點喔」，餵牠吃一片魚乾。

「嘎！」

庫立刻恢復活力。從牠的樣子看來，似乎不像是被吸走了重要的東西，但還是積極地燒掉黑色魔物比較好。

「我開始有點睏了……」

吃飽之後，瑪莉艾拉漸漸開始有了睡意。

「體感時間大概已經過了深夜唄。妳稍微稍微睡一下比較好咧。」

既然夜晚的時間縮短了，白天的時間也會跟著延長嗎？

不知道正確的時間，令人感到有些坐立難安。

東南塔的三樓放著許多箱子，這種雜亂又狹窄的感覺讓瑪莉艾拉覺得有點懷念。瑪莉艾拉在雜物之間縮起身體，火蠑螈不知從何時起依偎在自己身邊，祂所觸碰的腹部可以感覺到一股暖意。

瑪莉艾拉一閉起眼睛便進入夢鄉。

06

無邊無際的天空，以及無邊無際的大地。

稀疏的灌木，以及遠方的山巒。

寬廣的天空與大地彷彿沒有界限。

或許是落單了，一隻草食性野獸被好幾隻肉食性野獸啃食，天上還有想分一杯羹的瘦弱鳥類正在盤旋。

不受任何規範束縛的那個地方肯定是既嚴苛又殘酷，同時也非常自由。

在孩提時代見過的那個地方。

明明是為了抵達烙印在眼底的那個地方，自己才會逃出來的。

「好狹窄的天空咧。」

「嘎嗚。」

從房屋林立的帝都貧民窟仰望的天空非常狹窄，一想到這個地方竟然連天空都無法盡情欣賞，尤利凱便感到悲傷。

咕嚕。

「肚子好餓……我們去抓老鼠唄？」

「嘎嗚……」

跟第一次馴服的奔龍一起來到帝都之前，尤利凱一直相信只要有奔龍在，就能抵達那個地方。即使自己連那個地方究竟位於何處都不知道。

尤利凱為了獲得關於地點的情報而來到帝都，但微薄的旅費早已見底。年幼的尤利凱只能勉強馴服奔龍，缺乏戰鬥的能力，就算與奔龍合力也找不到像樣的工作。

見到帶著奔龍的馴獸師小孩，強逼自己賣掉奔龍的人還算好的，更多的是試圖搶走奔龍，或是想欺騙尤利凱的大人。

如果這裡不是帝都，而是某個接近森林的村莊，至少還能抓森林裡的動物來果腹。抵達帝都之前，尤利凱與奔龍就是靠這種方法撐過來的。

不過，帝都只有人類特別多，就算花上一天的時間前往附近的森林，也找不到多好的獵物。容易狩獵的生物全都已經被抓完，或是逃到遠方的森林了。

說到能在帝都抓到的獵物，就只有在貧民窟到處亂竄的骯髒老鼠而已。尤利凱就算了，靠這種東西根本無法餵飽體格龐大的奔龍。

「嘎嗚，嘎嗚。」

奔龍用臉磨蹭尤利凱。

『我肚子餓了，我們去森林吧，這裡都是一些討厭的人類。』

奔龍的這段心聲傳遞了過來，於是尤利凱緊緊抱住牠。

「好唄，反正這裡也不是我們想來的地方。」

可是，自己究竟該去哪裡才好？

現在的季節仍然溫暖，到森林裡就能找到今天和明天的糧食。不過，森林裡沒有能遮風避雨的屋簷，也沒有能阻擋魔物的牆壁。

而且冬天來臨之後呢？

飢餓與看不見未來的不安使年幼的尤利凱只能倚靠著奔龍，瑟縮在貧民窟的一角。

自己究竟是什麼時候睡著的呢？

「嘎嗚嘎嗚。」

尤利凱在奔龍的搖晃與叫聲中醒來，睜開眼睛便看見一臉高興的奔龍，以及肥美的雞屍。

這麼豐滿的體型，恐怕不是野生的雞，肯定是飼養來食用的肉雞。

「這是從哪裡來的……」

尤利凱用馴獸技能探索奔龍的思緒，得知牠在天亮前襲擊帝都郊區的農村，把雞偷了過來。恐怕是在飢餓的驅使之下吃了好幾隻雞，奔龍的嘴邊沾滿了雞血，尤利凱可以接收到牠的飽足感。

「嘎嗚！」

『很好吃喔！快吃吧！這是我抓來的。』

不知道自己做了壞事的野獸替飢餓的主人抓了獵物過來，用純真的眼神注視著尤利凱，似乎希望能得到讚美。

「看看你……做了什麼……都是因為我還不熟練……」

尤利凱雖然年幼，但並不是不懂得分辨是非善惡。

尤利凱知道，奔龍這種凶猛的野獸在沒有主人命令的情況下狩獵是多麼危險的事。牠竟然趁著尤利凱睡著的期間，擅自攻擊他人的家畜……不論有多麼飢餓，就算是為了尤利凱，這種行為也不可原諒。

如果是被完全馴服的野獸，就不會在沒有主人許可的情況下發動攻擊，或是擅自進食。

年幼又孤獨的尤利凱過於依賴奔龍，在訓練方面似乎欠缺了應有的嚴厲。

從奔龍的記憶看來，幸好牠沒有攻擊人類。牠被趕來察看異狀的農夫嚇到，就叼著這隻雞逃回來了。

（既然牠沒有嚐過人肉的味道，應該是不會被殺掉……）

但尤利凱根本沒有錢可以賠償奔龍殺死的雞。

萬一被逮到，就只能把奔龍拱手讓人了。

「找到了！在這裡！」

正當尤利凱產生逃跑的念頭時，看似冒險者的一群男人與狗的叫聲傳進了耳裡。

「奔龍！快跑唄！」

尤利凱立刻騎到奔龍背上，試圖離開現場。

「別想跑！偷雞賊！」

男人的聲音響起的同時，一顆石頭朝尤利凱飛來。

「呀啊！」

尤利凱不知道這個男人是多強的冒險者，但一個成年男子丟出了相當於拳頭大小的石塊。仍在成長中的尤利凱被擊中左肩，發出喀嘰的一個刺耳聲響，從奔龍的背上摔了下來。

「好球！再來！」

「嘎嗚！」

主人遭到攻擊而發怒的奔龍露出尖牙，朝冒險者跑去。這個冒險者大概不強，無法應付奔龍的速度與張嘴咬人的動作，只會害怕地哇哇大叫。

「不、不行……『停下來』，奔龍！」

在這裡攻擊人類，這隻奔龍就無法回頭了。如果牠在沒有主人命令的情況下攻擊人，嚐到人類血肉的味道，知道自己比人類更強，就難以再度馴服了。牠總有一天會被抓住，遭受撲殺處分。

奔龍根本不知道尤利凱拚命制止自己的理由，突然停止動作；這時冒險者用劍鞘毆打牠，趕來的其他同伴則對牠丟出網子，以免牠逃走。

「這傢伙竟敢嚇我，去你的！喝！怎麼樣！喝！再咬一次看看啊！」

冒險者用劍鞘痛毆被網子纏住而動彈不得的奔龍。

「嘎！嘎！嘎！」

「不要！牠已經動不了了！放過牠，放過牠唄！」

尤利凱按著骨折的左肩，抓著冒險者哀求，又被冒險者揪住衣領抬起。

「幹什麼，臭小鬼。你就是牠的主人吧，該死的小偷！」

「我會乖乖道歉！乖乖賠償的咧！所以，所以……」

「喂，那個小鬼是不是馴獸師？可以賣個好價錢耶。」

「哦哦？髒得我都看不出來，不過比起逮到偷雞賊的委託，那樣確實划算多了。」

「我知道有奴隸商人會收購這種貨色喔。」

得快點逃走。

這些冒險者根本不打算理會尤利凱，再這樣下去，奔龍與尤利凱本身都會被賣到不同的地方。尤利凱拚命掙扎，試圖甩掉抓住自己的手，卻遭到冒險者的拳頭毆打。

「別給我亂動。」

男人毫不留情地出拳毆打，讓尤利凱因為破舊的衣服被撕裂而摔落到地面上。雖然脫離了男人的掌控，遭到狠狠毆打的尤利凱卻痛得無法起身。

「喂，這傢伙是女的吧？」

「嗯？哦哦，這下子賺翻了。雖然還是小鬼頭，但女人應該能賣到好價錢！」

男人們低俗地放聲大笑。

（好骯髒，好骯髒，這些傢伙好骯髒。我得快逃，不論如何都得逃走……）

尤利凱用模糊的視線看著被網子纏繞而倒地的奔龍。

「嘎嗚……」

牠明明也被打傷了，卻仍然一臉擔心地注視著尤利凱。

尤利凱緩緩將手伸向奔龍。

被毆打好幾次，又重摔到地面上的尤利凱不知何時弄傷了右手，手指上沾著血。看到她伸出的手指，察覺其意圖的奔龍扭動身體，將額頭湊向尤利凱。

冒險者們忙著盤算如何賣掉尤利凱與奔龍，沒有發現她的手正在奔龍的額頭上寫下某種血字。

（寫好了……）

接下來只剩「命令」。

雖然尤利凱還是個不成熟的馴獸師，但毫無疑問地，她確實連同兒時所見的那片景色一起繼承了只在邊境部族中流傳的這項能力。

因馴獸師的血而發狂、經過強化的奔龍，肯定能立刻咬死這些冒險者。接下來，尤利凱只要下達「命令」即可。

使奔龍「發狂」，咬死這些人類。

即使這個命令會讓尤利凱與奔龍都再也無法回頭。

「吾……吾仔啊——……」

尤利凱的視野開始模糊。

自己並不想殺人，也不想讓奔龍吃人。

只是想抵達那個地方——抵達唯一留在記憶中的那道地平線而已。

可是，為什麼？

「還是到此為止吧。」

尤利凱下達「發狂」的命令之前，一個人影從貧民窟的小巷中現身。

「你是誰啊？」

「想打嗎？」

面對突然出現的成年男子，冒險者們拔劍威嚇。

「我勸你們住手。我已經去叫衛兵了，他們很快就會趕來。誘拐這種小孩當奴隸的行為若曝光，到時候就換你們當奴隸了。」

男人看起來明明沒有帶武器，卻無所畏懼地靠近拔劍的冒險者們。臉上戴著面具、用兜帽深深蓋住頭部的男人散發著不像是普通人的壓迫感。

這副毫無破綻的模樣讓冒險者們彼此使了個眼色。

他們認為「肯定是嚇唬人的。衛兵不可能來到這種貧民窟」。不過，遠方竟有別人喊著「衛兵先生～這裡，這裡」的聲音傳來。

「喂，我們走。」

「嘖，你們撿回了一條命！」

就算衛兵的事是謊言，他可能也有其他同伴。把事情鬧大不是明智之舉。冒險者們收起劍，匆匆撤退。

「唉，明明他們才是撿回一條命的人。站得起來嗎？啊，妳的肩膀受傷了吧。『回復』。」

面具男扶起尤利凱之後，對骨折的左肩施展治癒魔法。

呼喚衛兵的聲音似乎是貧民窟小孩在演戲，小孩收下面具男的小費之後，馬上就消失到巷子裡了。

「……為什麼要救我咧？」

尤利凱帶著戒心問道。救了自己，甚至為自己使用治癒魔法的這個男人看起來不像是壞人。可是，這個面具男察覺了尤利凱原本想做的事。

「因為我不希望奔龍在這裡發狂。妳好像還不熟練，而且在貧民窟引起騷動的話，會給其他居民添麻煩。妳看，妳的奔龍一直在威嚇我。能請妳快點安撫牠嗎？」

經面具男這麼一說，尤利凱才發現奔龍受到自己的怒氣影響，非常激動地連連喘氣並露出尖牙，還不分青紅皂白地試圖攻擊救了自己的男人。

「『鎮定』，鎮定，已經沒事了。謝謝你試著救我。謝謝你，已經沒事了咧……」

「嘎嗚……」

尤利凱安撫奔龍，替牠解開網子，不停地撫摸牠的頭。

尤利凱與奔龍都被打傷了，但面具男只靠簡單的治癒魔法便馬上治好了傷勢。

因為那些冒險者打算把奔龍抓去賣掉，似乎沒有造成可能折損其價值的傷。

「好了，那隻奔龍確實襲擊了雞舍嗎？如果我就這麼放你們走，恐怕會再發生同樣的騷動。我認為乖乖賠償才是上策。」

面具男所說的話很有道理。可是尤利凱能夠付出的只有自己或奔龍。面對低下頭的尤利凱，面具男接著這麼說道：

「別擔心，只要這隻奔龍去工作，馬上就能還清債務。牠的訓練似乎還沒有結束，所以馴獸師也得一起工作就是了。如果妳有這個打算，我可以幫忙交涉。」

在面具男的安排之下，尤利凱與奔龍要到那戶農家工作一個月左右。這個位於帝都郊區的畜牧農家會將加工後剩下的家畜內臟提供給奔龍作為食物，也有弱小的魔物會來攻擊家畜，所以奔龍可以將打倒的魔物吃掉，不必再挨餓。

由於解決了糧食的問題，奔龍現在不只會保護家畜不受魔物傷害，也已經學會如何拉貨車，或是允許尤利凱以外的人騎乘自己。多虧如此，尤利凱可以在空閒時間訓練看門狗，或是診斷家畜的身體狀況，使農家希望她在還清債務後，仍然能繼續留下來工作。

還清債務的時候，奔龍的訓練也已經完成，現在即使尤利凱不在，牠也不會攻擊家畜，懂得服從畜牧農家的命令。

「這隻奔龍就麻煩你們照顧了。」

「嗯，我們會善待牠的。」

「嘎嗚。」

尤利凱無法在帝都跟奔龍一起生活。靠現在的自己，連餵飽牠都辦不到。理解這一點的尤利凱在對方的強烈拜託之下，決定把奔龍交給畜牧農家照顧，一個人返回帝都。

「嗨，工作辛苦了，尤利凱。雖然我說過『妳工作結束之後，如果沒有地方可去就來找我』，但沒想到妳真的會來。我聽說那戶畜牧農家有挽留妳呢。」

「我只要能偶爾回去看看就夠了咧。今後請你多多指教咧，法蘭茲。」

回到貧民窟的尤利凱投靠了面具男——法蘭茲。

彷彿被那副面具下的野獸氣息所吸引。

尤利凱是馴獸師。由於與野獸共同生活的經驗，她認為自己的本能算是相當發達的。

（這傢伙不是壞人。我總有一天要回到那個地方，可是現在……）

這份直覺似乎是對的。自從失去母親以來，尤利凱都與野獸一起過著野獸般的生活，這是她第一次獲得可以回去的地方，以及一段像個普通人的寧靜生活。

07

（……又是尤利凱的夢？感覺好真實。）

瑪莉艾拉在堆滿雜物的東南塔三樓醒來。

「……又作了懷念的夢咧。我之前為什麼會忘了呢……」

尤利凱似乎也同時醒了過來，揉著眼睛坐起身。

尤利凱口中所說的懷念的夢，會不會就是瑪莉艾拉剛才作的夢呢？

隱約這麼認為的瑪莉艾拉想發問，於是坐起身來。腰包不知何時打開了，幾樣東西從裡面掉了出來——手帕、重新裝進魔藥瓶的藥晶、用於料理的小型折疊刀。

褐金色的珠子跟這些零碎的物品一起滾了出來。

「奇怪……」

白底紅斑的珠子又不見了。瑪莉艾拉以為它滾到了別的地方，於是在附近四處尋找，珠子卻像是憑空消失一樣，怎麼找也找不到。

「瑪莉艾拉，妳怎麼了咧？」

「沒、沒有啦，因為白色的珠子……」

說到這裡，瑪莉艾拉停下來凝視尤利凱的臉。

白色肌膚與白色頭髮。色調極淡的臉龐上，只有朱紅色眼瞳閃閃發光，散發著某種異於常人的氣息。瑪莉艾拉覺得這副長相非常漂亮，但其色調給人的印象比較接近野生動物。

這就是馴獸師的色彩。看起來簡直就像那顆混著紅斑的白色珠子。

「……欸，尤利凱，妳作的夢是不是在帝都認識法蘭茲先生時的事？」

為了確認，瑪莉艾拉開口問道。

「嗯，我有說夢話是唄？」

啊，果然沒錯。

尤利凱曾說過，「被黑色魔物纏住就會有重要的東西被吸走的感覺」。

然後，從打倒的黑色魔物身上可以取得令人聯想到尤利凱的白底紅斑珠。

現在那顆珠子已經消失，而瑪莉艾拉在夢中見到了尤利凱的過去。

尤利凱還說自己之前「忘了」這段過去。

「這種珠子是被黑色魔物偷走的記憶……」

被黑色魔物纏住，過去的記憶就會被吸走。被偷走的記憶會在黑色魔物體內變成珠子，打倒後才會回到瑪莉艾拉等人手上。化為珠子的記憶會以夢境的形式返回，可是不只尤利凱本人，連睡在旁邊的瑪莉艾拉都會作夢。

「嗯～這種世界什麼事都有可能發生，但一時之間還是讓人難以置信咧。」

聽完瑪莉艾拉的說明，尤利凱用一臉複雜的表情看著褐金色的珠子。

「嗯，抱歉，我擅自偷窺了妳的過去……下次再拿到珠子的話，我會去別的房間睡的。」

對於瑪莉艾拉的道歉，尤利凱只是揮揮手說道：「沒關係咧，我只是有點驚訝而已。」

「可是，既然這樣，這顆珠子為什麼還留著咧？再說，這是誰的珠子咧？」

「嗯～從配色看來，我想應該是愛德坎先生的珠子。現在還留著可能是因為他沒有睡在附近……吧？」

雖然已經搞懂了各種事，但還是有許多不解之謎。

瑪莉艾拉遇到尤利凱之前，火蠑螈打倒的魔物並沒有掉出珠子。有可能是剛好沒有珠子，也有可能是珠子的取得也有某種條件。

「既然這樣，看到黑色魔物最好還是打倒唄。幸好我們有做一大堆燃燒彈咧！」

尤利凱握緊燃燒彈。看來她相當喜歡放火。

後方的庫也抬起尾巴叫了一聲，就連火蠑螈都跟著叫，還從嘴巴噴出了火焰。

所有人都幹勁十足。這下瑪莉艾拉可得冷靜地控管燃燒彈的剩餘數量了。

外表很酷，實則血氣方剛又超級毒舌——如果是以前，瑪莉艾拉看到這樣的尤利凱，應該會覺得她不愧是黑鐵運輸隊的成員，現在卻忍不住覺得她有點可愛。

「……我也很驚訝。尤利凱，原來妳是女生啊。」

如果沒有作夢，瑪莉艾拉恐怕不會發現。

尤利凱確實苗條又纖細，但從她的毒舌與自由操控奔龍的樣子看來，瑪莉艾拉一直以為她是一名少年。

「這是祕密咧。」

現在就連用食指抵在嘴邊，拜託對方保密的動作，看起來都特別可愛。

「黑鐵運輸隊的其他人知道這件事嗎？」

「……大概知道。除了某個人以外唄？」

既然長期一起旅行，會發現也很正常。不，正常人應該都會發現。沒有發現的傢伙，肯定是眼睛或腦袋壞掉了。

「……愛德坎先生呢？」

「……庫，來～吃飯唄～！」

尤利凱作勢把愛德坎的記憶珠子丟進一聽到要吃飯就馬上張開嘴巴的庫口中，瑪莉艾拉趕緊阻止她，好不容易才把愛德坎的珠子重新收進腰包裡。

The
Survived
Alchemist
with a dream
of quiet town life.

06

book six

第二章

飢餓的災厄

Chapter 2

01

當第三次夜晚來臨，外頭的水變成霧的時候，瑪莉艾拉與尤利凱，以及頭上載著火蠑螈的奔龍庫便立刻朝西側衝刺。

途中，一行人盡量躲過黑色魔物，不停地往西奔跑。

目標中的西南塔是尤利凱甦醒的地方，所以已經事先取得了情報。

漂流到這個世界的第一天，一口氣奔下塔的尤利凱在日落之前就抵達了這個有城牆通道的樓層。

四樓的房間只有零星的火炬正在燃燒，光線很陰暗；北側與東側的門因為外頭充滿了水，所以打不開。三樓也已經進水，無法再繼續往下走，不過她在奔下塔的途中，從連接東西兩側的外牆中央看見通往神殿的道路，正想趁著還有光線照射的時候進去調查，太陽就下山了。

三樓因為外圍牆面崩塌，已經進水。而且除了北側與東側的門，似乎還有通往二樓的階梯。

太陽在尤利凱潛入二樓之前下山，使水的密度變淡，轉變成濃霧般的狀態，不知不覺就可以呼吸了。她從牆面上的洞往外看，便看見好幾隻不知從何而來的黑色魔物沿著牆壁往上爬了過來。

雖然尤利凱用鞭子應戰，但從牆面上的洞湧進來的數量實在太多了。她拚了命甩掉纏住自己的幾隻個體，奔上黑色魔物較少的四樓。

或許是因為水退了，原本因水壓而緊閉的門才能打開，又或者是有其他的原因。幸好門可以打開，於是尤利凱經由瑪莉艾拉所在的東南塔，移動到東塔。

瑪莉艾拉走下塔並抵達四樓，是在太陽完全下山之後好一段時間的事，所以瑪莉艾拉抵達四樓之前，尤利凱就已經來到東南塔了。瑪莉艾拉與尤利凱推測，名叫庫的奔龍應該是感應到尤利凱的魔力，正要追上她的時候，遭到了黑色魔物的襲擊。

瑪莉艾拉等六個人是一起來到這個地方的，而塔的數量應該也是六座。

如果每個人都分別漂流到了不同的塔，剩下的同伴究竟在什麼地方呢——

用燃燒彈將盤據在西南塔正前方的幾隻黑色魔物一口氣燒死之後，一如預料地取得了珠子。取得的珠子有兩顆，一顆是看似屬於愛德坎的褐金底色，另一顆則是藍底帶金的色澤。

或許是對這顆珠子的配色有頭緒，尤利凱叫道：「瑪莉艾拉，快走唄！」然後用鞭子打飛尚未燃燒殆盡的黑色魔物，衝進西南塔四樓。

瑪莉艾拉能感覺到尤利凱的焦急。

那顆藍色的珠子恐怕是法蘭茲的記憶吧。明明同時發現了愛德坎的珠子，她卻連看都不看一眼，讓人有點同情現在仍在東北塔狂歡的愛德坎。

黑色魔物從樓下往上爬向火炬很稀疏的西南塔四樓。三樓恐怕已經是黑色魔物的巢穴了。現在手邊有燃燒彈，也有火蠑螈能保護一行人不受火焰傷害，所以不至於無法通過。不過，經過一番討論，兩人已經決定好要去什麼地方。就連愛德坎都會陷入苦戰的狀況下，其他成員不可能毫髮無傷。必須盡早把燃燒彈交給他們。

尤利凱駕馭的庫使勁抬起腳，迅速踢開通往北側的門，然後朝西塔奔去。

燃燒彈以一定間隔升起一道道的火柱，焚燒黑色魔物。火蠑螈似乎不只會保護瑪莉艾拉一行人，還會調整延燒的範圍，所以在瑪莉艾拉等人通過之前，黑色魔物就會被火焰燃燒殆盡。直到抵達西塔都沒有新的珠子出現，可見並不是所有魔物都持有珠子。

一行人「砰！」的一聲打開門，衝進西塔之中，便看見這個房間裡的每一支火炬都是點亮的。

這裡應該很安全，或許會有人來避難也說不定。

「有人在嗎？有沒有人在？」

瑪莉艾拉的吶喊化為西塔的回音，沒有任何人回應。

「尤利凱，我們直接去西北塔吧。這裡大概沒有人在，就算有也很安全，所以晚點再來應該沒關係。」
「知道了咧！」
載著瑪莉艾拉與尤利凱的奔龍再次奔向夜晚的通道。
通道上擠滿了比黑夜更黑暗的魔物。
「嘿！」
瑪莉艾拉毫無戰鬥力且手腳特別笨拙，唯獨魔力的量超乎常人。灌滿魔力的燃燒彈被尤利凱的風魔法延長了飛行距離，飛向阻擋去路的魔物，而火蠑螈將火柱延伸到更遠的地方。
就像是要呼應這些火焰，東北方也升起了火柱。
是愛德坎。大概是被放在窗戶上的食物味道吸引的吧，看來他已經注意到東北塔三樓通道上的燃燒彈。這時或許該誇讚他是個充滿野性的男人。
瑪莉艾拉也不認輸地丟出燃燒彈，製造高高的火柱。
在幾乎是火災現場的烈火中奔馳，明明應該是一件很可怕的事，瑪莉艾拉卻覺得比想像中還要漂亮許多。或許是多虧有火蠑螈的守護，雖然是夜晚卻明亮又溫暖，彷彿有一股強大的力量在鼓勵自己前進。
穿越明亮的火焰隧道，抵達西北塔前不久，火焰隧道突然消散了。
柔和的光線從東方照射過來。
「天亮了咧！這麼快？水要滿了！門會關上的咧！」

要是現在被關在外頭就糟糕了。姑且不論尤利凱和庫，瑪莉艾拉可不會游泳，而且身為火精靈的火蠑螈恐怕無法存在於水中。

不顧被黑色魔物纏住的風險，勉強衝進西北塔的時候，外頭已經充滿了水。西北塔四樓與東北塔相同，連接東西兩側的通道出入口已經沒有門，水會流進來，火炬當然也熄滅了。或許就是因為如此，幾乎已經被淹沒的門才能打開。

纏在身上的黑色魔物一碰到水便溶化似的消失了。牠們的外觀明明就像史萊姆，卻好像不是水中的生物。

面對不斷實體化而升高的水位，瑪莉艾拉把火蠑螈放到還沒被水淹沒的頭上，大喊：

「尤利凱，快點去樓上！」

「我知道咧！」

載著瑪莉艾拉等人的庫為了拯救陷入危機的火蠑螈，使盡全力奔上塔。霧從下而上漸漸灌滿室內，似乎到了一定濃度就會轉變成水。

庫在塔的螺旋階梯上奔馳，如果有奔龍的田徑比賽，牠的腳程肯定能贏得金牌。不愧是曾經躲過死亡蜥蜴的刀刃，救了瑪莉艾拉一命的奔龍。庫平常雖然不太正經，該表現的時候還是很認真的。

一口氣奔上西北塔中層的房間，確認那裡的火炬全都有點亮之後，庫才累癱似的停了下來。

「庫，謝謝你救了我們好幾次。」
「庫，做得好咧。你真的很了不起咧。」
「嘎嗚嘎嗚嘎嗚～」
不知道是在說「謝謝你」還是「幹得好」，火蠑螈從瑪莉艾拉的頭上跳到庫的頭上，一邊用尾巴拍打庫的頭，一邊這麼叫著。
不只是瑪莉艾拉，連平常很嚴格的尤利凱都誇獎自己，庫似乎很高興。牠明明還喘不過氣，卻舉起了尾巴前端，高興地搖著。
「我今天就做大餐吧！可以讓人精神百倍的那種。」
「奔龍不能吃調味過的食物唄。」
「……嘎嗚。」
「嘎嗚。」
可能是隱約聽得懂尤利凱說的話，庫發出失望的叫聲。
「可是庫好像很想吃耶。」
「嗯～只能吃一點點咧。比起食物，還是給牠喝灌注魔力的水唄。」
瑪莉艾拉正要站起來餵庫喝水的時候，尤利凱突然發出「噓」的一聲，制止了她。
瑪莉艾拉疑惑地環顧四周，發現不只是尤利凱，連庫與火蠑螈都凝視著自己登上的階梯。仍然喘得厲害的庫為了隨時起跑，似乎正在調整自己的呼吸。

那座階梯的下方已經淹沒到中途了。
黑色魔物會被水溶解，這個房間還點著明亮的火炬，應該很安全才對。
不斷滴著水走路的腳步聲，連瑪莉艾拉的耳朵也漸漸聽得見了。
進水之後已經過了許久。現在正要抵達這層樓的某種東西可以在水中移動這麼長的一段時間嗎？
瑪莉艾拉的緊張情緒達到極限的時候，尤利凱發出了高興的叫聲。
「法蘭茲！」
「……尤利凱，妳沒事啊。」
原來在水中移動的是法蘭茲。
原本很緊張的庫發出「嘎呼」的聲音，吐出屏住的氣息。連緊張到極點的瑪莉艾拉都想嘆氣了。不過，渾身濕透地走上階梯的法蘭茲在瑪莉艾拉眼裡，言行舉止顯得有點不自然。
「尤利凱，那個人是……」
「她是瑪莉艾拉咧。」
「瑪莉艾拉……我想起來了，她是這次的委託人。」
看來他失去了相當多的記憶。對於瑪莉艾拉的事，他也只記得是這次的委託人。與愛德坎不同，法蘭茲是治癒魔法師，所以恐怕深受黑色魔物所害。
「法蘭茲……到了晚上就跟我們一起離開這裡唄！」

尤利凱一邊烘乾渾身濕透的法蘭茲，一邊抓著他的手說服他。他卻搖頭回答「我辦不到」。

「為什麼咧！你也覺得應該守著這裡嗎？你是治癒魔法師，辦不到的咧！這種事還是交給愛德坎唄！」

「這座神殿連結著我的根源。我體內的血液告訴我，必須守護這裡。」

法蘭茲的金色眼睛從面具下露出，顏色就跟瑪莉艾拉在途中撿到的珠子所混的斑點一樣，但與師父的眼睛又有點不同，比較類似爬蟲類的濕潤色澤，瞳孔也是細長的形狀。如果那顆珠子與法蘭茲有著同樣的色彩，他藏在兜帽底下的頭髮肯定是藍色的吧。

不論尤利凱怎麼苦言相勸，法蘭茲都堅持要「在這裡守護神殿」，似乎不打算離開這座塔。

「不管怎麼樣，要不要先吃飯？法蘭茲先生應該也餓了吧？」

對於瑪莉艾拉的提議，法蘭茲回答「感謝妳」。看來他只是堅持不離開這座塔，還願意跟瑪莉艾拉等人一起待到晚上。

「魚嗎？我那裡還有別的魚。」

「我來幫忙搬咧。」

尤利凱似乎想盡量多陪伴法蘭茲。

瑪莉艾拉把前往塔頂搬運糧食的工作交給尤利凱、法蘭茲與庫，自己則開始做菜。

與尤利凱一起抓到的魔物魚由於分送給愛德坎，已經所剩不多了。紅肉魚的味道香濃，某些調理方式可以做出肉一般的口感，所以就用類似大蒜的香草與手邊的調味料來醃漬，然後做成火烤魚排吧。尤利凱連同燃燒彈的材料一起拔來的水草中正好有適合的食材。

瑪莉艾拉用「錬成空間」醃漬紅肉的魔物魚，同時採集窗外的藥草。希望能採到可食用的水草，如果還有可以用來做燃燒彈的蓋浦勒果實就更好了。

這個樓層太深，不適合蓋浦勒生長，可惜只有亞種，但也採到可以提煉食用油的果實了。另外還有根部可食用的水草。以水草而言相當堅韌的根充滿了纖維，直接食用的話容易卡在牙縫中，但經過斜切再油炸，就能做出牛蒡般的味道。水草沙拉帶著一點苦味，味道也很單調，這種根剛好能增添一點變化。

「瑪莉艾拉，我肚子餓了咧。」

瑪莉艾拉正在用火蠑螈烘烤以調味料醃過的紅肉魚時，尤利凱等人回來了。他們好像也採集了水草，庫的背上堆著驚人的分量。

「……好誇張的量。庫和法蘭茲先生都好有力氣喔。」

他們倆帶著非常多的東西，讓瑪莉艾拉不禁說出這種有點蠢的台詞。

庫的背上堆著幾乎要碰到天花板的藥草，法蘭茲則用纏繞在身上的方式來搬運看似巨大蛇類的魔物魚。

「這種魚的味道類似雞肉。」

比起魚，這似乎是更接近蛇的魔物。
「雞肉……炸雞……用少量的油炸東西的方法是……」
瑪莉艾拉非常認真。她用製作魔藥般的認真眼神注視著蛇型魔物，陷入沉思。
「瑪莉艾拉，需要幫忙嗎？」
「謝謝妳，尤利凱。那，妳可以幫我把這種蛇型魔物切成一口的大小嗎？」
如果只是兩名少女要在野外烹調料理，這幅景象應該很溫馨才對，但躺在兩人眼前的是足以將她們一口吞下的蛇型魔物。雖然縱向切開蛇的身體並剝皮的工作是由法蘭茲來執行，但毫不留情地切開粉色肉塊的人是尤利凱。瑪莉艾拉將切好的肉與調味料一起放進「鍊成空間」，稍微「加壓」之後，加進可從薯類取得的粉，連同「鍊成空間」一起用力搖晃，再用塑造成噴嘴狀的「鍊成空間」均勻噴上少量的油。
「『加熱』。」
過程中完整使用了製作高階魔藥的超高難度技巧，目前只有瑪莉艾拉辦得到。
油炸時的溫度很重要。瑪莉艾拉連聖靈藥都成功做了出來，當然可以聆聽肉所發出的聲音，以鎖住鮮味的溫度管理技巧，做出外層酥脆、內部多汁，肉的任何一滴油都沒有流失的炸雞。肉也可以說是一種素材。身為一個餓著肚子的頂尖鍊金術師，她不可能無法發揮素材的最佳條件。
活用如此高難度的鍊金術技能做成的料理，只有在這裡吃得到。

「好吃。」

「好好吃咧！法蘭茲，你跟我們一起來的話，每天都可以吃到這種料理咧。」

「……很遺憾……………真的很遺憾。」

面對瑪莉艾拉的頂級錬金術料理與尤利凱的心理誘惑，連法蘭茲對血統的決心都動搖了。雖然一行人度過了一段享用美味料理的快樂時光，法蘭茲卻仍然堅持要「留在這裡」，不願意答應同行的邀約。

這天晚上，所有人一起睡在這個中層的房間。

瑪莉艾拉的腰包裡放著法蘭茲的珠子。在這裡睡覺的話，瑪莉艾拉也會窺見法蘭茲的過去。瑪莉艾拉這麼想，於是說要睡在樓上，卻被法蘭茲與尤利凱以危險為由制止了。兩人還沒有告訴法蘭茲實情。知道會夢見過去的尤利凱說：「現在還有太多不確定的因素咧。我覺得應該選擇可以確實取回記憶的方法咧。」看來尤利凱認為「瑪莉艾拉在場」也是其中一個條件。

在窗外陽光的照射之下，瑪莉艾拉等人進入夢鄉。

瑪莉艾拉夢見的是法蘭茲與尤利凱一起在帝都貧民窟的診所生活的記憶，不論是平凡的日子、樸素的診所，還是尤利凱與法蘭茲一起節儉度日的樣子，都讓瑪莉艾拉憶起與師父共同生活在魔森林小屋的時光。

雖然有時候會遇到惡劣客戶的不合理要求，或是因種族或外表而遭受歧視，但兩人還是互相幫助、互相扶持，一起克服生活在帝都的難關。不只是年長的法蘭茲養育尤利凱長大，尤利凱的存在也為法蘭茲帶來極大的慰藉。

沒有什麼特別之處，平凡的日子。

法蘭茲的記憶勾起了瑪莉艾拉的思鄉之情。

（我得找到師父……）

在重新下定決心的瑪莉艾拉身邊，原本蜷曲著身體的火蠑螈正用閃閃發亮的金色眼瞳注視著瑪莉艾拉。

02

大概是太心急了吧。

瑪莉艾拉並沒有對付魔物的能力。這也就表示，萬一有尤利凱的鞭子或燃燒彈無法處理的魔物出現，她就只能逃跑。

瑪莉艾拉過去一直生活在魔森林。就是因為她比誰都了解自己的弱小，所以至今為止明明都很謹慎行事。雖然又多又詭異，但一路上都是可以用燃燒彈打倒的黑色魔物，所以瑪莉艾拉一直以為這裡只會有黑色魔物出現。

「晚點再去探索西塔，總之快點去二樓吧。」

瑪莉艾拉與尤利凱在西北塔得出這個結論，理由之一是法蘭茲失去了相當多的記憶。雖然瑪莉艾拉持有的記憶珠子已經讓他恢復一部分的記憶，但也只是冰山一角。

而且更糟糕的是——

「法蘭茲！你的臉……」

聽到尤利凱慌張的聲音，瑪莉艾拉回過頭，正好看到她替法蘭茲取下面具的樣子。

從放下的兜帽露出的頭髮是與記憶珠子相同的藍色，修剪得很清爽，並且梳向後方。雖然無法從遠處看清細微的臉部特徵，但他給人的印象遠比瑪莉艾拉想像中年輕，看起來幾乎跟吉克或愛德坎差不多年紀。

不，因為他的氣質相當沉穩，如果站在非常沉不住氣的愛德坎旁邊，看起來還是成熟多了。

可是讓瑪莉艾拉驚訝的不是法蘭茲的沉穩氣質，而是覆蓋在他額頭與鼻梁上的藍色。那些與頭髮有著相同色調卻帶著硬質光澤的東西，難道不是鱗片嗎？

法蘭茲一注意到瑪莉艾拉的視線便立刻用面具將臉遮住，只覆蓋到眼睛周圍的面具卻藏不住藍色的鱗片。

（聽說法蘭茲先生有亞人的特徵。可是，那張臉上的鱗片好像擴散了……）

法蘭茲說這裡是連結著自我根源的地方，所以他必須留下來守護這裡。如果其根源就是亞人的血統，這份血統就會侵蝕法蘭茲，使他在這裡與黑色魔物戰鬥，然後漸漸失去記憶。

（簡直就像是慢慢變了一個人……）

這個想法讓瑪莉艾拉打從心底感到毛骨悚然。

要是失去了所有的記憶，法蘭茲會如何呢？

要是自己失去了記憶，那還能說是自己嗎？

「尤利凱，我們快走吧。」

「我知道咧。」

將燃燒彈與糧食交給法蘭茲之後，兩名少女在日落的同時衝出西北塔。

往南，往南，往南。

瑪莉艾拉用燃燒彈焚燒黑色魔物，尤利凱則駕著奔龍往西南塔前進。

中途直接經過西塔，然後衝進西南塔。

「瑪莉艾拉，丟燃燒彈唄！」

「嗯！」

瑪莉艾拉已經習慣使用燃燒彈了。身邊有火蠑螈的陪伴，即使是高高竄起的火柱也連一根頭髮都燒不掉。

兩人朝西南塔三樓投擲燃燒彈，然後衝進被火焰包圍的房間。

三樓正如尤利凱所言，牆壁的一部分已經崩塌，外頭的黑色魔物可以任意入侵。從塔外朝這裡望過來，應該能看見火焰從崩塌的牆壁噴出的模樣。

瑪莉艾拉投擲的燃燒彈多虧有火蠑螈的控制，火焰很快便熄滅，所以兩人並不會感到呼吸困難，但西南塔三樓別說是魔物了，連看似木箱或櫃子的東西都燒得只剩焦炭。除此之外，地上還散落著幾個圓形的物品。

「又是珠子……雖然被燻得很難分辨，但這是……」

「瑪莉艾拉，晚點再確認唄。我們快去二樓唄。」

這些珠子是第幾顆呢？晚點再確認就好。趁著能前進時盡量前進吧。

瑪莉艾拉把撿來的珠子收進腰包裡，往下方的二樓前進。

「沒有通往一樓的階梯耶……」

「事情沒那麼簡單單咧。」

「嘎嘎……」

西南塔二樓只有通往北側與東側的門，並沒有通往一樓的階梯，要前往神殿就必須再次尋找往下的階梯。

瑪莉艾拉與尤利凱本來就不覺得路途會有多順利，所以並不特別失望，現場卻有一隻奔龍感到坐立難安。

「庫，怎麼了咧？啊，地毯啊。沒關係，就算踩髒也不會有人生氣的唄。」

這座塔的二樓鋪著看起來很昂貴的地毯，使庫這種平常不會踏入室內的奔龍對腳下的軟綿綿觸感感到不知所措。

「嘎！」

得到尤利凱的許可之後，庫高興地踩踏腳下的地毯，享受柔軟的觸感。

「室內風格變了很多呢。」

不只是地毯，地板與門的材質和作工都與三樓不同。感覺就像是古代的宮殿或神殿。瑪莉艾拉所知最豪華的建築物是休森華德邊境伯爵家，但這裡的裝潢似乎更加豪華且莊嚴。

「這個房間雖然豪華，卻什麼也沒有咧。繼續前進唄。」

只有庫很享受柔軟的地毯，尤利凱迅速跑向門邊，輕輕打開通往東側的門。

「瑪莉艾拉，那裡有房間咧……可見的範圍內好像沒有魔物，可是火光很稀疏，不知道是不是安全的咧……北側也一樣咧。」

尤利凱打開兩扇門，確認走廊上的狀況。直到三樓都只有連接塔與塔的走廊，二樓的內牆卻有房間比鄰排列著。另外，有房間的內牆上點著零星的火光。從照亮門的樣子看來，似乎只有門附近點著火炬。走廊上也鋪著豪華的地毯，看起來並不潮濕，所以兩邊的走廊似乎都不會進水。

「既然門旁有亮光，就表示房間裡是安全的嗎？」

「誰知道？門只有普通房子的尺寸，要從奔龍背上下來才能進房間咧。」

尤利凱從一開始打開的東門朝東西向的走廊踏出一步。北側也就是左手邊有整排的門，前進幾步就能打開第一扇門。

為了確認門後的狀況，尤利凱一面觀察周遭一面前進。瑪莉艾拉與庫也跟著尤利凱，從看似安全的西南塔朝走廊邁出步伐。

右手邊每隔一定距離就有窗戶敞開，外頭仍然黑暗，還沒有天亮。從來到這裡的情況看來，外頭應該充滿了黑色魔物，但西南塔和這道走廊上就連一隻黑色魔物的影子都沒有。

這裡或許是安全的。

當瑪莉艾拉一行人這麼想的時候，遠方有敲打某種東西的聲音傳了過來。

噹——！噹——！噹——！

「！剛才的聲音！一定是多尼諾咧。」

外頭很暗，走廊的光線又不太可靠。向東延伸的走廊盡頭消失在黑暗之中，看不清究竟是連接著東南塔，或是中途有什麼東西。

可是那道走廊的另一頭有敲打某種堅硬東西的規律聲音傳了過來。

「走吧！尤利凱。那裡或許有出口！趁著晚上的時間就能出去外面了！」

兩人並沒有打開任何一扇門，以最快的速度駕著庫朝發出聲音的東側奔跑。

在陰暗而視線不佳的筆直走廊上前進，零星的火炬就會迅速向後飛逝，簡直就像在夢幻的世界中穿梭。
這個世界也有點像是某個人的惡夢。
噹——！噹——………
靠得愈近就愈大聲的敲打聲突然停止了。
「聲音……！在那扇門裡面咧！」
到了東西向走廊的大約一半距離，漫長的走廊便迎來終點。盡頭有一扇對開的大門迎接了瑪莉艾拉等人。與其他的門不同，這扇氣派的門有足夠的高度與寬度可供騎乘奔龍的人通過。
「這附近有通往那座神殿的路吧？既然如此，或許有入口玄關！」
這扇門前方應該有往下的階梯。而且，肯定也有通往那座神殿的門。
或許可以在這個世界因天亮而充滿水之前，抵達那座神殿——
瑪莉艾拉與尤利凱太心急了。
因為見到法蘭茲失去記憶，甚至改變容貌的樣子。
而且她們大意了。因為她們至今都只有受到黑色魔物的襲擊，使用燃燒彈就能輕鬆應付。
在這種吞噬記憶的世界，「安全」的地方明明就不存在。

為什麼敲打聲會停止？這扇門的兩側是否點著火炬？可從走廊窗戶看見的天空顏色究竟是夜晚的黑色，還是黎明的白色呢——

瑪莉艾拉與尤利凱沒有分神思考這些問題，就選擇開門了。

嘰……

尤利凱把瑪莉艾拉留在奔龍的背上，輕巧地落地並將手放到門把上，看起來相當厚重的門便以意想不到的滑順力道敞開了。

這個地方正如兩人的預料，類似通往中央神殿的入口玄關。二樓的走廊到了門的對面就轉變成階梯，與來自東南側走廊的階梯在樓梯間會合，然後往下延伸到一樓。

原本的構造或許是如此。不過，距離樓梯間還有一大段距離的前方長著一棵粗壯的大樹，擋住了瑪莉艾拉等人的去路。

「樹……？就像牆壁一樣……」

幾乎觸碰到天花板的巨木張開枝葉，就像是在宣告此路不通，周圍也長著好幾棵高達天花板的樹木，堵住了階梯，所以無法從西側下到一樓。如果能穿越樹木之間，應該也能走到外面，卻有許多扭曲的藤蔓連接著樹木，根本找不到可以穿越的縫隙。

開門的瞬間灌入鼻腔的綠葉氣息與巨大樹林的景觀讓人彷彿置身於森林之中，但樹木圍繞著一棵巨木密集生長的樣子十分不自然，看起來就像一道詭異的籬笆。

「這樣就不能走到外面了咧。不知道能不能往下跳……」

尤利凱踏入有階梯的大廳，從欄杆邊緣眺望一樓。

「喂～有人在嗎？」

尤利凱想先找出聲音的主人，於是出聲喊道。

然後，樓下的稍遠處有人回應這聲呼喚了。

「這個聲音是尤利凱嗎？」

「多尼諾！你在樓下是唄？」

「太好了，原來多尼諾先生平安無事！」

瑪莉艾拉也不禁出聲叫道。剛才發出敲打聲的人果然是多尼諾。

在黑鐵運輸隊之中負責維修裝甲馬車的多尼諾以戰鎚為武器，靠著怪力擊潰來襲的敵人。他並不是速度快的類型，但絕對不弱。可是多尼諾一察覺尤利凱與瑪莉艾拉在二樓，便立刻用尖銳的聲音制止了尤利凱。

「尤利凱，立刻離開那裡！」

聽到多尼諾的聲音，尤利凱馬上退避到瑪莉艾拉所在的走廊那一側。就在這個瞬間——阻擋瑪莉艾拉一行人的樹木顫抖了一下。

原本密集纏繞在巨木表面與周圍樹木上的許多藤蔓就像綁起的頭髮頓時散落似的，一口氣露出樹皮。

「咿！它有臉！」

早在瑪莉艾拉發出短促的尖叫之前，散落的藤蔓就開始像生物般蠕動，以強勁的力道鞭打尤利凱原本所在的地方，又因為反作用力而打結。如果尤利凱再晚一瞬間躲開，或許會在藤蔓的鞭打之下皮開肉綻。

顯露出來的樹木主幹上有一對血紅色的眼睛，以及傷口般血肉模糊的鼻孔與嘴巴，狠狠地盯著瑪莉艾拉與尤利凱。

「這東西是『首飾樹』！」

以退避之後的下一步跳到瑪莉艾拉與奔龍身旁的尤利凱這麼叫道。

「首飾樹」。

這是帶有人臉而稱為人面樹的樹木型魔物之中，某個品種特有的俗稱。

正如樹木有各式各樣的種類，樹木型魔物也充滿了多樣性。帝都的學者應該也替它取了正式的名稱，但對尤利凱等冒險者來說，名稱一點也不重要。能夠馬上搞懂什麼樣的魔物應該如何應對才是最重要的。「首飾樹」的俗稱也一針見血地表現了這種樹木型魔物的特性。

正如顯現在樹幹上的表情與這個名稱，據說這種樹是虛榮心最強的品種。沒有人嘗試與這種樹木型魔物溝通，所以真相不得而知。

只不過，相對於不時長出醜惡的花朵或果實來裝飾自己的普通人面樹，唯獨這種樹既不會開花也不會結果。

沒有任何東西能裝飾自身的這種樹，表情看起來比任何人面樹都還要善妒，充血的眼睛與彷彿吸食過血液的鮮紅色嘴巴就像體內寄宿著被嫉妒逼瘋的怨靈似的。

而這種樹會吸收侵蝕自身的藤蔓作為手腳，攻擊任何經過的人類或野獸。它們會用觸手吊起獵物的頭，就像是穿戴項鍊一樣，裝飾自己的身體。

因此，它們得到了「首飾樹」的俗稱。

雖然它們不會用樹根移動，藤蔓卻像鋼索般堅硬，而且攻守俱佳、活動自如，是一種既好戰又難纏的樹木型魔物。

「尤利凱，我們在西塔會合。聽好了，是中午。一定要等到中午再過來！聽懂了嗎？」

從這裡看不見多尼諾的身影。可是有「鏘」、「嘰」等堅硬物體互相撞擊的聲音傳來，可以知道多尼諾正在樓下與「首飾樹」交戰。他應該是想吸引「首飾樹」的注意，替尤利凱等人製造逃走的機會吧。

「多尼諾！我知道了啊！」

尤利凱這麼回應多尼諾，然後退避到瑪莉艾拉與庫身邊。「首飾樹」不只攻擊多尼諾，也將瑪莉艾拉等人視為獵物，試圖用藤蔓抓住她們。

「嘎嘎！」

名叫庫的奔龍輕巧地閃過了它的攻擊。

「快走！那傢伙的武器不只有藤蔓，小心點！我也要離開了！」

多尼諾只拋下這番話，然後立刻開始逃離現場。敲打聲正在漸漸遠去。

兩人馬上就知道多尼諾的警告是什麼意思了。

抓不到瑪莉艾拉等人的「首飾樹」彷彿惱羞成怒，開始不停地顫抖身體。

啪答，啪答，啪答。

好幾個東西從遮蔽天花板的「首飾樹」枝葉上掉落下來。

如果那些扭動的身體是光滑的白色……當然也非常值得讓人發出尖叫，但至少在視覺方面的衝擊比較小。

絨毛、尖刺與毒液。

數量極多但相當短小的腳，再加上強韌的牙齒。

面向這裡的頭部帶著黑點，不知道究竟是眼睛還是斑紋。

雖然無法判斷，但瑪莉艾拉與尤利凱有種「四目相交」的感覺。

「——！」

忍不住倒抽一口氣的人，究竟是瑪莉艾拉還是尤利凱呢？

尤利凱幾乎是以反射動作騎上奔龍，全速返回原路，而那些巨大的生物則用驚人的速度朝這裡衝了過來。

可以一口咬斷人頭的那些巨大生物從門內湧出，在地面、牆壁、天花板上自由自在地爬行。

「哇啊啊啊啊啊啊啊啊——！毛毛蟲啊啊啊啊——！」

少女們的尖叫在好不容易才抵達的二樓走廊上迴響。

03

被稱為毛蟲的幼蟲型魔物就跟人面樹或樹精等樹木型魔物一樣，是自古以來便與人類生活有著密切關連的魔物。

當然會依種類而異，但來自樹精的木材比普通木材更加堅硬且易燃性低，在市場上屬於高級品；毛蟲所吐的絲既堅韌、輕薄又溫暖，而且富有伸縮性與透氣性，是很受歡迎的高機能布料。

順帶一提，瑪莉艾拉在迷宮都市取得的褲襪也是用毛蟲的絲製成的，可以讓瑪莉艾拉的腿看起來比實際上更加纖瘦有線條。真是了不起的高機能。

另外，瑪莉艾拉想像中的毛蟲是一種圓滾滾的可愛生物，會一口一口地吃著草，然後張開嘴巴吐絲。

實際上，用於製作一般服飾的絲是來自毛蟲類的魔物中，比較容易養殖的品種。牠們的外表比瑪莉艾拉的想像還要大上五倍、噁心二十倍，而且吃的食物不是草而是生肉，又常常粗魯地發出「嘰沙～嘰沙～」的聲音，由養殖人員採集吐得滿地的絲。如果用改編為幼兒繪本的濾鏡來看待這樣的實情，瑪莉艾拉的想像或許也不算錯。

至少牠們身上沒有奇怪的斑紋、某些部份長著茂密的毛或尖刺，讓人光是看著就渾身發癢，也不會射出毒毛來代替絲線。

牠們絕對不像這群數量龐大的毛蟲軍團，會追逐載著瑪莉艾拉與尤利凱的奔龍，試圖咬斷那條搖晃的尾巴，還發出「嘰沙——————！」的聲音，不論是外表還是攻擊方式都窮凶惡極。

「瑪莉艾拉，燃燒彈！」

駕著奔龍朝左右兩側閃躲毒毛的尤利凱幾乎要哭出來了。

「嗯！」

緊抓著尤利凱投擲燃燒彈的瑪莉艾拉也快要哭出來了。

「嘎嗚！」

瑪莉艾拉丟出的燃燒彈在火蠑螈的控制之下，擴散成充滿整條通道的火焰，吞噬了成群的毛蟲。

雖然走廊上有好幾個房間，但兩人沒有確認任何一個房間就前往「首飾樹」所在的大廳了。途中雖有機會衝進某個房間，但如果裡面是危險的地方，瑪莉艾拉等人的命運恐怕將到此為止。

所以現在只能使用燃燒彈應戰，同時逃回西南塔。

可是，兩人賴以燒死黑色魔物的燃燒彈似乎連阻擋毛蟲都辦不到，牠們靠著龐大的身軀與數量衝破火海，一邊撲滅火焰一邊不斷逼近。

「嗚哇！來了咧！而且牠們還變光滑了咧！」

「呀啊啊！來了！而且還有一股聞起來很好吃的味道！」

姑且不論稍微烘烤過表面的毛蟲是否好吃，多虧燒掉了毛蟲的尖刺，牠們射出毒毛的危險降低了，所以燃燒彈確實有發揮一定的效果，但面對不畏火焰而大舉湧來的巨大毛蟲，兩名少女簡直欲哭無淚。

「為什麼、為什麼燒不死啊～！」

「大概是因為牠們水水的唄？」

「水水的……？不要說出來啦，尤利凱！」

「是妳自己要問我的咧！」

瑪莉艾拉與尤利凱在庫的背上慌張地驚聲尖叫。

尤利凱果然是個女孩子，又或者單純是討厭昆蟲。不論戰鬥力如何，被大量的巨大毛蟲瘋狂追趕還能保持冷靜的人類恐怕不多，所以這或許也是正常的反應。

可能是被火焰烤過的毛蟲表面開始硬化，使牠們的動作變得遲鈍了。毛蟲與瑪莉艾拉等人之間產生了足以讓她們繼續慌張的距離，但時間很短暫。

咻！答答答。

後方那些沒有受傷的毛蟲踩過被火焰燒烤而減慢速度的毛蟲，逼近到瑪莉艾拉等人的背後，射出了毒毛。

「嘎嗚！」

「！庫！」

其中一根毒毛刺中庫的尾巴，讓庫的速度在轉眼之間減慢。這種毛蟲的毒具有麻痺身體的作用嗎？

「再撐一下！」

瑪莉艾拉對迅速逼近的毛蟲大軍不斷投擲燃燒彈。

就快要抵達西南塔了。雖然燃燒彈對毛蟲的效果有限，但如果能盡量拖延牠們的腳步，或許有機會逃進塔內。

「嘎嗚！」

火蠑螈在庫的頭上發出鼓勵的叫聲。

「嘎！嘎！嘎！」

庫發出呼吸短促的叫聲，用踉蹌的腳步拚了命奔跑。

蜂擁而來的毛蟲大軍彷彿要將後方的空間啃食殆盡。從包圍毛蟲的火焰熱度就能感受到，雙方的距離愈來愈近。

連瑪莉艾拉的外套下襬都快要被這股熱氣灼燒了。為了避免被腳步不穩得幾乎要絆倒自己的奔龍甩到地上，瑪莉艾拉與尤利凱緊抓著庫，沒有餘力回頭看，但毛蟲肯定已經緊跟在後。

「喝！」

尤利凱的鞭子在空中飛舞，纏住幾公尺前方的門把。

西南塔就快到了。庫以飛撲的方式衝進鞭子所拉開的門中。

庫一衝進塔內便跌了一跤，應聲摔倒在地。這陣衝擊讓瑪莉艾拉與尤利凱也從奔龍的背上摔下來，在塔內翻滾。

「呀啊！」

瑪莉艾拉罕見地發出女孩子氣的尖叫，卻像小動物一樣滾了好幾圈；尤利凱則輕巧地翻轉一圈後恢復姿勢，抽回纏著門把的鞭子，將門關了起來。纏著門把的鞭子就像是有意識的生物般，在拉回門的同時鬆脫，回到尤利凱手上。

砰！咚！啪！啪！噗滋！噗滋！噗滋！

關上的門對面傳來好幾個撞擊聲，以及某種東西被壓扁的聲音。

「……嗚哇。」

頭上頂著翻過來的外套、搖搖晃晃地站起來的瑪莉艾拉說的第一句話不是「得救了！」之類的感嘆詞，這也難怪。

塔的門或許比外觀還要堅固許多，又或者是具有什麼不可思議的力量，瑪莉艾拉等人似乎成功逃離大舉逼近的毛蟲了。那麼龐大的群體在完全沒有減速的狀況下衝過來，究竟會引發什麼樣的慘劇，從剛才響起的聲音就能輕易想像，但沒有人願意提起。

「庫！」

「瑪莉艾拉，快給牠魔藥！」

比起門後的毛蟲，庫的情況更需要擔心。

牠被毒毛刺中的尾巴已經變成紫紅色，而且腫得相當嚴重，看起來慘不忍睹。庫本身仍維持衝進塔內的姿勢，正在一陣一陣地抽搐。

「尤利凱，總之先給牠喝這個！」

瑪莉艾拉將具有回復與解毒效果的魔藥交給尤利凱，然後對庫的尾巴淋上解毒魔藥以中和毒素，並將毒毛沖掉。

「這應該是麻痺身體的毒素。靠著臨時取得的材料做成的魔藥，頂多只能緩和症狀。雖然讓牠休息幾天應該就能恢復了……」

現有的魔藥是使用在這裡採集的藥草做出的替代品，效果並不好。毛蟲魔物的毒素是用來阻礙獵物行動的武器，既然已經中和到一定程度，就不至於讓心臟停止，但必須花上相當長的時間才能恢復行動力。

「有材料就行了唄？」

「嗯，可是樓上應該沒有……」

一行人至今曾經登上好幾座塔進行採集，但到處都是類似的植物，就算登上這座塔，恐怕也無法取得所需的藥草。

那麼目的地就只有一個地方。

「庫，我們一定會回來，你在這裡等著唄。」

「嘎……」

庫用虛弱的聲音回應。

尤利凱撫摸牠的頭，牠便舒服地瞇起眼睛。

尤利凱與瑪莉艾拉走向另一扇門，也就是通往北側的門。

「這次也要確認過房間咧。」

「嗯，謹慎一點吧。」

東側的門已經安靜下來，但最好還是暫時別靠近。毛蟲魔物或許還在附近，就算不在，那裡肯定也是一片慘狀。

瑪莉艾拉與尤利凱打開北側的門，小心翼翼地踏進走廊。

「沒有魔物。我要打開第一扇門咧。」

「嗯。」

尤利凱維持隨時都能逃跑的姿勢，慢慢打開門。

「……好像是……普通的房間咧？」

「真的耶。這裡會不會是工房？工房的人去哪裡了？」

北側走廊上的第一個房間是鍊金術的工房，裡面就跟凱兒小姐的工房一樣，擺著玻璃或金屬製的器材。

房間的角落放著乾燥的藥草，櫃子上也排列著裝有高價素材的瓶子。桌上有處理到一半的藥草，藥草的狀態就像直到剛才為止都有人在，但這裡除了瑪莉艾拉與尤利凱之外，連一個人影也沒有。

「……未免也太巧了唄？不過，這樣庫就能得救了唄？」

「嗯，應該是。我看看，樹人果實在……有了。也需要倫多葉柄，嗯～處理得不太好，但勉強可以用吧。」

話說回來，材料的處理方式實在有點粗糙。這裡有高階與特化型魔藥的材料，應該是做得出高階魔藥的鍊金術師的工房，但以瑪莉艾拉的標準而言，頂多只有中階。可是這裡的鍊金術師似乎相當富有，工房裡放著好幾種複雜又閃閃發亮的魔導具。

不過，這就是可以做出高階魔藥的一般鍊金術師的工房。普通的鍊金術師都可以盡情閱覽「書庫」。即便是粗製濫造的高階魔藥，也能賣到遠高於中階魔藥的價錢，所以一般鍊金術師都會用昂貴的道具彌補能力的不足，製作階級較高的魔藥。只不過是因為瑪莉艾拉到現在還覺得自己身為鍊金術師的熟練度只有普通的水準，才會感到怪異。
「瑪莉艾拉，這裡的冷藏魔導具裡面放著月光魔草咧！」
「真的嗎！這些都還沒有處理，應該可以用。」
幸好冷藏魔導具裡保存著未經處理的月光魔草，看來可以做出具有一定品質的高階解毒藥了。
瑪莉艾拉用熟練的手法展開「鍊成空間」，轉眼間便做好高階解毒魔藥，趕回有庫正在等待的西南塔。
「讓你久等了，庫。來，這是魔藥！」
「嘎……嘎？嘎嗚～！」
「等等，庫，你也變得太有精神了唄。」
不愧是瑪莉艾拉的魔藥。庫馬上痊癒，然後站起來猛舔尤利凱與瑪莉艾拉。
「庫，太好了。話說回來，為什麼會有那種魔物出現呢？」
對於瑪莉艾拉的疑問，尤利凱稍微思考後，這麼回答：
「白天也有魚型的魔物出現，晚上才會出現的應該只有黑色魔物唄？」
「所以只是我們先前去過的地方剛好沒有，其實普通的魔物白天也會活動嗎？」
從塔的窗戶往外望會發現，天色早就已經亮了起來，有時會有魚型的魔物瞪大眼睛看著瑪莉艾拉等人，游過塔的周圍。

每隻魔物魚都大得無法通過細長的窗戶，所以不會主動攻擊，但牠們都有著肌肉發達的巨大下顎和鋸齒狀的尖銳牙齒，是非常凶猛的類型。

「瑪莉艾拉，多尼諾還在等我們咧。繼續前進唄。」

這裡雖然安全，但現在必須與多尼諾會合。

多尼諾說過要「在對面會合」。他沒有指定安全的西南塔二樓，或許是有什麼理由吧。既然他說要會合，至少可以確定走北側的走廊肯定能前往一樓。

「嗯，可是啊……」

庫恢復之後休息了一陣子，瑪莉艾拉稍微陷入沉思。

雖然沒有仔細觀察過剛才的毛蟲，但那應該是摩拉梅尤毒蛾的幼蟲。既然如此，就可以當作某種魔藥的素材。雖然不是能用於攻擊的魔藥，但也有些魔物無法用燃燒彈解決，所以手段是愈多愈好。

假設可以回收毛蟲的素材，並排的房間裡究竟有什麼？

北側的第一個房間是鍊金術師的工房。那裡的素材可以晚點再回收，其他的房間又有什麼呢？

（多尼諾先生當初說要何時會合……？晚點去也沒關係嗎？）

就算已經跟多尼諾約好會合，平安抵達仍然是先決條件。兩人已經被樹與毛蟲的魔物攻擊過了。前方的路上或許還有其他的魔物。

瑪莉艾拉向尤利凱提議，討論今後的行動方針。

04

「……那扇門不能打開咧。」

「呃，可是素材……」

「剛剛才確定那扇門不能打開咧。」

兩人站在散落著毛蟲魔物屍體的西門前，僵持不下。

沒想到尤利凱會強烈反對的瑪莉艾拉只好一個人小心翼翼地打開門。

把耳朵貼在門上也聽不見什麼聲音。話雖如此，究竟有多少人能夠分辨毛蟲爬行的聲音呢？不管怎麼想，瑪莉艾拉都辦不到。

她輕輕將門打開十公分左右，朝裡面丟了一塊魚乾。如果裡面還有毛蟲魔物，應該會過來啃食，但什麼動靜也沒有。覺得應該已經安全的瑪莉艾拉往裡面窺探，不禁對門後的慘狀發出呻吟。

「嗚哇……感覺我的魔力正在被狠狠削減……」

如果真要說有什麼東西被狠狠地削減，那應該不是魔力，而是「使人保持理智的某種東西」吧。

活下來的毛蟲魔物或許是回到「首飾樹」那裡了，門後沒有其他會動的東西，四周卻到處都是黏液和毛蟲的殘骸，彷彿能讓人聽見自己的精神力正在漸漸被削減的聲音。光是這樣就已經很難受了，更糟糕的是瀰漫在周圍的氣味，從沒聞過的濃濃腥臭味讓瑪莉艾拉必須拚了命才能忍住想吐的感覺。

「我得想辦法處理這股臭味。這附近的屍體都爛得沒辦法使用了，總之先進行『乾燥』和『通風』吧。」

瑪莉艾拉灌注相當多的魔力來烘乾附近的殘骸，連同通風的風一起吹走，才讓西側走廊在視覺與嗅覺方面的狀態都好多了。

「……瑪莉艾拉，快點弄完唄。」

或許是覺得再怎麼樣也不該讓瑪莉艾拉單獨行動，所以尤利凱也勉為其難地跟了上來。

「謝謝妳，尤利凱。我看看，這邊的……不行。那麼，那邊的……」

多虧來自窗外的陽光，觀察毛蟲殘骸的時候，就連不想看到的詳細部位都能看得一清二楚。

雖然瑪莉艾拉一想到蟲就想尖叫，但當作素材看待似乎就沒問題了，於是一一確認沒有被壓扁的毛蟲殘骸，嘆著氣說道「這個也不能用」。

「妳在找什麼咧？」

交給瑪莉艾拉一個人的話，可能會因為花費太多時間而再次引來毛蟲，所以尤利凱這麼問道。

「嗯，我想找靠近屁股的內臟，可是毛蟲的內臟很軟，所以都被撞爛，跟其他東西混在一起了。」

瑪莉艾拉給出了令人不太想聽見的回答。

「……既然這樣，到遠一點的地方找比較快唄？」

尤利凱盡量不去看毛蟲的屍體，讓瑪莉艾拉騎到庫的背上，帶她前往遍地都是黏液與肉片的終點附近。

多虧尤利凱勉為其難地幫忙，瑪莉艾拉取得了想要的素材，接著前往剛才製作解毒魔藥的北側房間回收另一種素材。

「瑪莉艾拉，妳要用魔導具嗎？」

「嗯，我需要這種送風機。」

「明明需要送風機，為啥要弄壞咧？」

「我要用的是這個部分。」

兩人的對話有點雞同鴨講。瑪莉艾拉從好幾種魔導具上拆下送風機，而且還用剪刀把灌注魔力就會膨脹並吹出風的氣囊部分剪下來，所以也難怪尤利凱會誤會。

送風魔導具的氣囊部分吸收魔力就會膨脹，是因為使用了稱為虛張蛙的蛙類魔物的鳴囊。在魔物中屬於弱小種類的這種青蛙為了讓自己看起來比較強，會讓鳴囊膨脹到驚人的大小。這種氣囊在膨脹到極限的狀態下，就算稍微戳弄也不會破掉，可見其堅固的程度，但這個素材最大的特性是即使不灌入空氣，只要施加魔力就能用風魔法使氣囊瞬間膨脹。

靠著迅速鼓起的鳴囊來彈開攻擊，然後在噴出空氣的同時順勢逃走，就是虛張蛙的求生策略。

送風魔導具就是利用這個特性製成，不過魔物也是生物，而且還是青蛙的皮，所以當然無法無限使用。這是必須定期更換的消耗品，所以現今的迷宮都市已經改採別的方式，但不知為何，這個工房裡仍然放著款式老舊的送風魔導具。另外當然還有好幾個替換用的備用品。

瑪莉艾拉用剪刀剪下送風用的氣囊，將它從補強用的鐵絲上剝離，單獨蒐集鳴囊的部分。

暫時烘乾後，用含有「生命甘露」的水來燉煮磨成粉的鳴囊。會用魔力吸收風的是密集分布在鳴囊內側的細胞，像這樣燉煮就能以透明且黏稠的狀態取出。先用水稀釋成可以過濾的狀態後進行分離，接著再次加以濃縮的過程本來是相當花時間的步驟，但在操作方面算是很基礎的。

「然後是～剛才那些毛蟲的……」

「不用說出來唄。」

聽著尤利凱不時吐槽的聲音，瑪莉艾拉漸漸完成新的魔藥。

「這裡也是鍊金術師的工房？」

「怎麼回事咧？」

完成魔藥之後，瑪莉艾拉與尤利凱在北側走廊上前進，每隔一定距離就會確認房間。兩人打算確認可供避難的房間，同時前往北側，盡量早點與多尼諾會合。

雖然她們並沒有確認所有的房間，但不知為何，打開的房間全都是鍊金術師的工房。每個房間都跟一開始造訪的房間一樣，彷彿直到剛才為止都有人在，桌上有時候放著處理到一半的藥草，偶爾還能找到熱呼呼的食物。

不過每個房間都沒有人影。

而且不可思議的是，加工成魔藥或經過「藥晶化」的素材明明能帶出房間，將經過處理的藥草直接帶出房間卻會崩解並消失。

單純混合粉狀藥草所製成的煙霧彈無法帶出房間，但如果是萃取成分並重新調配的煙霧彈，就算直接混入工房裡的素材也能帶出房間。

進食後走出房間也不會變回空腹的狀態，可見規則是必須以某種形式將物品轉換成瑪莉艾拉等人的「所有物」，否則就無法帶出房間。

兩人將房間的門打開，以便隨時都能逃進房間，可是她們進入別的房間再出來之後卻發現，為了防止門關閉而用來擋住門的雜物被推向走廊，門也關了起來。

有些房間有照明魔導具，有些房間有點燈，不同的房間各有不同的光源，室內並不陰暗，卻不像塔的房間一樣，有等間隔的火炬形成的結界，所以這些房間或許會有魔物入侵。只將這裡當作暫時的躲藏地點比較好。

「我們要謹慎行事，盡量別接近魔物。」

「我也覺得這樣比較好咧。」

瑪莉艾拉與尤利凱確認房間內部，同時謹慎地往北前進。

離開西南塔後過了幾個小時，與先前相同的對開大門出現在兩人面前。以距離而言，大概位於西塔附近。

兩人一到晚上就從法蘭茲所在的西北塔衝了出去，經由西南塔，在二樓南側的走廊遇到多尼諾，然後被毛蟲追趕。因為發生了許多事，感覺似乎過了很長一段時間，但她們沒有小睡，所以正常來說，現在應該還沒有完全天亮。

看著好幾個小時前就一直很明亮的窗外，瑪莉艾拉呆呆地思考著。

多尼諾當時是怎麼說的？

沒有記錯的話，他應該說過「一定要等到中午」。

他說的「中午（註：日文為「昼」，同時具有「白天」與「正午」之意）」指的或許不是夜晚縮短而天亮之後，而是專指正常世界的正午時段吧。

「瑪莉艾拉，我要開了咧。」

「嗯。」

瑪莉艾拉的疑問被尤利凱的聲音蓋過，讓她沒有多想就同意了。

尤利凱這次謹慎地將門打開一點點，窺探內部的情況。

明亮的光從打開的門照射到陰暗的走廊。

「裡面是……溫室還是什麼咧？」

「如果真的是，樹也長得太粗壯了。」

從稍微打開的門可以看到，西塔是打通到一樓的大廳，樹木生長得比兩人遭到「首飾樹」襲擊的入口玄關還要茂盛，讓人聯想到植物園。

沿著牆壁排列的二樓通道大概延伸了半圈便中斷，無法通往西北塔。因為樹木的遮蔽而看不清楚，不過或許從中途開始就會轉變成往下的階梯。

牆壁或許是大理石製成的，色調偏白的美麗石材使這裡比先前的任何房間都還要明亮。靠近外牆處的空間跟其他塔的房間差不多大，靠近中庭處則有好幾根氣派的柱子支撐著往上延伸的塔，並且有擴建的房間朝中庭突出。

靠近中庭的牆壁蓋成半圓形且嵌著玻璃，從瑪莉艾拉等人所在的二樓中央處開始，天花板呈現圓頂狀的曲面。一樓的區域有水路與噴水池，被雜亂的樹木與草叢覆蓋的模樣就像廢墟般美麗。

被拋棄的庭園——光線經由充滿戶外的水而擴散，灑落在適合如此稱呼的空間中，使樹林沐浴著淡淡日光的景色幾乎可以用夢幻來形容。

若不是因為生長在室內的植物全都是樹木型魔物，而且都被攔腰折斷，或是被某種尖銳物刨挖似的撕裂，兩人應該會忘我地欣賞這幅美景。

「這是多尼諾先生戰鬥過的痕跡嗎？」

瑪莉艾拉稍微打開門，想要把雜亂重疊的樹木殘骸看得更清楚。

「這種死法……不是多尼諾弄的咧……」

尤利凱從可以環顧左右的縫隙謹慎地窺探內部。

「多尼諾先……」

「噓，瑪莉艾拉，安靜！」

瑪莉艾拉試圖呼喚多尼諾，但尤利凱摀住了她的嘴巴。

尤利凱的銳利視線橫掃室內，穿越傾倒的樹木之間，然後停留在稍微高於樹木殘骸的一處牆面上。從兩人的角度望過去，大概位於中央偏前方的左側。

因為不是位於正前方，要仔細環顧四周才會發現。

靠近外牆那一側的白色牆面上黏著某種漆黑的物體。

好幾根細細的腳折疊了起來。可能有幾根斷了，所以稱不上左右對稱，甚至有幾根扭向奇怪的方向。要不是身體正在不時搖晃，看起來就像蜘蛛的屍體。

那個黑色的東西將腹部貼在沒有築巢的光滑牆面上，上下搖晃著身體。

如果是蜘蛛，腳會長在頭部與胸部相連的頭胸部，而且還會有又大又圓的腹部。可是，這種黑色的東西並沒有可以稱之為腹部的地方，頭胸部還有好幾顆重疊的瘤朝上方突起。那些凹凸不平的表面上甚至有被大幅磨損，或是被啃咬過的痕跡。

幾道液體沿著牆面，從那個黑色物體的腹部下方滴落。

質地黏稠的那些液體有些是綠色，有些是淡黃色。彷彿要追逐那些液體，黑色物體往下挪動身體，發出稀哩呼嚕的聲音吸起滴落的汁液。

沒錯，那個黑色物體**吸起了**某種東西。不像野獸用舔食的方式喝水，而是像人一樣吸食。

黑色物體挪動的頭胸部下方，也就是流出液體的地方，有臉露了出來。與其說是臉，說是頭部或許比較正確。

瑪莉艾拉與尤利凱對滴落的黏液和那顆頭部有印象。曾經被那麼猛烈地追趕，她們當然不可能忘記。

不可能忘記瘋狂追趕自己的那些巨大毛蟲。

吸食完黏液的那東西稍微抬起頭胸部，再次用腹部按壓毛蟲。

噗滋，噗嘰。嘰哩，咕嚕，咕嚕。啾，啾，啾嚕。

看起來明明只是用身體壓扁毛蟲，卻有令人不快的聲音傳來。就像是許久未進食似的，那東西發出狼吞虎嚥的咀嚼聲，正當瑪莉艾拉要將視線移動到聲音的來源時——

「瑪莉艾拉，快後退咧！」

被尤利凱抓住手臂一拉，瑪莉艾拉就這麼倒向後方。

從這個瞬間開始的一連串發展實在太過快速，瑪莉艾拉一時適應不來。

在急速流逝的景色中，瑪莉艾拉只看到原本打開一點點的西塔的門已經大幅敞開，那個像是黑色蜘蛛的東西正朝原本有門的空間張開細長的腳，彷彿要遮蔽照射進來的光線。

就像一隻遮蔽光線的手，黑色蜘蛛的腳的根部、頭胸部的底部轉過來面對瑪莉艾拉，上面有一道像是撐開刀傷的裂痕，而裂痕的內側還稀疏地長著類似人類的圓潤牙齒。

然後——

「我……好餓……我好餓，我好餓啊啊……」

啃食毛蟲魔物的那張嘴巴就像人類一樣，喃喃唸著「我好餓」。

被拉倒的前一刻，眼前染上一片火紅，是因為自己頭上的火蠑螈吐出了火嗎？

一屁股跌坐在地的瑪莉艾拉被庫咬住外套的下襬並往後拖拉，尤利凱則向剛才窺探的門內投擲好幾瓶魔藥與煙霧彈，然後所有人一起衝進附近的房間。

為了避免房間的門被打開，她把掃帚插在環形的門把上，代替門閂。

如果魔物硬拉門，這麼細的棍棒就會輕易斷掉，但房間的門是朝走廊的方向開啟，所以無法靠著堆放雜物的方式來擋住門。

尤利凱守在門旁，側耳傾聽走廊的聲音。

瑪莉艾拉還搞不清楚這段短暫的時間內究竟發生了什麼事，尤利凱就已經察覺一切，然後衝進了這個房間。

那個時候，看似黑色蜘蛛的魔物——為求方便，就稱之為黑蜘蛛吧——黑蜘蛛吃完毛蟲魔物後，將瑪莉艾拉等人視為獵物。黑蜘蛛以瑪莉艾拉覺得「一眨眼就出現在眼前」的極快速度移動過來，用腳大幅打開原本微開的門，對瑪莉艾拉等人露出身體的底部。

原本應該很脆弱的那個部分，毫無疑問有一張嘴巴。

如果長在那裡的是野獸般的銳利牙齒，就會讓人覺得或許真有這種魔物。可是，黑蜘蛛的嘴裡長的卻是類似人類的圓潤牙齒，而且嘴巴周圍還有像嘴唇一樣的部位。

尤利凱驚覺「會被吃掉」的瞬間，瑪莉艾拉頭上的火蠑螈吐出了火，黑蜘蛛便像是害怕火焰似的，往後錯開身體。

尤利凱趁著這個空檔將瑪莉艾拉往後拉，然後對黑蜘蛛投擲瑪莉艾拉剛才用毛蟲黏液與虛張蛙鳴囊鍊成的魔藥。

這種魔藥瓶做得遠比普通魔藥瓶還要薄，一打中黑蜘蛛便輕易破裂，使裡面的魔藥發揮效果。

內部的液體以爆炸性的速度噴散，跟著空氣的流向延伸，轉變成白色的細絲。在飛散的同時捕捉對象的模樣看似蜘蛛絲，以類似棉花或不織布的面來包裹對象的模樣又會令人臉想到昆蟲的繭。

這種魔藥稱為捕捉魔藥。

那些毛蟲是用毒毛發動攻擊的品種，雖然不會用絲來攻擊，但也會結繭。融合用於結繭的體液與虛張蛙會急速膨脹的性質，就能做出這種魔藥。

非常柔軟又脆弱的毛蟲內臟難以取得，所以這種魔藥鮮少出現在市場上，卻是不論對人或對魔物都能發揮效果的方便魔藥。

捕捉魔藥似乎很有效，順利壓制了原本非常敏捷的黑蜘蛛，爭取到逃走的時間。煙霧彈同時遮蔽了視線，所以牠應該不知道尤利凱等人逃進了哪個房間。

（牠應該不知道才對咧……）

尤利凱這麼安撫自己，側耳傾聽走廊的聲音。

那隻黑蜘蛛很不妙。自己肯定打不贏牠。

劈哩，劈哩，啪嘰，啪嘰，啪嘰。

咬破纖細的堅硬物體的聲音傳了過來。

牠應該是在啃咬捕捉魔藥的網子吧。

「……好餓……我……好……我好餓……」

聲音緩緩靠近。為什麼這隻黑蜘蛛會說人話？心裡抱著這個疑問的瑪莉艾拉甚至奔龍都壓低聲音，一動也不動地躲在房間角落。

「我好餓……我好餓……我好餓……我好餓……」

喀啦，喀啦，喀啦，刮著其他門的聲音響起。雖然牠會說人話，但智能似乎很低，不懂得握住門把，只會用腳去刮一拉就能打開的門。

喀啦，喀啦，喀啦。

「我好餓……我好餓……」

訴說著無盡飢餓的那個聲音，似乎已經抵達這個房間的門前了。

「我好餓……」

隔著一扇木門的對面，那隻駭人的黑蜘蛛是否正張開傷口般的嘴巴，面向這裡呢？

喀啦，喀啦，喀啦……………喀鏘！

不知究竟是偶然，還是這個世界的惡意，黑蜘蛛的腳似乎勾到了環狀的門把。

喀鏘！喀鏘！喀鏘！喀鏘！

胡亂拉扯的動作讓門發出刺耳的噪音，代替門閂的掃帚握柄也跟著不斷哀號。

（已經撐不住了咧……）

尤利凱握緊鞭子，瑪莉艾拉也舉起幾瓶魔藥。

雖然勝算很低，但她們可不想被那種詭異的魔物啃食殆盡。
喀鏘！喀鏘！喀鏘！喀鏘！
喀鏘喀鏘喀鏘喀鏘喀鏘喀鏘喀鏘喀鏘喀鏘喀鏘喀鏘。
喀鏘…………
門發出一個特別大的聲音以後，出乎預料的寂靜來臨了。
（發生什麼事了咧？）
連呼吸聲都壓低的尤利凱可以聽見某種東西正在震動的細小聲音。
嗡嗡嗡嗡嗡…………
（振翅聲？這是……殺人蜂之類的魔物嗎？）
「我好餓……我好……我……餓……啊、啊……」
斷斷續續傳來的是好幾隻蜜蜂型魔物的振翅聲、黑蜘蛛喊餓的聲音，以及兩者正在交戰的聲音。
期間還混合了張口咀嚼的聲音。
看來黑蜘蛛找到了別的獵物。
直到漸漸往西塔的方向遠去的聲音完全消失為止，尤利凱才明白自己終於得救，大大嘆了一口氣。
面對用眼神詢問危機是否已經解除的瑪莉艾拉，尤利凱默默地點了頭。

看到門上用來代替門閂的掃帚幾乎被折斷，尤利凱試圖尋找其他的替代品，發現自己的右手一直握著鞭子不放。

（我也太緊張了唄……）

尤利凱用不發出聲音的方式深呼吸，放鬆緊張的肌肉。瑪莉艾拉慢慢走到尤利凱身邊，對她遞出具有回復效果的魔藥。

（尤利凱，妳沒事吧？）

瑪莉艾拉無聲地詢問。

（我沒事咧。可是，暫時還是安靜一點唄。）

要是發出聲音，那隻黑蜘蛛可能還會跑回來。出於這份恐懼，兩人都不敢出聲說話。或許是接收到尤利凱的意思了，瑪莉艾拉點了個頭。

兩人從房間的角落找到能代替門閂的長攪拌棍，用它來固定門之後，在房間的角落倚靠著庫，抱著祈禱般的心情等待時間過去。

「一定要等到中午再過來」。

多尼諾是這麼說的。那句話就是在警告這個危險。

多尼諾的攻擊力遠比尤利凱高，但並不是速度快的類型，應該不擅長應付黑蜘蛛。或許就是因為如此，他才會避開黑蜘蛛，待在「首飾樹」所在的地方。

（他那句話果然是指**正中午**的時間。既然如此，再忍耐一陣子的話……）

多尼諾會指定中午的時間，想必不是沒有理由的。

也許是會睡著或是衰弱，如果到了中午就能提高逃過那種魔物的可能性，就必須在這裡等待幾個小時的時間。

在只聽得見兩人與兩隻發出呼吸聲的寂靜之中，瑪莉艾拉望著房間內的擺設。

這個房間似乎也是鍊金術師的工房。擺在房間中央的工作桌是以整塊岩石切割而成的高級品。處理史萊姆溶液或其他具腐蝕性的素材時，這種桌子最耐用。

可是石材的厚度並不一致，因此以石膏般的材質來調整高度。放在桌上的玻璃也是帶有氣泡的低階商品。這個房間擺放的昂貴物品跟迷宮都市的東西相比，製作技術的等級都很低。

（這裡大概是……）

瑪莉艾拉沒有將腦中浮現的答案說出口，轉頭望著窗外。從細長的窗戶可以模糊地看見水中的中庭與神殿。

窗外有幾顆類似氣泡的東西流了過去。

就像是風大的日子下著雨，雨滴隨著風飛過窗外似的。

氣泡在窗外畫出好幾道斜線，中途會合後轉變成更大的氣泡。幾個氣泡融合成相當於大麥的顆粒後，便遠離窗戶並開始游泳。

（那是魔物的小寶寶……）

半透明的魔物魚苗是在啃食水中的混濁物質嗎？窗外的水帶著微微的混濁，讓人看不見半透明魚苗的去向。

（照理來說，現在應該就快要天亮了。魔物的魚苗都是在早上誕生的嗎……）

尤利凱已經習慣跟著黑鐵運輸隊沒日沒夜地穿越魔森林，但瑪莉艾拉整夜都在到處奔波，不可能沒有睡意。

也是因為剛才極度緊張的情緒稍微放鬆下來了。

環繞在肩膀上的火蠑螈非常溫暖。

呆呆地看著接二連三誕生又游向遠方的魔物魚苗，瑪莉艾拉在不知不覺間昏昏沉沉地進入了夢鄉。

05

那是在一座深邃的森林之中。

原來樹木是如此高大。原來夜晚是如此黑暗。

深深罩著斗篷的一行人在森林中走著。與其說是斗篷，說是纏著一塊布或許比較貼切。

在森林中前進的人們都穿得相當樸素，甚至難以稱之為衣服。

人數大約是二十人左右。聽著遠方野獸的吠叫、貓頭鷹在頭上振翅的聲音，一行人顫抖著向前邁進。

連月光都被樹梢遮蔽，茂密的草木拖慢了比野獸更加遲鈍的人類腳步。

若是碰上魔物，他們有能力反抗嗎？

夜晚的森林令人畏懼萬分。

只有走在最前方的人物舉起的燈光可以保護人們不受夜晚、森林與魔物的侵擾。為了讓火焰長時間燃燒，蠟燭是以嚴選的材料精心製作而成，足以作為獻給火精靈的供品。

現在，提燈中的蠟燭前端便是由小小的火精靈點燃。

揚起火焰形成的頭髮，在提燈中微微燃燒的精靈並不大，看似相當年輕的個體。祂早已看膩一成不變的森林景色，每次無聊地打呵欠，火焰都會搖曳得差點消失。

不知道是不是看見了精靈的這副模樣，手持提燈的人每次看到火焰正在搖曳，就會喃喃唸著什麼，似乎是在拚命討精靈的歡心。

——好無聊，難怪大家都叫我別來——

雖然嘴巴上抱怨，火精靈仍然揮舞右手，趕走某種東西。於是，祂揮手的方向有幾隻野獸朝森林裡跑去。

野獸或弱小的魔物會害怕火焰。人們相信這是因為有精靈寄宿在火焰中，可以驅除邪惡之物。

這個火精靈雖然會抱怨，但似乎還是會做好份內的工作。

中途穿插了幾次短暫的休息，一行人不斷朝森林深處走去。當日出的陽光照亮他們的身影，便可以看見他們的身形有多麼消瘦，身上也只纏著稱不上衣服的破布。他們配戴的武器雖然是金屬製，卻欠缺光澤，刀鋒應該非常鈍。

雖然外表十分狼狽，但他們應該不是奴隸。

他們帶著武器，身上還有用鳥類羽毛或獸牙製成的裝飾品。

這是非常非常古老的記憶。

魔法、技術與知識都尚未發達，人們靠著精靈的庇佑勉強存活的，遠古時代的記憶。

兩個人在途中被魔物吃掉，一個人因身負重傷而被留在原地。

在提燈中看見這番景象的火精靈不再隨興地搖曳，用雖小卻強烈的光芒保護著他們。

於是，一行人總算抵達了目的地。

深邃的森林突然宣告結束的那個地方有一座清澈又美麗的湖泊。

沒有任何河水流入或是流出這座湖泊。有如巨大水窪的平靜水面就像一面鏡子，映照著周圍的森林。明明沒有水的流動，水質卻非常清澈，就連沉沒在水中的樹木紋理都清晰可見。

小小的火精靈屏息凝視著這座湖的中心。

——好漂亮——

出現在那裡的，應該是掌管這座湖泊的水精靈。祂有著中性的五官，柔順的髮絲就像融化的雪水。眼瞳是令人聯想到湖泊水底的柔和淡藍色。

從那副姿態看來，祂應該是遠比火精靈更早誕生，具有一定力量的精靈。

一行人將目光被湖精靈奪走而動彈不得的火精靈連同提燈一起留在附近的岩石上，著手清潔設置在湖邊的樸素祭壇，然後獻上供品，開始進行某種儀式。

走在最前頭、身上穿戴許多裝飾品的人似乎就是祭司。

他唸起某種祈禱詞，幾個人也跟著詠唱。在後方待命的人從行李中取出緊緊密封的箱子。

人們好像沒有發現，即使蓋上了蓋子，也有黑色的霧氣從縫隙間溢出。

不論是火精靈還是湖精靈，他們或許都看不見。

祭司將箱子打開，裡面放著泛白，或是浮現黑點、遭到害蟲啃食而腐敗的幾種作物，以及某種被咒術布包裹著、比雙手手掌更大的東西。

——是作物的病魔，還有……——

火精靈知道祭司一行人為何要冒著危險來到這裡了。

『……餓……我……餓…………』

祭司一行人恐怕聽不見黑霧的低語吧。那是使作物活生生腐敗的病魔，以及因此而餓死的嬰兒遺體。那具遺體以咒術布凝聚餓死者的怨念，封印在其中。病魔與人的飢餓意念互相混合，形成了這些黑霧。

他們來到這裡，是為了祓除侵襲自己村莊的災厄。

祭司以畢恭畢敬的舉止將溢出黑霧的箱子放在準備好的小船上，然後放流到湖中。火精靈用擔心的眼神望著湖精靈。

蘊含力量的清水具有驅除汙穢的效果，而如果要接收汙穢並淨化，使其正確地回歸世界的話，能夠讓這股能量在世界中緩緩循環的湖精靈、森林的樹木或生物也辦得到，但在淨化的期間，他們本身會遭到汙染。

祓除這類惡質的汙穢是火精靈的工作。祂們會用猛烈的業火淨化汙穢，使一切化為灰燼。將力量抵消後，再使其慢慢回歸世界即可。只不過，小小的火精靈當然不具備淨化此等汙穢的力量。

周圍明明沒有風，載著作物病魔的小船卻漂向湖精靈所在的湖中央，就像底部破了洞似的沉進湖中。

『……餓……好……餓……我……』

落入湖中的黑色汙穢在水中淡淡地散去，被不知不覺間聚集而來的魚群啄食，漸漸消失。看來是平均分散至居住在湖中的所有生物身上了。

「我等村莊之災厄已祓除。」
「作物得淨。」
「苦難遠離。」
人們紛紛唸道。他們再次拿起寄宿著火精靈的提燈，返回原本的方向。
——欸，祢沒事吧？——
火精靈把手放在提燈的玻璃上，對湖精靈表達擔憂。
對於自己能夠一口氣吹熄的小小火精靈，湖精靈並沒有回答。但祂消失到湖中之前，用非常溫柔的表情對火精靈露出了微笑。

06

（剛才的夢到底是……）
這場夢應該是某人的記憶。不過年代似乎相當久遠。瑪莉艾拉也是兩百年前出生的人，但夢中出現的服裝看起來像是更久以前的產物。
瑪莉艾拉想確認記憶珠子，但昨天趕著回收，根本不知道有幾顆，被燻黑的珠子也沒有確認是什麼顏色。所以現在就算確認，也無法得到什麼線索。

「瑪莉艾拉，妳醒了唄？」

可能是在幫忙監視，尤利凱從門邊走了回來。

「抱歉，只有我睡著……」

「我習慣了咧。妳恢復體力比較重要咧。時間差不多快到了，至少也該喝點水唄。」

尤利凱一直都醒著，負責監視嗎？既然如此，就表示作了那場夢的人只有瑪莉艾拉。

可能是從太陽的位置推測，或是靠生理時鐘來判斷。尤利凱說時間差不多快到中午了，提議與多尼諾會合。

這代表她們必須再次前往有黑蜘蛛出沒的房間。

這裡不一定安全，也沒有其他可以前進的路了。最重要的是，她們不能把多尼諾留在有黑蜘蛛徘徊，又被「首飾樹」阻擋去路的一樓，自己逃走。

「嗚……嗯。」

瑪莉艾拉下定決心，點了點頭。

「瑪莉艾拉，妳在庫背上待命就好了咧。」

看到無力戰鬥的瑪莉艾拉不考慮逃走的樣子，尤利凱微微笑著說道。

兩名少女配著水吃掉事先做好的一點三明治，然後小心翼翼地戒備著周遭，再次站到那扇門前。瑪莉艾拉緊緊攀在庫的背上，以便隨時逃走，尤利凱則保持著隨時都能騎上庫的距離。

兩人繃緊全身的神經，以謹慎再謹慎的方式打開門，發現門後的景象比幾小時前造訪時更加凌亂。或許是那隻黑蜘蛛與其他魔物戰鬥過的痕跡，室內的許多樹木型魔物被粗魯地折斷，幾乎都倒下了，而且仔細一看還有巨大蜜蜂的翅膀或昆蟲腳之類的殘骸埋沒在樹木之間。

那隻黑蜘蛛沒有現身。

由於高大的樹木型魔物全都已經倒下，現在可以將室內一覽無遺。沿著大廳牆壁通往中間的走廊已經連同欄杆崩塌了一半，非常危險，往下延伸的階梯也完全損壞而無法使用。

尤利凱躡手躡腳地踏進沒有任何東西會動的西塔。

她握緊鞭子，保持隨時都能投擲魔藥的姿勢，準備應付可能從重疊的樹木殘骸後面、左右兩邊，或是剛才穿越的門上方衝出來的黑蜘蛛。

緊繃到極限的情緒被來自正下方的聲音戳破了。

「尤利凱，妳來啦。」

「多尼諾！你聲音太大了咧！」

擔心聲音會引來黑蜘蛛的尤利凱非常慌張。

「哈哈～我看妳是在晚上跑進這裡了吧？我明明叫妳在中午過來的。這個時間沒問題，進來吧。」

從尤利凱的態度猜到事情經過的多尼諾大笑著回應。

「到底怎麼回事咧？」

尤利凱小心翼翼地走進西塔。騎著庫的瑪莉艾拉也保持距離跟在後方。進入西塔，靠近半毀的欄杆附近，就能往下眺望到位於一樓的多尼諾。

「有話晚點再說，妳們幫我爬上二樓吧。我的繩子被那隻像蜘蛛的魔物吃掉了。」

為了把多尼諾拉上來，瑪莉艾拉用繩藤做出一條繩子，綁在完好的欄杆上。多尼諾的體格很好，又帶著笨重的戰鎚，所以必須用好幾束繩藤才能做出強度足夠的繩子。

「……好餓……我……餓……嗚、嗚……」

一行人正在準備的時候，附近好像有輕聲細語般的小小聲音傳了過來。

「這個聲音是！」

瑪莉艾拉慌張地四處張望。尤利凱似乎也察覺聲音的來源了，於是握緊鞭子，專心地觀察周遭。

「多尼諾！後面！」

黑蜘蛛出現在仰望著這裡的多尼諾背後。牠縮起身體，作勢撲向破綻百出的背部。

「不必擔心。」

可是多尼諾一點也不慌張，舉起戰鎚朝後方猛然一揮。

幾個小時前曾用那麼敏捷的動作襲擊瑪莉艾拉等人的黑蜘蛛就像對小孩丟出的球一樣，以和緩的速度撲向多尼諾，然後被他的戰鎚擊中，重重撞上室內的牆壁。

「我……好……好餓……嗚嗚、嗚嗚……」

仔細一看會發現，牠的身體比幾個小時前還要小多了。雖然瑪莉艾拉的眼睛無法仔細看清這隻渾身漆黑的魔物，但牠的腳不是脫落就是折斷，軀幹也變得相當瘦弱。帶著細小凹凸的表面看起來就像被魔物啃食過的屍體。

「都被魔物吃成這個樣子了，還是死不了嗎……」

多尼諾轉身面對黑蜘蛛。原本攀在瑪莉艾拉肩膀上的火蠑螈縱身一躍，輕輕落在他的頭上。

「唔喔，這傢伙怎麼了？」

火蠑螈從多尼諾的頭上低頭看著他的臉，在他的眼前吐出一口小小的火焰。

「意思是要我用火燒嗎？」

多尼諾轉動眼球看著攀在頭上的火蠑螈，這麼問道。

火蠑螈發出一個回應似的叫聲。

「多尼諾先生，請用這個！這是燃燒彈。」

多尼諾接住瑪莉艾拉丟過來的燃燒彈，然後靠近黑蜘蛛，對牠投擲燃燒彈。火蠑螈也吐出火焰，彷彿要給牠最後一擊。

「我好餓……好……我……我好……啊、啊、啊……」

黑蜘蛛頻頻顫抖著身體，被火焰焚燒。

（這隻黑蜘蛛是我在夢裡見到的作物病魔和飢餓意念的集合體吧……）

瑪莉艾拉在二樓定睛凝視著黑蜘蛛燃燒的樣子。

很久很久以前，肯定有作物的疾病在某個村莊蔓延，使得人們飽受飢荒之苦。小孩、老人、體弱多病者陸續死去，於是人們前往森林深處，在精靈寄宿的湖泊淨化了這些災厄。

那段記憶就是如此。

那麼，為何這隻飢餓的黑蜘蛛會出現在這個地方呢？

沒有人能解答這個疑問。不知從何時起，原本待在多尼諾頭上的火蠑螈已經跑到黑蜘蛛身邊，再次對遲遲沒有燃燒殆盡的黑蜘蛛噴火，使其徹底化為灰燼。

第三章

疫病的災厄

Chapter 3

01

「我是在西塔醒過來的。我在當天之內就去了西北塔，法蘭茲那傢伙卻死都不離開那裡，所以我才決定前往神殿。」

用繩藤做成的繩子將多尼諾拉上來，順利與他會合之後，瑪莉艾拉與尤利凱暫時回到似乎很安全的西南塔，與他邊吃飯邊交換情報。

與法蘭茲分別的多尼諾從西南塔往下走到了二樓，試圖以自己甦醒的西塔為中心，展開探索。他先往北抵達西塔，用繩子下到一樓的時候，剛好就是黑蜘蛛的活動量降低的正午時分。

「我沒想到竟然有那種什麼都吃的怪物存在。早知道就更謹慎地行動了。」

根據多尼諾的說法，那隻飢餓的黑蜘蛛會不分青紅皂白地啃食其他的魔物。而且其他魔物只要見到那隻黑蜘蛛，就會忽略多尼諾，優先襲擊黑蜘蛛。

最可怕的是牠的食慾，不論吃掉多少魔物，牠的身體都不會變大，飢餓也得不到滿足。

「不過也是多虧牠們互相獵食，我才能存活下來。」

幾乎吃光所有魔物，牠自己也因為被魔物啃食而動不了的時間，差不多就是這個時候。

現在黑蜘蛛變弱，魔物也很少，是最安全的時段。

瑪莉艾拉等人第二次看見的就是牠與魔物互相獵食，搞得腳與身體都殘缺不堪的模樣。即使如此，那隻黑蜘蛛也不會死，仍然在那裡啃食魔物的殘骸，等待夜晚的來臨。

「晚上就危險了，因為黑蜘蛛會復活。」

西塔的一樓有噴水池，黑色魔物會從出水口湧出。吸收黑色魔物之後，黑蜘蛛被啃食的身體與折斷的手腳都會恢復原狀，在轉眼間復活。復活的黑蜘蛛速度很快，攻擊力足以單獨將留在一樓的魔物啃食殆盡，力量強但速度慢的多尼諾不擅長應付牠。最棘手的是，不論怎麼痛毆甚至碾碎牠，牠都像是感覺不到疼痛似的，總是死纏爛打地攻擊對手，對付起來簡直沒完沒了。

黑蜘蛛似乎沒有能力自行打開通往西塔二樓走廊的大門，但一樓的大門已經損壞並脫落，所以牠會在吃光西塔的樹木與昆蟲型魔物殘骸之後，在一樓的走廊上徘徊著覓食。

「『首飾樹』晚上也會睡著，通往入口玄關的門又好像打不開，所以我才會待在『首飾樹』那裡。後來，我本來打算趁著晚上的時間在擋路的『首飾樹』上開洞然後溜出去，但它硬得要命。」

瑪莉艾拉等人聽見的敲打聲就是多尼諾破壞「首飾樹」的聲音。不過覆蓋在「首飾樹」表面的藤蔓就像鋼索般堅韌，所以他遲遲破壞不了。

夜晚結束後，「首飾樹」就會甦醒，毛蟲魔物也會發動攻擊。雖然時機很難拿捏，但只要讓毛蟲與黑蜘蛛碰頭，就能趁著牠們互相獵食的期間逃進某個房間。

夜晚結束後的短暫期間內，樹木型魔物會迅速發芽並成長為大樹，昆蟲型魔物則會從卵中孵化或羽化，擠滿一樓。然後，魔物們與黑蜘蛛又會重新開始互相獵食。牠們似乎每天都會重複再生與捕食的循環。

「哎呀，好久沒吃到正常的飯菜了，真好吃。」

說著，多尼諾大口咬下瑪莉艾拉烹調過的魔物肉。

兩名少女暫時面面相覷，然後強制結束差點轉移到食物上的話題。

在只有樹木與昆蟲型魔物的地方，多尼諾究竟吃了些什麼？

多尼諾的年紀似乎還不到四十歲，但就算說是五十歲也不令人意外，是個風格狂野的大叔。他在危急時刻恐怕什麼都吃，但兩人並不想談論這個話題。

「總之幸好多尼諾先生沒事。接下來只要找到格蘭道爾先生……」

仍然下落不明的人只剩格蘭道爾了。如果每個人都在不同的塔甦醒，格蘭道爾應該是在東塔，但不知道他目前究竟在哪裡。

「要找格蘭道爾的話，他應該在那裡。」

多尼諾從道具袋裡拿出折疊式的望遠鏡，從窗戶指向東塔的附近。

「哇，真的耶……」

「外面有水咧，他能呼吸嗎？」

瑪莉艾拉與尤利凱輪流確認東塔附近的中庭，發現格蘭道爾搭乘的奔龍承載式重裝鎧甲就沉在水中，還有一隻大型的蛇類生物捲起身體，包圍在重裝鎧甲的四周。

一隻魔物魚遊向那附近。

捲曲著身體的蛇突然用上半身劃開水，咬住那條魚的身體。

「嗚哇，尤利凱，妳看那個。」

尤利凱從瑪莉艾拉手中接過望遠鏡，確認盤據在那裡的蛇的上半身，嘆了一口氣。

「嗯，那是拉彌亞的亞種咧。有六隻手臂，大概是很高階的品種唄……」

就算下半身纏繞著格蘭道爾所在的重裝鎧甲，牠的體長也足足有兩層樓高。拉彌亞原本就是那麼巨大的魔物嗎？

「魔物通常會在晚上的期間被黑色的傢伙吃光，但那隻拉彌亞好像是因為被格蘭道爾的護盾保護著，才會長得那麼大。既然牠到現在還守在那裡，格蘭道爾應該是沒事才對……」

「多尼諾，你能幹掉那傢伙嗎？」

「我一個人沒辦法，需要有人幫忙壓制牠。有愛德坎在就簡單多了。」

尤利凱與多尼諾陷入沉思。看來那隻拉彌亞是相當強大的魔物。

似乎只要有愛德坎在就有辦法處理，但愛德坎一旦離開東北塔，就會有大量的黑色魔物從缺乏防守的北側湧來。法蘭茲一個人恐怕撐不住。

「要對付蛇的話，有幾種魔藥應該幫得上忙……」

瑪莉艾拉提出的魔藥會散發蛇類討厭的氣味、干擾蛇類感知震動的器官，或是奪走體溫來讓動作變得遲鈍。

每一種都是專門用來對付陸棲蛇類魔物的魔藥，但這隻拉彌亞恐怕是水陸兩棲的品種，也有臉，所以可能不只靠震動，也能靠視力來辨別獵物。而且牠是高階品種，魔藥能發揮多少效果還是未知數。

最大的問題是材料都各缺少一點，恐怕很難在西側找到。

「不管怎麼樣，先移動到東側再說吧。我們就在這裡休息到太陽下山，晚上再出發。」

「知道了咧。」

趁能吃的時候吃，趁能睡的時候睡。

看到多尼諾以戰士特有的判斷力，當場躺下來睡覺的樣子，瑪莉艾拉趕緊從腰包裡拿出珠子。

「多尼諾先生，我想這應該是你的記憶珠子。」

瑪莉艾拉取出的記憶珠子比愛德坎的色調更沉穩，是由褐色與深褐色組成的素雅珠子。數量有兩顆。

「記憶珠子？那是什麼？」

瑪莉艾拉說起至今所知的事——取回記憶的條件還不明朗，多人聚在一起睡覺比較有可能確實取回記憶。但這麼做就會讓瑪莉艾拉等人窺見多尼諾的過去。

「原來如此。可是小姐啊，別人的記憶還是不看為妙。因為只會造成多餘的負擔。」

多尼諾從瑪莉艾拉手中接過記憶珠子，收進口袋裡。

「我要一個人隨便找個房間休息。反正記憶這玩意兒也不全是好東西。就算想不起一兩段記憶，對我來說也沒差。」

他這麼說完便打開北門，走進附近的房間。

02

──嗨，好久不見──

──再三來訪，祢可真有耐心──

這是祂第幾次拜訪湖精靈了呢？

其他的火精靈都討厭寄宿在提燈中穿越森林的無聊工作，但這個火精靈並不那麼想。

一想到能見到那個湖精靈，就算是在陰暗的森林中慢吞吞地前進，時間也一下子就過去了；回程則一直想著湖精靈的身影，不知不覺便抵達城市。

這個時候，人們居住的地方已經有了太多的人口，無法再稱之為村莊。

究竟過了多久的歲月，對火精靈來說沒有任何意義。若無法獲得糧食，或是對於自己的存在感到厭倦，祂就會從世上消失，回歸地脈。精靈就是如此，不論是誕生、存在還是消失，全都同樣有價值，卻也同樣沒有價值。

祂們原本就是沒有肉體的，因此容易誕生，容易轉變，也容易消失。每次經歷這些過程都會讓祂們的意識出現變化，但若以人類來舉例，就像是記不記得昨天吃過什麼東西的程度。

可是偶爾也會有找到寄託的精靈存在。

以聖樹的精靈為例，祂們會寄宿在聖樹的嫩芽中，共同存在於這個世界。沒有精靈寄宿的聖樹不會成長，聖樹枯死的話，精靈也會跟著消失。雖然偶爾也有成熟的聖樹精靈會離開聖樹而單獨存在，但那是極為稀有的例子，普通的精靈是辦不到的。

火精靈特別容易流轉且善變，正如火這種現象，鮮少有持續存在的例子。這些稀少的精靈會棲息在永不熄滅的火山口，或是深深流淌於地底下的岩漿中，所以輾轉存在於城市燈火之間的這個火精靈是非常罕見的例子。

因為平常都躲藏在城市的小小燈火中，火精靈本身並沒有發現，長時間存在的祂已經不像以前一樣，虛弱得可以被湖精靈一口氣吹熄。

到了現在，祂甚至能在人類進行儀式的期間與湖精靈交談。

——人類的城市很有趣喔——

對精靈來說，人類與其他動物的差別只在於用兩隻腳還是四隻腳走路，所以雖然能區分大人與小孩，卻很難分辨個人的差異。不過這個火精靈在持續存在的過程中，開始對人們的生活產生了興趣。

人們直到不久前都還住在可以輕易燒毀且到處都是縫隙的木造房屋裡，現在卻住在不只有木材，還加上石材或灰泥砌成的房屋，使得火精靈只能寄宿在油燈、爐灶、暖爐旁邊。不知從何時起，稍遠的山上甚至蓋起了足以熔化鐵的大窯，最近還成了火精靈之間的熱門景點。

火精靈愉快地描述有彈性的麵團如何在烤爐中膨脹成鬆軟美味的麵包、人們圍繞著大型篝火歡慶祭典的模樣，以及單手拿著火炬的戰士們將魔物趕出城市的英姿。

寄宿在這座湖中的湖精靈帶著柔和的表情，聆聽火精靈的話語。

——既然祢如此喜愛人們，我也必將加以善待——

湖精靈微笑著，將人們帶來的漆黑汙穢拉進湖中。

『好……痛……死。』

人類的生活非常熱鬧，而且變化得相當快速。不論是喜悅、悲傷、憤怒還是痛苦，現在的火精靈都只知道是感情的轉變。祂只是興味盎然地注視著人類的變遷，就像觀察季節的更迭。

當然了，人類也會有許多負面情感。這些情感會凝聚成汙穢，對人類本身與世界都造成不好的影響。汙穢會使作物枯萎，使天候劇變，或是招來疫病。

除非汙穢相當濃，或是擁有特殊能力的人，否則人類似乎看不見汙穢，而這些人祓除汙穢的時候，火精靈總是會助他們一臂之力。

有時候當然也會發生力有未逮的情形。

今天的汙穢就是如此。由於可怕的傳染病，人們紛紛吐血身亡。

病人顫抖著，畏懼死亡。

母親吐著血，心中掛念著被留下的年幼孩子。

販賣假藥的商人與貪求暴利的治癒魔法師使病人們耗盡所有的家當。

治癒魔法若是使用不當，就會連同病魔一起治癒，但不知道這一點的人們用治癒魔法激發病人所剩不多的體力，表面上是使病人好轉，實則延長了病人的痛苦。

遲遲沒有平息，反而繼續發威的疫病使人們的不安轉為憤怒，甚至發洩在病人身上。

有些病人被活活燒死，有些幼兒被當作病魔的孩子，遭到毆打致死。

就連診治病人的治癒魔法師或鍊金術師都被當作帶有病魔的掃把星，受到扔石頭的對待。

『好痛，好痛，我不想死。』

面對如此地獄般的哭喊，區區的術師或精靈根本無能為力。

承載汙穢的方舟在湖精靈的腳邊沉入湖裡。

為了在深不見底的水中，緩緩回歸世界。

03

「這個房間還真亂啊。」

在東南塔三樓，多尼諾站在堵住通往二樓的階梯的巨大箱子前，使勁握住戰鎚。

「你能打壞這個唄？」

「可以。碎片亂飛就糟糕了，妳們上去四樓吧。」

瑪莉艾拉等人在西南塔小睡到晚上之後，經由四樓的通道回到這座東南塔。或許是燃燒彈的效果，夜晚的時間變短了，而且還要配合徒步前進的多尼諾，所以光是回到東南塔，外頭就已經天亮了。

不論如何，想前往中央的神殿就必須從這座東南塔下到二樓，經由三樓的走廊也能前往愛德坎所在的東北塔。瑪莉艾拉之所以陷入沉默，並不是因為被困在東南塔，也不是因為浪費了時間。

明明就快要得出答案了，卻還差臨門一腳。這種心煩的感覺令人難以言喻。

（多尼諾先生和尤利凱都說，自己剛才小睡的時候沒有作夢……）

多尼諾說「我沒夢見過去的事」，把記憶珠子拿給瑪莉艾拉看。這麼一來就能證明，光是湊齊記憶珠子和持有者，記憶也不會恢復。當然了，這也可能表示這個珠子並不屬於多尼諾。

（尤利凱也說她什麼都沒夢見……）

如果尤利凱並沒有作夢，那麼那場夢究竟是誰的記憶，瑪莉艾拉又為何會夢見呢？

砰！喀鏘！啪啦，啪啦，啪啦！

「嗚哇，這下慘了。」

聽到東西損壞的聲音和多尼諾的叫聲從樓下傳來，瑪莉艾拉的思緒被打斷了。

「多尼諾，怎麼了咧？」

「尤利凱，傷腦筋啊，這下整理起來麻煩了。」

跟著尤利凱下到三樓的瑪莉艾拉看到散落在地上的大量魔藥，心想「啊，果然沒錯」。堵住通往二樓的階梯的箱子大得必須抬頭仰望，裝滿箱子的魔藥分量自然不言而喻。由於破壞箱子的衝擊，半數以上的魔藥瓶都破裂而混在一起了，這些全都是兩百年前很熱銷的魔藥。

「總而言之，我先把這裡烘乾。『乾燥』。」

瑪莉艾拉使出「乾燥」，將幾乎淹沒整個房間地板的魔藥一口氣烘乾。

「喔喔，小姐真厲害。」

多尼諾的讚嘆並不是客套話。一口氣烘乾這麼大量的水分，並不是一件簡單的事。如果這些是普通的水，即使是擁有強大魔力的瑪莉艾拉，恐怕也無法如此輕易烘乾。

（這些魔藥果然是……）

大多數的魔藥會在魔法形成的水中溶入「生命甘露」，然後萃取藥效。換句話說，構成魔藥的水分是來自於魔力。

之所以用魔法來製造水，是因為自己的魔力比較方便進行後續的加工。舉例來說，要烘乾打翻的水時，汲取而來的水和魔法製造的水之間，烘乾所需的魔力與時間都有著天壤之別。

（這些是我做的魔藥。）

正因為是自己做的魔藥，才能這麼輕鬆地烘乾。

瑪莉艾拉這麼想著掃視這個房間，發現裝在周圍箱子裡的許多便宜雜物看起來也有些眼熟。

（這一定是我待過的孤兒院的……）

瑪莉艾拉很確定，這座東南塔是自己的記憶之塔。

「好痛！」

「瑪莉艾拉，誰教妳要發呆。這裡有一堆魔藥，快點治好唄。」

瑪莉艾拉收拾破掉的魔藥時，不小心被玻璃碎片刺傷了手。

膨脹成圓形的血滴與陣陣刺痛的指尖表示，這個世界並不是夢境。

答案就近在眼前。

抱著這份近乎確信的心情，瑪莉艾拉將破掉的魔藥瓶掃向旁邊，清出通往樓下的路，與其他人一起下到二樓。

二樓與西側同樣鋪著地毯，構造也相同。走廊上有並列的房間，西側的盡頭有入口玄關，北側的盡頭則有上下打通的溫室型空間。

「我想只要別打開盡頭的門就不會有危險，所以我打算巡視各個房間，做些魔藥。」

由於瑪莉艾拉的提議，三人開始分頭行動；多尼諾往北調查東塔到一樓的狀況；尤利凱則騎著庫登塔，補充燃燒彈的材料與糧食。

跟兩人與一隻分別以後，瑪莉艾拉打開最靠近北側的塔的一個房間。

「果然沒錯……」

一如預料。

這裡是本該存在於迷宮都市的，瑪莉艾拉的工房。

「史萊肯不在……」

也許是因為牠是生物，又或者是重現了吉克帶走牠之後的狀態，使用克拉肯的體細胞做成的人工史萊姆——史萊肯的飼養容器是空的，容器的底部還留有史萊肯的黏液。

櫃子上放著經過「藥晶化」的各種藥草，品項應該比任何房間都還要齊全。迷宮被消滅後，素材的採集量就會逐漸減少，所以瑪莉艾拉會趁著還能取得的時候盡量採買。即使如此還是有缺乏的東西。

「既然有這個房間，一定也有凱兒小姐的工房。吶，我說的對嗎？」

「嘎嗚。」

對於瑪莉艾拉的問題，站在肩膀上的火蠑螈用叫聲來回應。這隻蜥蜴長著火焰般的鬃毛，光是有祂的陪伴就令人安心許多。這份存在感讓瑪莉艾拉想起某個人。

瑪莉艾拉看著小小的蜥蜴轉動金色的眼珠，然後暫時離開自己的工房，出發去尋找其他的房間。

04

多尼諾待在通往東塔的二樓走廊。

從窗外照射進來的光線很強烈，游過附近的魔物魚有時會在陽光中投射陰影。

「現在這個時間，魔物應該已經復活了。如果這一側也跟西側差不多，黑色的傢伙大概精力旺盛，但只要別撞個正著，牠就會被魔物吸引注意力，不會注意到我。現在正好適合偵察。」

確認瑪莉艾拉等人不在附近，不會遭受波及之後，多尼諾靠近東塔的入口。門的另一頭十分安靜，什麼聲音也沒有。附近似乎沒有發生戰鬥。即使如此，多尼諾仍然安靜且謹慎地打開門，卻不禁對門內的景象與瀰漫的氣味發出呻吟。

「……好恐怖的味道。這是什麼情況？」

開啟的門連接著錯綜複雜的狹窄洞窟。

西側明明是上下打通的寬敞圓頂狀樓層，這裡卻只有帶著腥臭味的紅黑色物體占據了廣大的面積，還有白色的東西散布在各處。

「這是死屍……嗎？」

觸摸紅黑色的牆面，帶著彈性的冰冷觸感便隔著手套傳了過來。既然沒有溫度，就表示這應該是死去的生物肉塊。放手時，紅黑色的黏稠液體化為細絲，黏在手套的指尖處。

「話說回來，味道還真臭。」

聞起來就像活著的半獸人或哥布林等魔物散發的骯髒臭味，再混合血、內臟以及腐肉的臭味，是一股難以言喻的惡臭。

多尼諾用布料代替面罩來遮蓋口鼻，走進洞窟內。

由肉塊構成的這座洞窟不論地面還是牆壁都很軟，算不上好走，但到處都有堅硬的物體可以踩踏，所以腳不至於陷進肉裡。

「連骨頭都有啊……」

隨處突起、可以讓人踩踏的白色物體應該是骨頭吧。多虧了賦予夜視魔法的護目鏡，多尼諾可以辨識陰暗洞窟的內部。

或許是為了棲息在這座洞窟的生物，洞窟除了血液以外，各處都滲透著會散發磷光的液體；雖然光靠肉眼還不夠，但有了夜視魔法的輔助就能確保視野清晰。在洞窟內前進一陣子就會發現，有些地方的肉塊呈現不同的色調，看起來就像混合了好幾種生物。

通道中比較寬敞的地方頂多只能讓多尼諾站著走路，到了比較狹窄的地方就得彎曲膝蓋、放低重心才能繼續前進。

萬一在這麼狹窄的地方碰到魔物，使用戰鎚的多尼諾恐怕無法盡情戰鬥，但幸好狹窄的通道並不長，他很快就抵達了足以揮舞戰鎚的小空間。這個空間有幾條小徑延伸出去，上下還有洞一般的通道，可見這座洞窟會往四面八方擴展。

空間的深處有幾個小空間，另一種臭味從中飄了出來。

「那是怎麼回事？肉融化了嗎？」

彷彿血肉交融的黏稠池塘中，肉液就像冒出氣體般隆起，一部分的氣泡在裂開的同時發出類似「啊——」或是「哇——」的叫聲。

是出生時的哭喊。

從肉液池塘中緩緩爬出的肉片在轉眼間長出手腳、睜開眼睛，一邊發出難聽的哭喊，一邊朝著洞窟內更深的地方爬去，根本不把多尼諾放在眼裡。

「這裡是魔物的溫床嗎？我可沒聽說過這種誕生方式。那是哥布林嗎？」

跟著剛出生的哥布林在洞窟內前進，牠們的數量便愈來愈多。每一個個體都只將多尼諾視為洞窟的一部分，較小的個體甚至穿越多尼諾的腳邊，往深處前進。愈往深處走，洞窟就會漸漸擴張，誕生的魔物也不只有哥布林，還包括半獸人或狼等體型較大的個體。這些全都是繁殖力很強的雜食性魔物，會出沒在魔森林或迷宮淺層。

魔物們從蜘蛛網般複雜的洞窟大舉湧向位於這座東塔的一樓中心處。面對洞窟本身與魔物們散發的臭味，以及前進的方向飄來的難聞惡臭，就算遮蓋著口鼻也令人難以呼吸。多尼諾為了逃離魔物與惡臭，鑽進了位於稍高處的洞。因為從這個地方可以感覺到一點點清涼的空氣正在流動。這種洞窟通常會有通風口。

「噗哈！真是讓人受不了……」

在有新鮮空氣流進來的小空間內，好不容易能放鬆的多尼諾不禁抱怨。

這個小空間有連剛出生的哥布林都無法通過的細小氣孔縱向延伸，新鮮空氣會從上往下流入。俯視筆直朝延伸到下層的氣孔會發現，這裡似乎連接著魔物們正要前往的一樓中心處。

「那是怎麼回事？」

氣孔很狹窄，所以看不見全景。

從零碎的視野可以得知，魔物正在攻擊一個詳細構造不明，而且黑得徹底的巨大圓形物體。

漆黑的圓形物體就像成熟的石榴，快要裂開了。

能從氣孔看見的只有那個黑色石榴的一部分，或許是長成樹木的樣子，無法得知看不到的部分有什麼。

多尼諾看見的是魔物接二連三地撲過去咬住緊繃表皮的模樣，看起來就像蟻群正在啃蝕掉落至地面的甜美果實。

噗滋。

黑色石榴的表皮毫無預警地爆開。

從裡面溢出的不是成熟的果肉，而是無數隻圓滾滾的漆黑色老鼠。

老鼠竄出的速度彷彿潰堤的洪水，剛才明明是魔物正在圍攻黑石榴，石榴一旦裂開，馬上就換大量的老鼠吞噬了魔物們。

「這可不妙啊。」

多尼諾用不像是結實的體格會有的敏捷腳程，沿著原路跑回去。

這座洞窟錯綜複雜，很難分辨方向，但他已經用傷痕標示了走過的路線。挖開肉所形成的傷痕滲著潮濕的紅黑色液體，代表了回程的路，多尼諾就是靠著這些記號，以脫兔般的速度飛奔回去。

在背後的洞窟中迴響的是魔物們的咆哮、老鼠們鑽動的聲音，以及……

滋嚕滋嚕，滋嚕滋嚕。

令人作嘔的聲音在死屍洞窟中迴響。

05

「多尼諾先生，請喝這個。」

多尼諾好不容易逃離東塔的洞窟，與瑪莉艾拉等人在東南塔會合，瑪莉艾拉一看到他的臉色便遞出一瓶魔藥。

「呼，小姐，謝謝妳啊。總算能鬆一口氣了。」

多尼諾沒有確認瑪莉艾拉遞出的魔藥是什麼種類便馬上喝乾，稍作休息後這麼說道，然後開始描述自己剛才在東塔見到的狀況。

「那裡的東西大概是某種來路不明的病魔。」

多尼諾親眼看見從黑色石榴溢出的老鼠一碰到魔物，牠們的嘴巴、鼻子、眼睛、耳朵甚至全身的毛孔便噴出鮮血，然後倒下的模樣。他也親耳聽見了老鼠啃食那些屍骸的咀嚼聲。

「多尼諾沒有被感染唄？」

「我剛才給他喝解毒魔藥了，不用擔心。」

這麼回答的瑪莉艾拉已經預料到前方有什麼正在等待他們。因為她已經大致猜到這個地方是什麼，而剛才的夢又是誰的記憶。

「有種魔藥對病魔有效。」

瑪莉艾拉閃著金色眼瞳這麼說道，那副彷彿能預測未來的模樣讓尤利凱能隱約從她身上看見她的師父——芙蕾琪嘉的影子。

「我剛才給多尼諾先生喝的是特級解毒魔藥。它可以立刻治好任何疾病，喝過之後的幾天也不會再感染。我要將這個投入魔物的溫床。」

瑪莉艾拉削著白色的角，說明自己的計畫。

瑪莉艾拉等人所在的地方是並列在二樓的其中一間鍊金術工房。尤利凱和多尼諾是第一次踏進這個地方，但瑪莉艾拉已經來過幾次了。陳列在這裡的昂貴材料之中最高級的東西，就是瑪莉艾拉現在削著的白角——獨角獸的角。

過去凱羅琳的伯父路易斯為了傳達祭品一族的祕術而採取的手段之中，唯一成功送達亞格維納斯家的，就是藏在這個獨角獸角裡面的方法。

瑪莉艾拉聽說這件事之後，曾經見過實物，所以知道東西收在什麼地方。沒錯，這裡是凱羅琳的工房。

瑪莉艾拉用金屬銼刀削下獨角獸角，加進萊納斯麥製成的醋中拌勻。這種醋除了可以自然儲存「生命甘露」的萊納斯麥以外，沒有添加其他多餘的材料，作為原料的萊納斯麥也去除了胚芽，研磨過表面再使用。瑪莉艾拉在「鍊成空間」中灌入空氣與「生命甘露」，在短時間內將萊納斯麥提煉成醋。

使用到獨角獸角的特級解毒魔藥相當忌諱在製造時混入雜質，所以有必要全程都在兩層的「鍊成空間」中進行鍊成。

「然後，這次要添加紫琦花根的藥晶，混合溶解的地脈碎片。」

分頭行動時做的十瓶，再加上這次多做的二十瓶。有這麼多應該就夠了。

在死屍洞窟，以哥布林為主的無數魔物誕生之後，會去捕食數量更加龐大的黑老鼠。吃下黑老鼠的哥布林等魔物會因為黑老鼠散播的疫病，立刻從眼、鼻、口甚至毛孔噴出血，彷彿肉體融化般地崩解並死去，然後化為黑老鼠的食物。那幅景象簡直如同地獄。

黑老鼠會啃食死去的魔物或洞窟本身，形成新的通道，吃剩的死屍也有可能癒合為新的地面，使地形產生變化。

連老鼠都贏不了的瑪莉艾拉跟庫一起留在安全的東南塔，完成的特級解毒魔藥則由尤利凱與多尼諾帶走，用來投入存在於死屍洞窟的無數個魔物溫床。

從投入魔藥的溫床誕生的魔物在魔藥生效的期間都具備對疫病的抵抗力，所以就算吃下黑老鼠也不會馬上死亡。隨著時間經過，洞窟內部的平衡就會逆轉，漸漸將黑老鼠清除。

只不過，每一隻魔物分到的魔藥量很少，所以哥布林等魔物具備疫病抵抗力的時間頂多只有半天。

再過幾個小時的時間，哥布林和老鼠肯定都會大幅減少。

「接下來只要等待就好了。」

「嘎嗚～」

瑪莉艾拉顯得有些不安，名叫庫的奔龍好像想說「沒事的」，將臉湊到她身邊。

「謝謝你，庫。」

現在的瑪莉艾拉跟庫是兩人獨處，不，應該說是一人與一隻獨處。火蠑螈站上尤利凱的肩膀，跟她一起前往死屍洞窟了。也許是對尤利凱的戰力不放心，或者是想去洞窟，祂主動跳到了尤利凱的肩膀上。

「哦，這傢伙想一起去是唄？」

馴獸技能對身為精靈的火蠑螈無效，所以尤利凱無法與火蠑螈溝通，卻表現出非常高興的樣子，可見她是打從心底喜歡動物。

「使用那種魔藥應該不會錯……」

尤利凱幫忙蒐集的材料全都做成燃燒彈了，魔物肉的烹調也已經完成。

無事可做的瑪莉艾拉靠在坐著的庫身上，等待另外兩個人的歸來。

06

「瑪莉艾拉，瑪莉艾拉快醒醒唄。時間差不多了咧。」

「咦，尤利凱，我睡著了嗎？」

被尤利凱搖醒的瑪莉艾拉揉著眼睛坐起身。自己似乎一不小心就睡著了。這一覺睡得相當沉，魔力已經完全恢復了。

（這次沒有作夢……）

火蠑螈不知何時回到了瑪莉艾拉肩膀上的固定位置，就像是在督促她洗臉般地舔著她的臉頰，看著她整理自己的儀容。

「現在大概幾點？」

「應該是中午左右吧。」

多尼諾大口吃著魔物肉，回答瑪莉艾拉的問題。夜晚極度短暫的生活讓瑪莉艾拉的生理時鐘完全亂掉了，但原本就習慣旅行的多尼諾等人似乎具備相當準確的食慾時鐘。

因為尤利凱說聞到味道會想吐，瑪莉艾拉在她的建議之下只吃了一點東西，然後跟著完全吃飽的多尼諾與尤利凱一起前往東塔的死屍洞窟，確認魔藥的效果。

「真沒想到事情會這麼順利啊。」

瑪莉艾拉用含糊的笑容回應多尼諾驚訝的低語，並看著眼前這個像是成熟後即將腐敗的石榴的塊狀物。瑪莉艾拉沒有說過那場關於疫病的夢。尤利凱等人也沒有提到類似的話題，所以作了那場夢的人應該只有瑪莉艾拉。

關於在夢中見到的疫病，瑪莉艾拉曾經從師父口中聽說過。

很久很久以前曾經爆發疫情。

那個時代，魔藥的技術尚未發達，並沒有治癒疫病的魔藥，人們也不知道治癒魔法若使用不當就會連病魔一起治癒。

所以，人們濫用治癒魔法來治病，無謂地消耗病人的體力，導致疫情的蔓延。恐懼不治之症的人們將發病者與其家族隔離到城市之外，並將發病者的房屋、持有物甚至家畜都焚毀。雖說是隔離，但根本沒有人能夠照顧病人，所以幾乎等於是見死不救。

當然了，並不是沒有人對病魔進行任何研究。人們花費大筆資金來研究治癒疫病的魔藥，終於完成了一瓶魔藥。這瓶魔藥成了高階解毒魔藥的原型，多虧有它才能使疫情平息，但此時的城市人口已經減少到一半以下了。

既然高階解毒魔藥有效，特級的效果更是無庸置疑。而且這次還添加了紫琦花根的藥晶。紫琦花是偶爾會開在熱帶森林中的紫色花朵，花瓣與根部具有很強的抗菌效果，特別是根部。即使是在有許多魔物會散播病菌的亞熱帶型迷宮樓層，有紫琦花盛開的水源也可以放心飲用。

萃取自紫琦花根的成分中有許多雜質，本來不能混入以獨角獸角為原料的特級解毒魔藥，但這次是添加除了藥效成分以外不含任何雜質的藥晶，所以才能順利鍊成。

這種魔藥可以稱之為病魔特化型特級魔藥。

其效果非常顯著，從投入魔藥的溫床誕生的哥布林們不會遭到疫病感染，將散播疫病的黑色老鼠啃食殆盡。雖然中途有幾隻活下來的哥布林對我方發動攻擊，但終究只是哥布林。牠們全都在多尼諾的一擊之下化為洞窟的一部分。考慮到殘存的魔物會反撲，兩人只對產生哥布林的溫床投入魔藥，所以這也是預料之內的情況。

瑪莉艾拉等人抵達的最下層有魔藥失效而死的哥布林屍體交疊在一起。在中央以呼吸般的頻率散發腐臭的漆黑塊狀物就是多尼諾曾見過的那個巨大石榴。

溢出黑色老鼠的裂痕就像成熟的石榴般，從底部朝四方延伸，露出紅黑色的內部。長滿內側的紅黑色纖維狀組織是纖毛嗎？從帶著膿血般的黏液蠕動的模樣可以看出，這東西還沒有完全死去。

呼吸般膨脹並吐出腐臭的裂痕傳出了聲音。聽起來也像是有風吹過死屍形成的洞窟所發出的聲音，但在瑪莉艾拉的耳裡是這樣的：

『好痛，好痛，我不想死。』

「你們的生命和肉體都已經不在這個世界了。你們早就已經解脫了……」

瑪莉艾拉打開特級解毒魔藥，扔進黑色石榴的內部。

這個瞬間，黑色石榴的果實頓時收縮，緊繃得就像是要擠出內容物，接著像失去果肉的果皮一樣枯萎，從此動也不動。

彷彿以快轉的速度見證果實成熟、腐敗、風乾的過程，黑石榴急速萎縮並逐漸乾燥。

『好……痛。我……不……死。』

這些聲音是吹過死屍洞窟的風所演奏的音色嗎？

多尼諾與尤利凱朝黑石榴投擲燃燒彈，四周便被火焰吞噬。

「就算有火蠑螈保護我們，再待下去也會被悶死。暫時撤退吧。」

一行人在多尼諾的號令之下離開死屍洞窟。唯有火蠑螈在趕向出口的瑪莉艾拉肩膀上，注視著漸漸燃燒殆盡的黑色石榴。

07

「那，我們也差不多該決定接下來的目標了。」

暫時回到東南塔二樓的一行人開始討論起今後的行動方針。

不論是要幫助格蘭道爾還是繼續前進，都有必要前往中庭。

如果單純是要前往中庭，只要在有入口玄關的南側等待，到了「首飾樹」停止活動的傍晚再出去就行了。

「一樓可能還有魔物或是黑色的傢伙在咧。」

「是啊，等火熄滅了，我會再去確認的。更大的問題是那個蛇女。格蘭道爾那傢伙，就算放著不管應該也沒事，不過……小姐，可能對蛇有效的魔藥材料湊齊了嗎？」

對於多尼諾的問題，瑪莉艾拉搖頭回應。

「還差一種材料，但只要探索一樓，我想一定就能取得了。」

「一定是吧……」

多尼諾往東塔的方向瞄了一眼。結束偵察的多尼諾當時恐怕是被病魔感染了。瑪莉艾拉彷彿看穿了這一點，對他遞出魔藥。就連面對盤據在死屍洞窟的病魔時，她也像是早就知道該怎麼打倒敵人似的。

所以，即使她說前往尚未到過的一樓就能取得最後的材料，聽起來也有種不可思議的說服力。

「小姐，妳來決定吧。」

多尼諾詢問瑪莉艾拉的意見。

「光靠我一個人，對付不了那隻拉彌亞。看是要叫愛德坎過來，還是用魔藥開路。不過，可不能要找愛德坎又要做魔藥，那樣太花時間了。」

如果要幫助格蘭道爾，依靠愛德坎是最確實的方法。愛德坎好歹也是A級冒險者，肯定能擊退拉彌亞。不過，如果要向愛德坎求助，北側的防守就會減弱。光靠法蘭茲一個人究竟能撐到什麼時候呢？

瑪莉艾拉轉頭看著尤利凱。

尤利凱正用有些坐立不安的眼神望向北方。

她擔心的人是法蘭茲，還是愛德坎呢？

瑪莉艾拉當然不認為她不擔心格蘭道爾，但又覺得她還有更加憂心的事。

「多尼諾先生、尤利凱……」

瑪莉艾拉呼喚兩人的名字，然後開始談起今後的計畫。

The
Survived
Alchemist
with a dream
of quiet town life.

06

book six

第四章

紳士與蛇

Chapter 4

01

吉克蒙德非常焦急。

「瑪、瑪莉艾拉！」

這是瑪莉艾拉離家出走後不久的事。

對於全力使用「精靈眼」在「枝陽」的各個角落尋找瑪莉艾拉的吉克，身為常客的賈克爺爺終於看不下去，對他說道：

「你是怎麼啦？小哥。」

「瑪莉……瑪莉……瑪莉艾拉！」

「不，其實啊，他老婆好像離家出走了。」

「不對喔，高登先生。吉克先生都還沒對瑪莉姊姊求婚呢。」

瑪莉艾拉才剛離開不久，吉克馬上就變得只會說「瑪莉艾拉」了，於是高登代替他說明，已經放學的雪莉則補上殘酷的訂正。一聽到這番對話，身為主婦諜報員的梅露露姊立刻加入話題。

「哎呀？你不是差不多要跟她求婚了嗎？我還以為你已經求婚失敗，被她甩了呢。」

「瑪！」

不愧是情報通，總是在絕妙的時機掌握別人最不想被觸碰的弱點。

吉克的臉色因此發白。

迷宮被消滅後已經過了一年。這一年過得非常忙碌。

雖說迷宮都市的鍊金術師增加了，能夠鍊成特級魔藥的鍊金術師還是只有瑪莉艾拉。她依然是非常稀少的人才，因此試圖拉攏她的不肖之徒會策劃綁架、高壓逼迫、假裝成她的朋友、對她展開追求，各種手段不勝枚舉。吉克當然靠著自己或是休森華德邊境伯爵家與亞格維納斯家的力量，事先阻止了所有威脅，確保瑪莉艾拉的安全，但似乎有點過度保護了。

明明曾經碰上幾次危機，卻因為吉克總是暗中預防，讓瑪莉艾拉感受不到心跳加速的吊橋效應，她就像個被父母守護的健全幼兒，甚至能跟吉克在零距離之下安心地熟睡。

這已經超越無拘無束，到了毫無顧忌的地步。

兩人的感情乍看之下很融洽，卻跳過新婚的階段，直接變成長年相伴的老夫老妻了。

可別說他太過軟弱。因為這句台詞，雪莉、艾蜜莉和梅露露姊等「枝陽」的常客們早就說過好幾次了。

也許是抱著「再這樣下去可不妙」的危機感，或是「差不多快忍耐到極限了」的一點真心話使然，對外總是假裝從容的吉克蒙德總算決定採取行動。

消滅迷宮後過了一年，鍊金術師的培育與特級魔藥的庫存都上了軌道，瑪莉艾拉身邊的工作也漸漸告一段落，所以吉克原本打算趁著這個時機踏出一步，改善遲遲沒有進展的關係。

不知道是這一步失敗，還是先前的階段就犯了錯。

只會說「瑪莉艾拉語」的吉克試著說明，但就連身為諜報員的梅露露姊也聽不懂，萬一「吉克蒙德被甩」的消息傳遍迷宮都市，對吉克來說非常不利。那樣一來，自己至今究竟是為了什麼才徹底排除礙事者、對外宣示主權，甚至築起圍牆的呢？

「瑪、瑪、瑪、馬上……馬上就沒事了。我們只是稍微吵了一架……」

「啊，正常說話了。」

「既然如此，你就快點追上去，跟她和好吧！別擔心，只要真心誠意地道歉，她一定會原諒你的。」

對於總算取回語言能力和理智的吉克，安珀小姐這麼激勵他。

「我知道了。」

吉克堅定地點頭回應安珀小姐所說的話。不愧是會痛罵經常闖禍的丈夫迪克，然後接受他瘋狂道歉的女傑，說起話來就是特別有分量。

「吉克哥哥，你知道瑪莉姊姊在哪裡嗎？」

艾蜜莉歪著頭這麼問道，於是吉克點頭回答「沒問題，我有方法」，然後前往後院。

「伊露米娜莉亞！伊露米娜莉亞，幫幫我吧！」

——什麼啦，真是的……——

吉克濫用「精靈眼」呼喚聖樹精靈伊露米娜莉亞，然後立刻開始準備追上瑪莉艾拉。

「吉克哥哥動作好慢喔～」

「就是嘛～光是讓瑪莉姊姊氣到要離家出走，就已經很過分了。」

「就是嘛～人家都說動不動就擺出男友架子的男人最討厭了～」

「就是嘛～」

聽到艾蜜莉與雪莉這兩個女孩說著刻意要讓自己聽見的對話，吉克發出無力反駁的呻吟，然後總算從「枝陽」出發。

✲ 02

「果然有……」

死屍洞窟的火勢熄滅後，瑪莉艾拉等人前進到一樓。

洞窟幾乎在密閉的狀態下碳化，一行人一路進行降溫與通風，大約在正午時分抵達東南塔一樓。多尼諾將碳化的洞窟擴張到奔龍可以通過的程度，庫與尤利凱在悶熱的洞窟中前進，所以瑪莉艾拉催促他們休息，並表示「前面應該很安全」，一個人去探索了塔附近的房間，很快便找到了這裡。

瑪莉艾拉心想，既然有「枝陽」的工房，自己花費更長的時間學習鍊金術的這個房間也一定存在。

「因為發生魔森林氾濫（魔物暴動）就突然毀了……好懷念。」

兩百年前與師父一起生活的魔森林小屋就在這裡，一如以往。

狹窄又陰暗的小屋因為隨地擺放的藥草，變得更加狹窄了。屋內卻連生活所需的基本家具都不夠，冷清得就像雜物間一樣。

在這棟小屋獨自生活的經歷對瑪莉艾拉來說只不過是幾年前的事，但重新站在這個地方，腦中浮現的回憶都是與師父一起度過的，匆匆忙忙卻又笑聲不斷的童年。現在回想起來，當時的生活雖然什麼都缺，卻也什麼都很滿足。

（原本有這麼暗嗎……）

師父還在的時候，感覺明亮又溫暖多了。

那麼，這個房間重現的是瑪莉艾拉一個人生活時的樣子嗎？

與吉克一起生活的「枝陽」雖然是冰冷的石造建築，卻莫名地明亮又溫暖，讓瑪莉艾拉早就忘了這種感受。

這裡是自己生活最久的地方，帶著許多令人懷念的回憶。

可是瑪莉艾拉並不想回來，也沒有回到家的感覺。

這棟魔森林小屋是留有珍貴回憶的地方，卻已經不是自己該回去的家，而瑪莉艾拉也抱著不可思議的心情接受了這一點。

「不管這裡是什麼樣的世界，做好的魔藥都確實有效，而且能用的東西就要物盡其用……啊，找到了。」

瑪莉艾拉從流理台附近的糧食櫃上層拿出一個用布料捆起來的包裹。散發陣陣寒氣的這個東西是「冰精之吻」。這是一種會在結霜的早晨附著於樹幹或窗戶等處的冰狀植物。它被陽光照射就會融化，所以要在冬天的寒冷早晨，趁著太陽升起之前到處尋找。採集的過程又冷又難熬，但只要將這種冰精之吻加工再拿去賣，在夏天就會是不錯的收入來源。

冰精之吻這個名稱是來自「冰精的吻會奪走體溫，使人喪命」的傳說，具有奪走熱度的性質。

看似半透明藤蔓的地上部分就像冰一樣冷，採集後加熱到一定程度就會融化而消失。這種素材不耐光也不耐熱，所以必須與冰塊一起嚴密地保存，但將冰精之吻的效果提高的「冰風魔藥」可以替房間的空氣降溫約半天的時間，在夏天能賣到不錯的價錢。

「畢竟兩百年前沒有冷氣魔導具嘛。」

現在有冷氣魔導具可以替房間降溫，所以冰風魔藥已經幾乎沒有市場，不過對當時的瑪莉艾拉來說，它是夏天的重要收入來源。

「話說回來，這個糧食櫃還真是冷清啊～」

存放冰精之吻的保冷庫裝著冰塊，藉此為食材降溫。因為「冰精之吻」很占空間，所以只有一點空隙可以放食材，瑪莉艾拉的飲食生活卻很貧乏，連這點空隙都用不上。師父還在的時候，裡面還會放著焦黑的魔物肉，或是不知道從哪裡帶回來的伴手禮，所以情況沒有那麼糟糕，但瑪莉艾拉一個人的生活過得十分儉樸。

「師父還在的時候，東西的種類好像比較多，不過都是些奇怪的魔物肉……就算是這樣，有師父在的時候，我每天都過得很快樂喔。」

「嘎嗚。」

對於瑪莉艾拉的輕聲細語，領口邊的火蠑螈這麼回應。

稍縱即逝的珍貴歲月、溫暖的時光。

（我一定要報答這份恩情……）

瑪莉艾拉在心中這麼默念，開始著手製作「冰風魔藥」。

然後，不知是第幾次的夜晚來臨了。

瑪莉艾拉等人確認窗外變暗以後，穿過了通往入口玄關的門。樹木型魔物——「首飾樹」鎮守在這裡。

由於紮根在地上，它不會自行移動，但會靈活地操縱鋼索般的堅硬藤蔓，勒住人的脖子，拿來裝飾在自己身上，是一種很趕流行的樹木型魔物。

正如許多喜愛過多裝飾的人類，「首飾樹」這種魔物也有些奇特的喜好，會飼養毛蟲魔物。或許在樹木型魔物之間是很有名的稀奇寵物，但在瑪莉艾拉等人之間倒是惡名昭彰。遭到毛蟲追趕的經驗似乎在尤利凱心中留下了特別深的心理陰影，所以他們將計畫調整為極力避免戰鬥的方向。

彷彿奉行「睡眠不足是肌膚的大敵」的原則，「首飾樹」在日落的期間都睡得很沉，就像變回普通植物似的；為了避免吵醒它，瑪莉艾拉等人偷偷摸摸地走向位於入口玄關中央的門。

遠比瑪莉艾拉等人還要高的厚重大門只要伸手一推，就安靜地朝外側敞開了。

一行人早已在外牆上方移動過好幾次，並不是第一次走到戶外。

不過，沉重的空氣令人難以呼吸。原因恐怕不只是吸入肺部的空氣又重又潮濕的關係。

這裡是水底。

這個水之世界的一切都會飄落，然後累積在這裡。

充滿水氣的空間中混合了陰暗的瘋狂。反射陽光、孕育魔物的水應該很慈悲，現在卻絲毫感受不到。聳立在中庭中央的，是由好幾個翡翠色的蛋形屋頂交疊而成的白色建築物。沒有光的現在，它就只是一片漆黑，帶著沉重的壓迫感。

「那一定是神殿。」

瑪莉艾拉第一次見到這棟建築物的時候就這麼認為。那究竟是祭祀什麼的神殿呢？

一切的答案肯定就藏在那裡。不過現在並不是前往那裡的時機。

「在那裡，走吧。」

多尼諾對仰望神殿的瑪莉艾拉出聲說道。

一行人離開通往神殿的道路，往中庭的東邊前進。格蘭道爾應該就被困在那裡。

在潮濕又沉重的空氣中前進，就像是揚起了水底的淤泥似的，開始有黑色魔物出現在四周。湧來的黏稠汙泥被捲起，面對沸騰般抬高身體的黑色魔物，瑪莉艾拉等人擲出燃燒彈。

「沒空對付這些雜兵了，快走。」

一行人的目的地是東塔的底部。配合扛著沉重戰鎚奔跑的多尼諾，騎著奔龍的瑪莉艾拉與尤利凱一邊前進，一邊用燃燒彈壓制黑色魔物。

「看到了咧！那是格蘭道爾的鎧甲唄！」

「拉彌亞也在！夜晚很短，一口氣上吧！」

拉彌亞緩緩抬起頭，瞪著靠近格蘭道爾的一行人。

近看那副龐大的身軀就令人不禁屏息。

嘶——！嘶——！

多尼諾高舉戰鎚，牽制發出聲音威嚇的拉彌亞，瑪莉艾拉與尤利凱則投擲魔藥。魔藥奪走了拉彌亞的體溫，妨礙牠的行動，但無法完全阻止高階品種的動作。

多尼諾揮舞戰鎚，毆打拉彌亞。瑪莉艾拉與尤利凱趁著這個空檔朝拉彌亞的尾巴與身體投擲大量的冰風魔藥。由於她們毫不保留地投擲多瓶冰風魔藥，拉彌亞的身體漸漸失去熱度，動作變得緩慢到連多尼諾都能躲開牠的攻擊。多尼諾躲開，或是用戰鎚擋下拉彌亞多達六隻手臂的攻擊，漸漸將拉彌亞從格蘭道爾身邊引開。

「趁現在唄！尾巴離開鎧甲了咧！」

拉彌亞的尾巴完全離開格蘭道爾的重裝鎧甲時，瑪莉艾拉與尤利凱馬上奔向格蘭道爾。兩人從奔龍背上跳下來，尤利凱用鞭子擋開已經半結凍卻仍要阻擋兩人的尾巴，瑪莉艾拉則趁這個空檔從外側打開格蘭道爾的重裝鎧甲。

「格蘭道爾先生！快點！」

多尼諾特別打造重裝鎧甲的目的是為了用奔龍來運送身穿鎧甲的格蘭道爾，雖然虛弱的格蘭道爾裝備後無法活動，但上面裝設了兩處開口，從內側或外側都能打開。瑪莉艾拉打開其中一處位於外側的鎖，讓格蘭道爾知道救兵來了。這個瞬間——

嘶————！

「唔喔！」

瑪莉艾拉一聽到拉彌亞發出震撼中庭的威嚇聲便回過頭，看見多尼諾被拉彌亞一擊打飛，原本正在對付尾巴的尤利凱也遭到拉彌亞的水魔法攻擊。

「尤利凱！」

瑪莉艾拉大叫。這隻拉彌亞竟然還會使用水魔法。

描繪出半月形，朝尤利凱射出的好幾道攻擊恐怕是由水形成的銳利刀刃。尤利凱下意識地縮起身體，躲開拉彌亞的水刀。

下一個瞬間，尤利凱立刻明白自己並沒有躲開攻擊。

在集中全副精神從原地跳開的尤利凱背後，有一個承受銳利水刀後仍然沒有退縮、看似人馬的黑影站在那裡。

03

瑪莉艾拉等人打開魔森林沼澤的祠堂大門時，格蘭道爾坐鎮在重裝鎧甲內，鎧甲上則綁著拉開門的繩子。

藉此代替重物。

這個時候，如果格蘭道爾脫掉重裝鎧甲，應該就不會沉在中庭的水底好幾天了；格蘭道爾原本悠閒地待在無法活動但相當舒適的重裝鎧甲中，卻連同重裝鎧甲跟眾人一起被拉進了這個水之世界。

「哦哦哦！發什麼事了？」

格蘭道爾只能從重裝鎧甲中看著一行人沉入水底。

雖然他曾試著脫逃，卻好像是因為水壓的關係，無法自行打開鎧甲。

不可思議的是，這副重裝鎧甲雖然性能優異，視窗部分卻有開口，關節處也沒有密封，可是水仍然不會流進來。

他正在冷靜地觀察情況時，同伴們接連下沉，或者應該說是被運往相同的方向，各自被沖進六座塔與城牆所包圍，而且樣式從未見過的神殿。

愈靠近神殿，同伴就一個接著一個被運往塔的最頂樓。

「所有人好像都被送到塔的最上層了。嗯，我會去那座塔嗎？」

同伴們似乎是被水吞噬而失去了意識，所有人都沒有抵抗水流，從塔頂的窗戶進入塔內。

「這棟建築物好像並不複雜，看樣子可以馬上與其他人會合了。」

就在格蘭道爾如此自言自語的時候——

咚！

格蘭道爾的重裝鎧甲卡到塔的窗戶了。

「哎呀？進不去呢。」

重裝鎧甲很沉重。他本來可以一路斜向滑行，從窗戶順利進入塔內，卻應聲卡在塔外，然後摩擦著塔的外牆，墜落至中庭的一樓。

格蘭道爾所裝備的重裝鎧甲被黑鐵運輸隊的同伴笑稱為鐵箱，乍看之下就像是重裝士兵會穿的全身金屬製鎧甲，既笨重又粗糙。

而且尺寸大得不得了，幾乎足以讓兩個纖瘦的格蘭道爾進入。不只是身高不合，正反兩側與關節部分都是由金屬板製成。

內行人一看就會發現，製作時本來應該考慮活動度的關節處是很特殊的構造。

其實這副鎧甲完全不是為了讓穿上它的格蘭道爾活動所設計的。

它會被固定在奔龍背上，配合奔龍的動作自動活動關節以取得平衡，性能相當優異。雖然使用者可以自行脫困，卻跟被裝在箱子裡沒有兩樣。

格蘭道爾虛弱得連盾牌都舉不起來。既然穿著一般的裝備都難以活動，倒不如做出從任何角度被攻擊都能活下來的鎧甲，於是多尼諾完全依照自己的興趣，做出了這副重裝鎧甲。

雖然它會造成格蘭道爾的不便，卻也有考慮到舒適性，內部鋪著柔軟的材質，也裝有少量的備用糧食。上面甚至裝有交付物資用的小窗戶，簡直是個鎧甲型的包廂。

所幸這個中庭長有可食用的水草，原本食量就少且以素食為主的格蘭道爾還不至於餓死，不過——

「好無聊……」

白天的外頭充滿了水，他因為水壓而無法離開鎧甲；到了晚上又有黑色魔物纏繞在周圍，同樣無法外出。所幸格蘭道爾的護盾技能似乎對黑色魔物也有效，所以黑色魔物不會從鎧甲的縫隙進入甚至攻擊，但格蘭道爾也無法離開這裡。

這時一條小蛇的出現，撫慰了他的心。

「這是魔物吧。不過，看起來真可愛。」

這隻白蛇長著一對胸鰭狀的突起，尾巴前端、鰭與頭部都帶著淡淡的粉紅色。牠非常幼小，長度只能在格蘭道爾的細瘦手臂上環繞一圈。

應該是一出生就偶然鑽進鎧甲了吧。

對於體型雖小卻連聲威嚇自己的蛇，格蘭道爾撕下攜帶肉乾給牠吃，吃飽的蛇就蜷曲在格蘭道爾的手中睡著了。

格蘭道爾只有在那一天直接觸碰到這條蛇，牠到了隔天便已經長大到無法從鎧甲的開口處出入的大小。

或許是把餵食自己的格蘭道爾當作父親了，或者是發現纏繞著格蘭道爾的鎧甲就不會受到攻擊，這條蛇開始會守在格蘭道爾身邊捕食黑色魔物。

每當早晨來臨，魔物就會誕生。

格蘭道爾每天都看著黑色魔物如淤泥般消散在充滿水的世界中，又有剛出生的幼小魔物吃掉牠們，然後迅速成長的模樣。誕生的魔物會在夜晚與來自北側的黑色魔物大軍互相捕食，絕大多數都在當天晚上死光。

但是只有被格蘭道爾的護盾技能保護的蛇沒有被黑色魔物殺死，每天都不斷地成長，甚至到了以進化來形容較為貼切的程度。

不知到了第幾天，原本只能勉強環繞格蘭道爾的細瘦手臂一圈的尾巴，現在已經能在格蘭道爾的鎧甲周圍纏繞好幾圈了。

不知到了第幾天，偶爾會從開口處窺視格蘭道爾的那張臉變成了人類的模樣。

不知到了第幾天，一群類似騎兵隊的黑色魔物出現，擊垮了拉彌亞能夠輕鬆打倒的黑色魔物。

拉彌亞變得一天比一天更強。

可是黑色的騎兵隊彷彿大軍壓境，吞噬了周遭的魔物與黑色魔物，每晚反覆征戰。

不知毀滅、不知退縮，有如愚蠢人類造成的戰禍。

黑色戰禍蜂擁而來。

每當天亮而充滿水，黑色戰禍就會縮起身體靜止不動，避免溶於水中，但每逢夜晚又會醒過來到處肆虐。

彷彿訴說戰爭歷史的行動，每過一晚便會更加純熟。不論拉彌亞的力量變得多麼強大，都無法打倒黑色戰禍。

這樣的夜晚究竟重複了幾天呢？

直到瑪莉艾拉等人出現在格蘭道爾與拉彌亞面前。

04

瑪莉艾拉覺得，出現在尤利凱背後的黑影就像一群浮現在逆光中的騎兵。

即使靜止在原地，型態仍時時刻刻都在改變的模樣不像一名騎兵，倒像是眾多騎兵的集合體。類似人類的上半身騎在馬一般的多腳影子上，手裡還拿著有如長槍的長柄武器。

（侵略者……？就跟戰爭一樣……）

瑪莉艾拉已經察覺，這種渾身漆黑的魔物是過去災厄的化身。

飢餓、疫病。而這個看似騎兵隊的黑色魔物，恐怕是過去的戰禍。

黑色戰禍的武器襲擊尤利凱之前，拉彌亞的水刀再次飛向黑色戰禍。

騎兵隊的前排被拉彌亞的水刀狠狠切開。可是到了下一個瞬間，後面一排立刻遞補上去，而且數量在不知不覺中增加，騎兵隊彷彿沒有受到任何傷害，仍然以同樣的規模舉著長槍。

大概是將拉彌亞視為敵人了，騎兵隊對拉彌亞使出整齊劃一的槍術。

「嘶——！嘶！」

拉彌亞試圖用尾巴橫掃其攻擊，被冰風魔藥凍僵的尾巴卻無法隨心所欲地活動，只能發揮抵擋長槍的效果。

「瑪莉艾拉，趁現在救出格蘭道爾！」
瑪莉艾拉在尤利凱的吶喊之下回過神來，打開重裝鎧甲背部的門，呼喚格蘭道爾。
「格蘭道爾先生，格蘭道爾先生，快點！」
「這不是瑪莉艾拉小姐嗎？不好意思，能不能給我一瓶魔藥？我一直維持這個姿勢，身體動不了了。」
從重裝鎧甲中探出頭的格蘭道爾發出很小的聲音，原本就苗條的身體看起來更加瘦弱了。他靠著乾糧與水草撐到現在，體力不可能不衰弱。即使如此，格蘭道爾仍一直在無法活動的重裝鎧甲中觀察狀況。他以不同於以往的嚴肅表情喝乾拿到的魔藥，然後單手拿著傘鑽出重裝鎧甲。
「我馬上過去。」
格蘭道爾朝拉彌亞奔去。
即使靠魔藥恢復體力，降低的體重也不會恢復原狀。格蘭道爾蹬著地面的腳使不上力，稍微活動一下便讓他喘不過氣。
他已經衰弱到這個地步，應該趁拉彌亞與黑色魔物戰鬥的空檔暫時撤退。
可是格蘭道爾仍然跑了出去。
白天誕生的普通魔物雖然會攻擊與夜晚一起到來的黑色魔物，但這並不表示牠們是瑪莉艾拉等人類的同伴。瑪莉艾拉一行人曾遭受「首飾樹」與毛蟲魔物的猛烈攻擊，所以很清楚這一點。

格蘭道爾也曾是迷宮討伐軍的一員，更以黑鐵運輸隊的身分，長年對付魔物至今。他知道魔物終究是魔物，不可能與人類共存。

然而，即使理解這一切，他仍然跑了出去。

因為與拉彌亞度過的這幾天，他從拉彌亞的眼神中看見了與人類相通、類似理智的某種特質。

也許他們只是利害一致。可是，拉彌亞不曾試圖傷害格蘭道爾。只要用那條強壯的尾巴勒緊，牠明明就可以在格蘭道爾的技能失效的瞬間，將他連同重裝鎧甲一起壓扁。

身為一名紳士兼「傳說中的勇者」，光是這個理由就足以促使格蘭道爾採取行動。

「『護盾』。」

黑色騎兵隊更改隊形，以無數把長槍襲擊奔向拉彌亞的格蘭道爾。

格蘭道爾用打開的傘代替盾牌，抵擋這波刺擊，但傘的布料只承受了一次攻擊就變得破破爛爛，他也被這陣衝擊彈飛。

飛向拉彌亞的身邊。

格蘭道爾的護盾技能雖強，他本身卻輕盈又無力。所以，即使能擋住攻擊，他也無法反彈這股能量。

格蘭道爾調整受力的角度，甚至利用被打飛的衝擊，阻擋在拉彌亞面前。

「成功了呢。『土牆』，『護盾』。」

傘已經無法使用。格蘭道爾穿著一般人採集素材時會穿的輕裝，用土魔法做出牆壁，然後在上面使用護盾技能，打造簡易的盾牌。

黑色戰禍原本要奪去拉彌亞的性命，攻擊卻全都被格蘭道爾的護盾技能擋下，但並非魔法師的格蘭道爾做出的土牆很脆弱，只因一次的衝擊便遭到瓦解。

以土牆崩塌的煙霧為掩護，拉彌亞的水刀襲向黑色戰禍。

黑色戰禍即使被砍傷也不為所動，準備發出下一波攻勢。

雖然戰況因為格蘭道爾的加入而暫時好轉，但他們究竟還能承受黑色戰禍的多少攻擊呢？

「沒辦法了，我們也來幫忙，格蘭道爾。哦，可別嚇我啊，小蛇。」

多尼諾斜眼看著發出簡短威嚇聲的拉彌亞，站到格蘭道爾身邊；瑪莉艾拉與尤利凱也丟出燃燒彈，牽制聚集在周圍的黑色魔物，移動到拉彌亞身旁。

格蘭道爾用土牆與護盾技能阻擋黑色戰禍對拉彌亞發動的攻擊，拉彌亞的水刀與多尼諾的戰鎚也加以反擊。瑪莉艾拉與尤利凱對不斷增加的史萊姆型黑色魔物投擲燃燒彈，以免被牠們包圍。

黑色魔物非常易燃。

中庭已經是一片火海，浮現在其中的黑色戰禍彷彿一支進擊的軍隊。

「————————————————！」

如雷貫耳的聲音在中庭迴響。

黑色戰禍怒吼了。

這個聲音既像士兵的吶喊，也像野獸的咆哮。

因為陣陣撼動空氣的巨響而縮起身體的瑪莉艾拉環顧四周，發現原本呈現軟體狀的黑色魔物正顫抖著抬起身體，從火焰中站了起來。

「哥……布林？」

黑色的影子帶著不知是刀劍還是棍棒的武器，露出令人不寒而慄的笑容。

那副模樣彷彿沉浸於掠奪的快樂、殺戮的快感及蹂躪的愉悅中，瑪莉艾拉覺得牠們就像一群來襲的哥布林。

「不對咧。那東西……會變成那樣的，一定只有人類咧。」

聽見瑪莉艾拉的聲音，尤利凱表示否定。

燃燒彈的火焰只能在燃料耗盡的短暫時間內燃燒。面對踩過減弱的火勢、包圍瑪莉艾拉等人的軍隊，尤利凱一個人根本無法應付。

格蘭道爾抵擋黑色戰禍的攻擊，魔力與體力恐怕都已經逼近極限。多尼諾與拉彌亞所受的傷愈來愈深，包圍瑪莉艾拉等人的黑色魔物也正在步步進逼。

（至少要替大家療傷……）

想對傷勢較重的拉彌亞與多尼諾使用魔藥的瑪莉艾拉回過頭，看見原本在他們前方不遠處的黑色戰禍如海嘯般湧來。

牠們笑了。

明明是看不出五官的漆黑面孔，瑪莉艾拉卻覺得牠們好像正因愉悅而扭曲表情。

黑色長槍形成一陣暴雨。

填滿視野的黑色斜線輕易突破格蘭道爾的土牆，正要將拉彌亞連同多尼諾與格蘭道爾一起貫穿的時候——

「吱吱～」

某種東西從天而降。

05

「吱吱～吱吱吱～『吱吱』！」

「咦咦咦咦咦！」

「……他終於回歸野性了嗎？」

一隻猴子……不對，原本是人類的愛德坎從上空，正確來說應該是沿著外牆從東北塔降落。

「他為什麼一直在吱吱叫？」

「大概是失去太多記憶，從人類退化成猴子了咧！」

竟然有這種事。失去記憶甚至語言，人就會退化成猴子嗎？

還是說只有愛德坎是如此呢？

現在愛德坎的種族應該還是歸類在人族。雖然有一點髒，外表還是愛德坎沒錯。人中稍微有點拉長，並不是因為猴子化的影響，大概是因為他的視線前方有拉彌亞的胸部吧。

化為猴子的愛德坎仍然好好地握著愛用的雙劍，以左臂帶火、右臂帶風的雙屬性劍砍向黑色戰禍。

「愛德坎，你竟然學會縮短詠唱了，真了不起！」

「不，重點不在這裡吧。」

格蘭道爾驚訝地說著愛德坎如果清醒就會得意洋洋的讚美，多尼諾則冷靜地加以吐槽。

「嗯，所以詠唱的重點不在於語言，而是有唸出的認知吧……」

「也許是那樣沒錯，但重點也不在那裡吧——！『巨重』！」

多尼諾一邊吐槽，一邊用不知道是標準還是有口音的省略方式唸出「巨鎚重擊」，而且順利發動技能。不愧是負責替黑鐵運輸隊維修裝甲馬車的人，他似乎相當靈巧，這段詠唱卻讓旁人覺得有點害臊。本人好像也覺得這樣不太好，所以從第二擊便開始跟平常一樣，重新唸成「巨鎚重擊」。

「唔！我也不能輸！『牆盾』。」

格蘭道爾也不甘示弱，以融合的方式詠唱土魔法的「土牆」與護盾技能的「護盾」，漂亮地構成土牆之盾。到了這個程度，或許可以稱之為新的複合招式。不愧是傳說中的勇者，潛能不容小覷。

雖然完全不會說人話，但A級冒險者的登場似乎為眾人打了一劑強心針。看到愛德坎用超乎常人的跳躍力打亂黑色戰禍的陣型，將牠們大卸八塊的樣子，一行人似乎都打起了精神。

瑪莉艾拉說「抱歉剛才攻擊妳」，對拉彌亞潑灑魔藥，而牠或許是原諒了瑪莉艾拉等人誤傷友軍的行為，或者單純是沒有餘力顧及他們，拉彌亞再次迎戰黑色戰禍，格蘭道爾也負責應付拉彌亞受到的攻擊。多尼諾與尤利凱打倒逼近的步兵，由瑪莉艾拉對牠們投擲燃燒彈。

情勢逆轉了。

「吱吱！」

愛德坎趁著攻擊的空檔對拉彌亞拋出飛吻，拉彌亞甚至有餘力扭動六隻手臂，對他回以認真的威嚇。

「吱吱吱吱！」

他的心情簡直樂不可支，就像在派對上狂歡一樣。

「才不是咧！是敵人——黑色魔物攻過來了咧！」

不愧是馴獸師，尤利凱似乎連愛德坎的猴語都聽得懂。

沿著尤利凱的手指望向崩塌的北側外牆附近，就會看見比黑夜更黑的東西有如翻騰的海嘯，正要湧向瑪莉艾拉等人所在的中庭。

不知道是因為瑪莉艾拉與尤利凱這兩名少女及黑鐵運輸隊的同伴陷入危機，還是單純想認識身材很有女人味的拉彌亞，沒有人想了解愛黃坎那膚淺的行動原則，但眾人確實因此得救了。可是，由於防守北側的愛德坎不在，恐怕是以中央的神殿為目標的黑色魔物就像潰堤的洪水，正要湧入這座中庭。

「這下子不妙了。」

「暫時撤退吧！」

「吱吱～」

只有愛德坎的叫聲樂不可支，包含愛德坎在內的所有人都露出嚴肅的表情。

一行人轉身朝外牆的南側——入口玄關奔跑。

可是真的有人能逃過洶湧而來的波濤嗎？

門明明就在眼前，距離卻彷彿無限，就連潮濕的中庭空氣都像是在阻礙瑪莉艾拉等人的行動。在如此高大的浪潮面前，瑪莉艾拉等人恐怕會如塵芥般遭到吞噬，不論是記憶或存在都灰飛煙滅。
　正當瑪莉艾拉快要被逼近的漆黑色絕望掩蓋的時候——
「吼嗚嗷嗷嗷嗷嗷嗷！」
　類似飛龍或龍的咆哮從西北方傳來。
　往那個方向產生的龍捲風吞噬了湧來的黑色波濤，將其捲向遙遠的高空。
　橫向的風勢十分猛烈。
　龍捲引起的暴風甚至能吹到位在遠處的瑪莉艾拉等人。
　這陣強風變得愈來愈沉重，感覺就像被水流吞噬似的，令人呼吸困難。水氣使空氣的濕度增加到濃霧的程度，開始有光芒照射到黑暗之中。
「天亮了，水要來了！」
　多尼諾這麼叫道，然後立刻把插在腰上的所有燃燒彈扔向黑色戰禍，一肩扛起格蘭道爾就朝外牆的入口玄關奔去。
「快點，跑回去！」
「嘎嗚！」
　回應多尼諾的不是茫然地望著龍捲風的尤利凱，而是載著兩人的奔龍——庫，牠小心地避免讓瑪莉艾拉她們摔下去，突破黑色魔物的包圍，朝入口玄關奔跑。
「吱吱～吱吱吱吱～『吱吱』！」

猴子……不對，愛德坎直到最後都在阻擋黑色戰禍，以雙屬性劍給予最後一擊，然後不知為何，他奔上牆壁，回到與瑪莉艾拉等人相反方向的東北塔了。

夜晚與早晨交替，世界就會在很短的時間內被水填滿。

一行人趕往外牆的入口玄關，逃離漸漸滿溢的水。

耗盡體力的格蘭道爾即使被多尼諾扛著，仍然抬起頭望向拉彌亞。或許是注意到他的視線了，拉彌亞一瞬間停止攻擊黑色戰禍，回頭面向格蘭道爾。

格蘭道爾看見了。

在密度逐漸增加的白霧對面，拉彌亞正注視著自己。

然後，趁著拉彌亞轉移注意力的空檔，黑色戰禍將落荒而逃的格蘭道爾等人視為獵物，朝這裡衝了過來。

「糟糕，牠們來了！」

「唔，沒時間戰鬥了，用盡全力快跑！」

經歷燃燒彈的灼燒與愛德坎的攻擊，被削去一部分而變得輕盈的黑色戰禍以驚人的速度衝了過來。感受不到痛苦或恐懼的對手，究竟要如何阻止呢？

「『土牆』、『土牆』！擋不住啊！」

格蘭道爾的「土牆」必須搭配「護盾」才能阻擋黑色戰禍。而他的護盾技能在遠離身體的地方是無法發揮效果的。

普通的脆弱土牆只有遮蔽視線的作用，黑色戰禍在轉眼之間便縮短了距離。
「我實在不擅長游泳啊。」
「我也一樣。」
「多尼諾先生！格蘭道爾先生！」
為了讓瑪莉艾拉等人逃走，多尼諾停下來舉起戰鎚，試圖阻擋黑色戰禍。被他扛在肩上的格蘭道爾也落地，用剩下的魔力建構「土牆」，並以「護盾」技能加以強化。
黑色戰禍的衝擊本來應該立刻到來的。
「發生什麼事了……」
「喂，格蘭道爾，你看……」
追擊忽然停止，於是格蘭道爾探頭窺視土牆的對面。
「哦……哦哦，拉彌亞……」
與他共同度過這幾天，剛才也並肩作戰的拉彌亞纏繞著黑色戰禍，封鎖牠們的行動。
不過光是被拉彌亞纏繞，仍不足以阻止黑色戰禍。
一把一把的黑色長槍從內側貫穿了拉彌亞的蛇身。
「嘶！嘶──！」
即使流著血、變得像針包一樣，拉彌亞仍然沒有放鬆纏繞的力道。
「妳在做什麼？拉彌亞，快住手啊！」

就算拉彌亞聽不懂格蘭道爾的語言，或許也能感受到他的擔憂之情吧。

拉彌亞抬起頭注視著格蘭道爾，然後扭動上半身，用六隻手臂抱住自己的捲曲身體，將敵人封鎖在內側。

「嘶————————！！！」

「拉彌亞！」

拉彌亞仰天長嘯。格蘭道爾覺得這個聲音不像蛇的威嚇，反倒像是少女的臨死慘叫。

某些進化過的蛇類魔物具備石化的能力。

牠們會用詛咒使人化為石像，有些品種將石像當作裝飾，也有些品種會吃掉石像。

可是過去曾有蛇會為了救人而將自己的身體石化嗎？

「走吧，格蘭道爾。水要來了，我們沒有時間。」

多尼諾再次扛起茫然的格蘭道爾，衝進外牆的入口玄關。

中庭被水填滿，黑色魔物溶化般逐漸消失。

再過不久，魔物就會在柔和的陽光之中重新誕生吧。

不斷反覆的早晨。

這是格蘭道爾與拉彌亞一起見過好幾次的景象。

朝陽尚未照射到被外牆包圍的中庭，但漸漸泛白的陽光被濃密的霧氣反射，就像是要祓除夜晚的汙穢，使這個有限的中庭世界一瞬間閃耀白色的光輝。

接著，霧化為水，將一切都吞噬，靜靜充滿這個世界。

在這個寧靜的水之世界中，石化的拉彌亞維持纏繞黑色戰禍的姿勢，沉默地佇立著。

06

「沒有時間感傷了，我們要在『首飾樹』醒來之前撤退！」

在多尼諾的號令之下，瑪莉艾拉等人離開入口玄關，衝向走廊。從剛才開始，不只是格蘭道爾，連尤利凱都一副心不在焉的樣子，始終保持沉默。

好不容易才回到東南塔一樓的瑪莉艾拉等人暫時安全了，終於能好好喘口氣。

「能救到格蘭道爾先生，真是太好了……」

瑪莉艾拉為格蘭道爾的生還感到高興，格蘭道爾的臉色卻很差。雖然靠著魔藥補充了一點體力，衰弱的身體還是沒有完全恢復，而且他似乎還無法接受身為魔物的拉彌亞為了拯救自己而犧牲的事實。

愛德坎的肉體確定是平安的，卻好像幾乎喪失了所有的記憶。即便愛德坎還是一副歡樂的老樣子，讓人感覺不到事態的嚴重性，遺忘語言而退化為猴子的狀況仍然無法置之不理。

而且——

「那場龍捲風……是法蘭茲做的咧。」
尤利凱一直注視著西北方，這麼低聲說道。
那聲呼喚龍捲風的咆哮並不是人類能發出的。
法蘭茲究竟發生了什麼事？
就連攻擊力高的A級冒險者愛德坎都失去了所有的記憶，變得像猴子一樣。很有可能失去更多記憶的法蘭茲到底變成什麼樣子了呢？
「不能放著他們兩個人不管。」
就算只有一點點，也必須盡量取回兩人的記憶。
「嗯，是啊。現在就兵分二路吧。小姐跟尤利凱，我跟格蘭道爾一起去救他們。」
多尼諾贊同瑪莉艾拉的意見。
可是瑪莉艾拉知道。她已經察覺取回記憶的條件是什麼。
兩個人是無法同時取回記憶的。
愛德坎或法蘭茲。幫助其中一人的時候，剩下的另一人會如何呢？
「我就算一個人也要去救法蘭茲咧……抱歉，瑪莉艾拉。」
尤利凱說出口的話既不是提議也不是請求，而是斷言。她應該已經下定決心了。即使是執行委託的期間，尤利凱也決定要幫助法蘭茲。
「我會跟妳一起去的，尤利凱。我可能會扯後腿，但也會努力幫上妳的忙。」

尤利凱因為不能達成委託而道歉，瑪莉艾拉則牽起她的手。

「謝謝妳，瑪莉艾拉。可是，這是我們的問題咧。在執行委託的期間，我不能為了自己的私事就讓妳遭遇危險咧。」

尤利凱認為自己身為黑鐵運輸隊的一員，不能把委託人拖下水，於是這麼拒絕。

「妳在說什麼！我不能丟下妳，我們不是朋友嗎！」

她們早就已經遭遇危險了。應該說，讓尤利凱遭遇危險的是瑪莉艾拉才對。瑪莉艾拉坦白說出心裡的想法，尤利凱就愣住了。

「……………朋友？」

「…………咦？不是嗎？」

難道只有瑪莉艾拉認為彼此是朋友嗎？

在變得有點尷尬的緊張氣氛中，瑪莉艾拉的思緒開始以音速運轉。

瑪莉艾拉對尤利凱與法蘭茲幾乎一無所知。只有在迷宮都市認識黑鐵運輸隊的短暫期間，以及在這個世界窺見的記憶而已。

而且法蘭茲的記憶是他與尤利凱在帝都生活的日子，瑪莉艾拉根本無法想像剛才的龍捲風與法蘭茲有什麼關係，就連尤利凱對這樣的法蘭茲有什麼想法，瑪莉艾拉也只能自行想像。

不過瑪莉艾拉認為，也許根本不需要非常了解。

跟尤利凱兩個人一起在這個不可思議的水之世界徘徊，感覺並不壞。要不是有危險，瑪莉艾拉甚至覺得很好玩。就算不是很了解對方，就算彼此沒有共通點，相處起來還是很開心。自從在迷宮都市生活，瑪莉艾拉便發現這樣的人就是所謂「意氣相投」的對象。

「跟那樣的人吃過一次飯，就已經是朋友了。」

師父曾經這麼說過，不過那果然是師父自創的規則嗎？

因為一連串的沉默而感到有點尷尬的瑪莉艾拉不時瞄著尤利凱，尤利凱也有點忸忸怩怩地小聲回答「是咧」。

「太好了～」

因為尤利凱停頓太久，瑪莉艾拉還以為自己不小心造成丟臉的誤會了。

「……才不好咧。」

稍微噘起嘴巴的尤利凱使了個眼色，瑪莉艾拉沿著她的目光望過去，發現多尼諾與格蘭道爾這兩個大叔的臉上掛著滿滿的溫暖笑容，正在欣賞兩名少女的友情劇場。

將猴子……將愛德坎交給兩名大叔之後，瑪莉艾拉與尤利凱通過三樓的走廊，在日落前不久抵達西南塔三樓的入口。

瑪莉艾拉原本想在中途稍微睡一下，取得關於黑色戰禍的記憶，但製作治療格蘭道爾的魔藥並補充燃燒彈的工作比想像中花了更多的時間。

「瑪莉艾拉，我要用最快的速度衝過去咧。妳抓牢唄。」
「嗯，知道了！」
兩人在夜晚到來的同時衝上西南塔的四樓，通過外牆前往西北塔。
西北塔附近原本還充滿黑色魔物，現在卻少得令人驚訝，讓瑪莉艾拉等人得以毫不費力地靠近。
心裡有種不好的預感。明明一路上都很順利，一股焦躁感卻隱隱灼燒著胸口。
這幅景象已經是第幾次出現了呢？
從塔中透出的火炬亮光在暗夜中淡淡地描繪出外牆的輪廓。
在陰暗的外牆上蠢蠢欲動，連光芒都吞噬的，是比夜晚更黑暗的魔物。外牆的另一頭恐怕有黑色魔物，就像漲潮般湧來。
嚴重崩塌的外牆東側有時會升起火焰。可能是愛德坎，或是趕去幫助他的多尼諾與格蘭道爾使用了燃燒彈。
彷佛與之呼應，瑪莉艾拉等人前往的西北塔不遠處——
「法蘭茲！」
在尤利凱眼裡，浮現在黑暗中的那個影子像是法蘭茲嗎？
以前傾的姿勢打出的拳頭快得讓瑪莉艾拉看不見，黑色魔物在空手的攻擊之下分裂並消散。雙腳跳躍的動作比瑪莉艾拉認識的任何一個冒險者都更高也更俐落。

因為在遠處觀看才不至於迷失其蹤跡，就連辨認細節都很困難的動作如野獸般強勁又敏捷，讓瑪莉艾拉覺得已經超越人類的境界。

可能是聽見尤利凱的聲音了，那張轉過來的臉雖然無法從遠處看清，卻讓人有種被來路不明的生物凝視的感覺。

海嘯般的黑色魔物從法蘭茲的背後撲向他，試圖將他壓垮。

「法蘭茲，危險！」

尤利凱放聲大叫。將她的聲音蓋過的，是捲起黑色魔物的龍捲風，以及在龍捲風中心發出非人咆哮的法蘭茲。

「嗷嗷嗷嗷嗷！嘎啊啊啊啊！」

「法蘭茲！法蘭茲！」

「危險！尤利凱！」

瑪莉艾拉拚命阻止想要跳下奔龍衝過去的尤利凱。

「放開我，瑪莉艾拉！法蘭茲他！」

瑪莉艾拉抱住尤利凱，試圖阻止她。奔龍失去騎士的掌控而不知所措地放慢速度，以法蘭茲為中心產生的好幾道龍捲風便在這個瞬間，連同奔龍將瑪莉艾拉等人捲到空中。

「呀啊！」

被龍捲風捲起的瑪莉艾拉腳下是外牆之外的景象。通往神殿的黑色道路將地平線般無邊無際的森林一分為二。

那是從崩塌的外牆縫隙朝神殿奔騰的漆黑災禍。

如生物般逼近的不祥濁流正要吞噬無法動彈的瑪莉艾拉等人時，瑪莉艾拉本能地感到害怕。

那不是與魔物對峙時，知道自己即將喪命的恐懼；而是揮之不去，從內側侵蝕生命，令人生不如死的恐懼。

彷彿沿著固定的水路朝這裡流動的漆黑是憤怒，是痛楚，是悲傷，是壓迫，是抱著怨恨與瘋狂的心態，渴望折磨他人的扭曲人心——瑪莉艾拉有這種感覺。

扭曲的黑色奔流正在翻騰。

黑色魔物的集合體高高隆起，企圖一口氣吞噬瑪莉艾拉等人。

他人的不幸正如甘露。為了品嚐這份甜美，黑色手臂伸向兩人，作勢將喜悅、悲傷以及那個人心中懷抱的、使其保有自我的記憶，全部舔食殆盡。

「好可怕，好可怕，好可怕。救救我，救救我……吉克！」

這個時候，世界彷彿經歷變革，天空與大地搖晃了起來。

應該才剛開始的夜晚隨著一陣眩目的光芒，突然宣告結束。

清澈的水充滿了世界，激流沖走了黑色魔物。在劇烈搖晃的世界中，瑪莉艾拉與尤利凱感覺到自己正被某種東西抱住。

在迅速轉變的狀況下，瑪莉艾拉認知到的是尤利凱低聲喊著「法蘭茲……」的聲音，以及出現在遭到破壞的北側外牆，將洞口填補起來的第七座塔。

（……慢死了。）

雖然忍不住埋怨，卻感到安心。瑪莉艾拉將意識託付給流入腦中的陌生記憶。

07

村裡的長老曾說過，這裡過去是一片綠意盎然的土地。

在這片乾涸的土地誕生的最後一個男人不知道那究竟是多麼遙遠的過去。

湛藍色的天空與乾裂的大地交織成沒有盡頭的地平線。

那就是這個男人所知的世界。

上次下雨究竟是什麼時候的事呢？

男人今天也在乾燥的大地上播種。

他耕耘又乾又硬的土壤，然後澆上自己的血液。

「『過剩回復』。」

他使用能使細胞過度增生的治癒魔法，使澆在地上的血液增生、腐敗，為土壤提供一點點植物所需的營養。

撒下的種子正如字面所述，靠著男人們的血汗成長，帶來少量的收穫。

「這裡也很快就會被沙漠吞噬了……」

周圍的大地緩緩步向死亡，因為吸收男人們的血而化為紅色的沙漠。

這附近的土壤恐怕也快要變成沙子了。

作物長出的果實非常瘦小，不管撒下多少種子，若沒有灌注魔力，就連發芽都辦不到。

男人的部族回歸乾涸的大地，已經只是時間的問題了。

「我們還要依賴這塊土地到什麼時候？這塊土地已經沒有希望，我們已經被拋棄了。」

對於男人所說的這番話，長老們只是無力地搖搖頭。

「若真是如此，就表示我們有罪，而這是我們應得的懲罰。我們的肉體在這塊土地發芽，我們的生命從這塊土地湧現。在此處腐朽正是我們的宿命。一切都如統治這道地脈的水精靈所願。」

男人的部族由於繼承了水龍的血統，所以十分長壽且頑強。

他們用血與魔力滋潤普通生物難以生存的不毛之地，靠著貧乏的糧食維繫生命。

紅色的沙漠是他們的墓碑。

緩慢地飢餓而死，乾枯後回歸紅沙。

族人們被名為信仰的枷鎖束縛，而這裡就是他們的臨終之地。

過去，男人的部族信仰統治這道地脈的水精靈，受到祂的庇佑。

水精靈究竟是何時從這塊土地消失的，族裡最年輕的男人並沒有聽說。

統治這塊土地與部族的水精靈去了哪裡、為何消失，族裡沒有任何人知道。

族人們相信祂總有一天會回來，始終守著這塊不毛之地，如今卻只能等待滅絕。

弱小的女性早已全數死亡，最後誕生的男人除了逐漸腐朽的老人之外，沒有能與他相伴的對象。

「紅色沙漠象徵了我們一族的血脈。回歸此地就是我們的願望。不過年輕人，你就從這塊土地啟程吧。如果只有最後誕生的你，水精靈大人也會允許的。」

見證最後一名老人的生命回歸大地之後，男人離開了紅色的沙漠。

不論走了多久，地平線仍然一成不變地延伸著。

萬里無雲的天空大概遠比傳聞中的海洋還要湛藍且清澈吧。

男人想起了一則童話故事，在那則故事中，毫無遮掩的藍色天空是冷酷的太陽神所穿的衣裳。

因為大地玷汙了美麗的藍色衣襬，於是憤怒的太陽神將大地焚燒殆盡。

在這塊土地，掌管死亡的月亮女神遠比太陽更慈悲。

祂會以凍結一切的冰冷，使人從活著的辛勞中解脫，進入永久的安眠。

當男人開始認為這個世界再也沒有水精靈的庇佑，只有乾涸的大地與冷酷的天空時，遙遠的地平線出現了變化。

是山。

遠方山脈的山間沒有水，只有沙子化為河川，朝沙漠流去，但看見飄浮在上空的雲，男人感到精神一振。

有雲。這也就表示，那塊土地會下雨。

自己究竟走了幾天呢？男人翻過乾燥的岩山，穿越在腳下發出沙沙聲的乾燥鹽湖，不斷地前進。鹽湖因為乾燥而泛白，周圍沒有草木，但稍微挖掘就會湧出水來。湧出的水很鹹，無法直接飲用，但經過白天陽光的蒸發與夜晚的冷卻就會轉變為淡水。

男人追逐雲朵的陰影，食用稀疏的雜草與穿梭在岩石間的野獸，經歷一番徘徊之後奇蹟似的抵達河邊。追溯混合細沙的河川，來到源頭的男人得知了故鄉的真相。

寄宿在源頭的，正是族人們苦苦等待的水精靈。

相遇的瞬間，男人馬上明白，祂就是刻劃在自身血統中的信仰對象。

「慈愛的主人，清淨的君王，貴為生命之源的水精靈啊，祢為何捨棄了我們？請再次以那股力量療癒我們的大地吧。」

男人費盡唇舌，乞求好不容易找到的水精靈回到那塊土地。

——水的後裔，我們的么兒啊。你經歷重重苦難，好不容易才抵達這裡。不過，我並非你們所知的水精靈——

然而，水精靈告訴男人，自己與他沒有任何關聯，過去守護其故鄉的精靈也早在許久以前便消失了。

——我們會反覆誕生與消亡，始終變化不定。我誕生自這個水源，只不過是暫時存在的個體。那片土地過去可能經歷了地脈的變動。相較於大地的壽命，這並非特別稀奇的狀況。地脈的流動一旦改變，精靈便會失去力量。水源亦將枯竭——

「那麼，我們的水精靈究竟前往了何處？要怎麼做，祂才會回到那塊土地？」

——那片土地的精靈已經不存在於世界上。人不也會經歷出生與死亡嗎？兩者並無差別。繼承水之血統的人類孩子啊，這片土地的水源也即將枯竭。前往他處追尋水源吧。即使沒有精靈存在，水的慈愛仍然源源不絕——

土地的乾旱使族人迎向緩慢的死亡。

但那並不是族人的罪過，也不是什麼懲罰。

而是出於地脈的變動，就跟地震或暴風沒有兩樣，只不過是自然災害使得大地枯竭罷了。

「既然如此，為何我們一族會對那片土地如此執著？即使被捨棄、被遺忘，仍然保留在內心深處的這份強烈情感究竟是什麼……」

男人的旅程沒有結束。

這是刻劃在血中的遙遠記憶──

08

「我的體內似乎流著龍人的血。」

甦醒的法蘭茲對瑪莉艾拉與尤利凱如此訴說。

記憶中的男人追尋著水精靈。法蘭茲說那是刻劃在血中的祖先的記憶，他的臉龐被深深遮蓋頭部的兜帽隱藏了大部分，但微微露出的脖子已經被藍色的鱗片覆蓋。靴子的鞋頭被尖銳的鉤爪刺穿，手上的裝甲手套也被尖銳的爪子刺破指尖處，露出長滿鱗片的手指。

恐怕是因為失去太多法蘭茲本身的記憶，龍人之血才會失控吧。

「神奇的是，我跟尤利凱一起在帝都生活的記憶還保留著。應該就是因為如此，我才沒有完全失去自我吧。」

法蘭茲保留的記憶是尤利凱與瑪莉艾拉幾天前見到法蘭茲的時候取回的記憶。一度取回的記憶似乎不會再度失去。如果那個時候，兩人沒有前往西北塔的話，法蘭茲或許已經完全化為龍了。

或許是因為龍化的影響，能在水中長時間行動的法蘭茲將被捲入龍捲風的瑪莉艾拉等人送到了西北塔。原本攀附在瑪莉艾拉肩膀上的火蠑螈當時可能是鑽進了外套裡，現在正平安無事地爬上奔龍——庫的身體。

「法蘭茲，你沒事唄？」

尤利凱絲毫不害怕法蘭茲那張長著鱗片的臉與尖銳的鉤爪，靠到他身邊表達關心。瑪莉艾拉覺得這副神情不像平常那個少年般的她，反倒像個花樣年華的少女。

「讓妳擔心了，尤利凱。或許是因為一口氣想起往事的關係，我的腦袋有點混亂，但已經沒事了。」

瑪莉艾拉等人將法蘭茲的記憶珠子帶來了，而法蘭茲本人似乎也有蒐集。記憶恐怕還沒有完全恢復，但比起過去，現在這副模樣才像是真正的法蘭茲。

「外表沒辦法變回去嗎……」

瑪莉艾拉戰戰兢兢地問道。

尤利凱似乎完全不在意，但超過人類的手腳尺寸，以及連輪廓都改變的臉，恐怕很難生活在目前的帝都或迷宮都市。

「我想應該是暫時的。畢竟記憶中的龍人祖先也不是這副模樣。不過，這樣攻擊力比較高。現在還是維持原狀比較好。」

聽到法蘭茲說可以恢復，瑪莉艾拉便想起剛才作過的夢。

瑪莉艾拉窺見的記憶不只有刻劃在法蘭茲血中的祖先記憶。

恐怕是隔代遺傳吧。至少在口耳相傳的範圍內，法蘭茲的家族中並沒有出現臉部長有鱗片的例子。

雖然法蘭茲的父親賞識他在治癒魔法方面的才華，懷胎生下他的母親卻稱他的外表為「假蜥蜴」，對他很是疏遠。瑪莉艾拉窺見的記憶中，也包含渴求母愛的幼小少年用刀刃削下臉上的鱗片，再用魔法治癒自己的心痛記憶。

過剩回復並不是普通的治癒魔法。刻劃在龍人之血中的這種特殊治癒魔法會在治癒對象的時候反映術者的意志。因為並不是與生俱來的模樣，所以即使年幼的法蘭茲靠著流血的方式獲得與常人無異的肌膚，也會因為他的強韌肉體所具備的治癒力而在幾週之內重新長出鱗片。

（不知道尤利凱有沒有看到法蘭茲的記憶……）

在成長過程中被貶為蜥蜴的男人，與愛野獸勝過愛人的少女一同生活，自然能夠得到慰藉。

從尤利凱關心法蘭茲的模樣，瑪莉艾拉無法推測她是否也跟自己一樣，看見了法蘭茲的那段記憶。

（不管法蘭茲有什麼過去，尤利凱應該都不介意吧。）

如果有必要，他們一定會對彼此坦白。他們至今就是如此相依為命的。瑪莉艾拉也有類似的經驗。

「話說回來……」

當時救了兩人的是恢復些微理智的法蘭茲，但造成這個契機的衝擊，以及突然來臨的黎明究竟是怎麼回事？

瑪莉艾拉從仍然卿卿我我的尤利凱與法蘭茲身上別開視線，走向窗邊。

（我想應該沒錯。）

瑪莉艾拉心裡已經有了底。話說回來，在那之後究竟過了幾天呢？

雖然這裡的時間流逝很有可能與現實世界不同，但這並不重要。如果感情能夠用理論來解釋，世界肯定會更加和平，也更加無趣。

「有了，第七座。」

連接北側東西向的通道因為牆壁嚴重崩塌，所以是中斷的狀態。每到夜晚，黑色魔物就會從這裡大舉湧入，而崩塌的外牆正中央有一座新的塔出現了。

（如果是現在，我也不是不能聽你解釋啦！）

衝出「枝陽」時的那股怒火究竟跑到哪裡去了呢？她是被傲嬌女孩尤利凱的熱情感染了嗎？

瑪莉艾拉瞄了一眼沉浸在兩人世界的法蘭茲與尤利凱，在心中對第七座塔默念著。

The
Survived
Alchemist
with a dream
of quiet town life.

06

book six

第五章

火精靈的故事

Chapter 5

01

吉克蒙德的運氣很差。

他的外表與頭腦都不壞，戰鬥能力也有A級的水準。雖然性格上是否契合是因人而異，但他不驕傲也不怠惰，保持不至於讓瑪莉艾拉感到古板的清廉，以及不至於讓瑪莉艾拉感到不安的誠實，努力成為一個不會讓瑪莉艾拉變心的迷人男子。

至少本人是這麼認為的，表面上也維持一如預期的形象。

所以跟他只有點頭之交的迷宮都市居民都覺得吉克是個理想的好青年。

說到瑪莉艾拉本人的想法，她雖然早就看出吉克很努力想表現出自己最好的一面，但就像是化妝前後的臉一樣，瑪莉艾拉對他的兩種面向都抱持正面的態度。換句話說，包含瑪莉艾拉在內的熟人都認為，吉克蒙德是一個條件相當好的男人。

如果要舉出吉克的缺點，最糟糕的不是一談到瑪莉艾拉就會稍微脫離常識範圍的性格，而是奇差的運氣。

這次惹瑪莉艾拉生氣的事情也一樣，他其實有充足的理由可以解釋。只是因為種種不幸的巧合重疊，使他錯失了辯解的機會。

只要好好說明，誠心誠意地道歉，瑪莉艾拉一定會原諒自己。

他這麼想著，一路追到了魔森林深處，不過……

「這裡是……一座塔？」

自己剛才明明身在魔森林的沼澤地。手一放到那裡的祠堂的門上，他便瞬間感受到地震般的衝擊。令人意識不清的強烈暈眩感讓吉克不禁閉上眼睛，再次睜開眼睛的時候，他就已經身在塔中了。

潮濕的空氣從塔上的好幾扇窗戶吹了進來，外頭是看不見任何星星的一片漆黑，但從遙遠的下方能夠微微感受到瑪莉艾拉的魔力。

「！瑪莉艾拉，我馬上過去！」

吉克以半跳躍的方式，在沿著圓形內牆排列的螺旋階梯上往下衝。

「有兩扇門……該走哪邊？」

吉克在不知情的狀況下以驚人的速度抵達有門的樓層——也就是四樓，可是這時的他因為不斷繞圈的螺旋階梯，已經迷失了瑪莉艾拉所在的方向。

「魔力在……不行，擴散得太嚴重了……」

外頭吹著疑似魔力引起的暴風，而且瑪莉艾拉現在也沒有特別使用魔力，所以吉克無法偵測到她的魔力。因此決定用視覺來搜索的吉克發動了「精靈眼」，挑了一扇適合的窗戶往外看，發現外頭有類似中庭的寬敞空間，中央還矗立著一座神殿般的建築物。

「？唔！」

吉克的「精靈眼」一捕捉到中央的神殿，魔力便像是受到猛烈的吸引，經由「精靈眼」流向神殿。

同時，籠罩這個世界的濃濃水氣以神殿為中心，開始迅速增加。

「水？糟糕，要被困住了！」

透過「精靈眼」看見水漸漸充滿四周的模樣，吉克直覺認為自己應該離開現場。他目前位在塔中的房間，兩側各有一扇門。雖然也有通往樓下的階梯，但既然瑪莉艾拉不在這座塔，就不存在往下走的選項。

左邊還是右邊？瑪莉艾拉肯定在其中一扇門的後面。

從窗戶吹進來的風愈來愈潮濕，不容吉克再有片刻的猶豫。

「瑪莉艾拉！引導我吧！」

吉克下定決心穿越其中一扇門，衝進外牆上的通道。

外頭充滿了濃到已經不能稱之為霧的潮濕空氣，甚至令人難以呼吸。而且吉克原本所待的塔與隔壁的塔之間，相連的牆壁已經崩塌，距離相當遠。即使助跑再跳過去，頂多也只能從目前所在的四樓跳到裸露的三樓走廊上。換句話說，他一旦跳過去，就不一定能再回到這座塔。

即使如此，吉克仍然作了選擇。

他相信瑪莉艾拉就在前方，選擇了這扇門。

而且，他已經沒有時間反悔了。

「不管了，聽天由命吧！」

吉克跳向通往隔壁塔的走廊，順勢沿路奔跑。從纏繞著身體的沉重空氣可以感受得到，自己周圍的東西正在漸漸化為水。

抵達隔壁的塔時，門是損壞的，這或許是吉克遇到的唯一一件幸運的事。他抵達的時候，周圍已經充滿了水，如果門沒有損壞，他恐怕會因為水壓而開不了門。

好不容易衝進塔內的吉克游向樓上，尋求空氣。

「噗啊！雖然房間進水了，但不會淹到塔的上方嗎……」

既然沒有進水，就表示瑪莉艾拉一定就在這座塔的上方。

吉克蒙德這麼想著、這麼信任自己的運氣，不等呼吸平復就奔上螺旋階梯。

瑪莉艾拉一定就在前方。

要怎麼跟她道歉？怎麼說明才好呢？

不，依照她的個性，光是追到這裡來，她或許就會溫柔地迎接自己。

啊，她一定會的。

一定能看到她的笑容。

瑪莉艾拉、瑪莉艾拉、瑪莉艾拉……

吉克蒙德的運氣很差。
至少是差得足以成為他人的笑料。

「吱吱～」
吉克奔上塔之後，見到的不是瑪莉艾拉，而是正在吱吱叫的愛德坎，據說那副表情有趣得讓當時在場的格蘭道爾與多尼諾都忍不住覺得「幸好自己有接下這份工作」。

02

「吱吱～？」
「……瑪莉艾拉。」
「吱吱～吱吱吱！」
「……瑪莉艾拉。」
繼化為猴子的愛德坎之後，連吉克都加入珍禽異獸的行列了嗎？

明明沒有被奪去任何記憶，他卻好像受到太大的打擊，失去了理智。
即使他說「瑪莉艾拉，引導我吧」，瑪莉艾拉也沒有那種神奇的力量，而且因為生氣而離家出走的瑪莉艾拉根本沒理由引導吉克。如果這裡有「枝陽」的常客，他們一定會把吉克這種天真至極的思考模式當作茶餘飯後的話題。
「你別這麼沮喪嘛。你跑來這裡，我也只能替你感到遺憾，不過到了晚上就能外出了。你很快就能跟小姐會合啦。」
「就是啊。你特地來這裡迎接，沒有女性不會感到高興的。」
「吱吱！」
多尼諾與格蘭道爾紛紛安慰一臉失望的吉克。
雖然是只有男人的沉悶場合，他們的態度卻相當紳士。最後一隻倒是非常多餘。
「所以瑪莉艾拉平安無事吧……」
看到吉克總算抬起頭，用蚊子般的細小聲音這麼發問，格蘭道爾與多尼諾雖然心想「哦，他說人話了」，卻也回應「沒事，她很好」，然後開始說明現在的狀況。
「所以只有晚上能夠外出，而且時間也很短嗎？」
「就是這麼回事。我們跟尤利凱她們約好在東南塔碰面。」
「吱吱。」

「敵人的情報呢？除了黑色黏體之外還有什麼？」

「還有普通的魔物，會在白天誕生並成長。魔物似乎會敵視那些黑色的東西，優先攻擊牠們。」

「吱吱。」

「那麼，問題只在於黑色魔物的數量吧……」

「不，黑色魔物中還有幾隻像老大的個體。我們已經解決幾個類似的敵人，但中庭還有一隻特別棘手的傢伙。現在有石化的拉彌亞壓制著牠，但不知道能撐幾個晚上。不過，既然吉克來了，總有辦法對付吧。」

「吱吱～」

吉克、多尼諾、格蘭道爾互相交換情報，愛德坎則頻頻用猴語插嘴。不，也許他覺得自己正在參與對話吧，但他會特地移動到吉克的視線前方，盯著吉克的臉看，實在非常惱人。

「……愛德坎失去了記憶吧？」

「…………」

「…………」

「吱吱吱吱！」

雖然吉克已經得知被黑色魔物纏住就會失去記憶的情報，但關於愛德坎的狀態，除了愛德坎以外沒有人能回答。

或許是還記得自己跟吉克是朋友的事，又或許是看到吉克經歷終極二選一卻恰巧選錯，然後見到愛德坎時的那種絕望表情，使他興起嘲諷的念頭，總之愛德坎從剛才開始就老是纏著吉克。

自從消滅迷宮以來，對女性總是堅持「來者不拒，去者要追」的猴子——愛德坎唯一的原則就是不對已婚或有情人的女性出手。但即使是被委託的工作，他仍然從吉克身邊帶走了瑪莉艾拉。這個行為罪該萬死。

雖然認為他罪該萬死的人只有吉克，但既然他是吉克的朋友，應該也能幫忙說服瑪莉艾拉，或是至少跟吉克說一聲。

即便這件事是吉克有錯在先，從吵架到實際離家出走之間也只有短短的幾個小時。別說是解釋的機會，連一聲聯絡都得不到的吉克曾經認真考慮是否要斷絕與愛德坎的交友關係。

話雖如此，現在不管說什麼，他都聽不懂。

他現在擅自打開吉克背來的大包行李，於是被吉克用弓箭伺候。因為吉克總不可能認真對他射箭，所以他一邊吱吱叫，一邊跳著躲開弓箭，幾乎是在玩弄吉克。

吉克瞄了一眼樂不可支的愛德坎，嘆了一口氣。

「算了，只要抵達中央的精靈神殿，愛德坎應該也能恢復原狀吧。」

對於吉克無意間說出的一句話，多尼諾與格蘭道爾有了反應。

「精靈神殿？」

「你的意思是，這裡是精靈的世界嗎？」

「吱吱吱？」

「是、是啊。大概是水精靈吧。我用『精靈眼』看到神殿的瞬間，就被吸收了不少魔力，所以我想那應該是位階相當高的精靈。」

「吱吱～」

吉克隨口說出重要的情報，愛德坎則樂不可支地破壞嚴肅的氣氛。

他究竟只是在吱吱叫，還是處於樂不可支的狀態呢？可能兩者都是。不論如何，吉克差不多開始對這隻猴子感到厭煩了。

格蘭道爾與多尼諾似乎想通了，說道：「充滿水的期間因為有精靈的庇佑，所以黑色魔物不會出現嗎……」

昨天，吉克一來到這個世界就天亮，或許是因為神殿透過「精靈眼」徵收吉克的魔力，強制淨化了汙穢。雖然不清楚水精靈是有意願幫助瑪莉艾拉等人類，還是有什麼其他的理由。

遠遠看著專心討論的兩個大叔，以及不斷在自己的視線範圍內晃來晃去的愛德坎，吉克迫不及待地等著夜晚的到來。

同一時間的瑪莉艾拉——

「現在的法蘭茲先生可以像魚一樣游泳嗎？」

「不，雖然我能長時間潛水，也能在水裡自由活動，但並不是用鰓呼吸。」

「瑪莉艾拉，妳想叫法蘭茲做什麼咧？」

等待夜晚來臨的瑪莉艾拉等人呆呆著望著水之世界，這麼說道。

或許是因為燒毀了飢餓與病魔的災厄，水之世界的普通魔物似乎變得更強了，魚類魔物的體型比剛來到這裡的時候還要大上許多。悠游在遙遠上方的，應該是鯨魚型的魔物吧。雖然瑪莉艾拉只聽說過鯨魚的傳聞。

「那是鯨魚型的魔物吧～？」

「嗯？啊，是啊。雖然看起來還是小孩子……我再厲害也沒辦法對付。」

「這個小孩子也太大一隻了，應該有十公尺左右唄。」

即便已經看過好幾段法蘭茲失去的記憶，瑪莉艾拉等人的睡眠時間仍然一如往常，所以還要再等一段時間才會入夜。

法蘭茲善用能在水中活動的特性，去確認了通往新出現的塔——北塔的路線，直到剛剛才回來。北面的外牆已經中斷，北塔就矗立在中央，但中斷的外牆似乎沒有恢復狀，塔與外牆之間仍然隔著一段難以跳躍過去的距離。換句話說，瑪莉艾拉等人無法從目前所在的西北塔前往北塔，就算要前往東北塔也得往南繞一大圈。

「嗯～需要的東西有那個和那個～既然有多尼諾先生在，就請他做那個，然後那個只要去一樓應該就能做了……」

「妳這次又想做什麼咧？」

瑪莉艾拉就像個記性不好的中高年人一樣，用「那個」來稱呼所有東西；尤利凱雖然一臉疑惑，卻還是說道：「妳需要什麼的話，我去採集唄。」

「謝謝妳！主要的工作要等大家會合之後才能進行，妳可以趁現在盡量多採集一些繩藤和蓋浦勒果實嗎？就是燃燒彈的材料。」

「我知道了咧。」

「我也來幫忙，尤利凱。」

尤利凱與法蘭茲騎上奔龍，準備出發去採集，瑪莉艾拉則對他們揮揮手說道：「我會做好吃的東西等你們回來的。」

「我想再吃到油炸的東西咧！」

「我很期待。」

尤利凱與法蘭茲的反應十分熱烈。

相較於在廚房設備完善的「枝陽」做的菜，瑪莉艾拉應用鍊金術烹調的料理更講究火候，所以滋味絕佳。旅遊期間因為活動筋骨、欣賞平常見不到的稀奇風景，所以就算是平凡的料理，吃起來也別有一番風味；如果料理本身的味道就好，自然更能抓住人心。光是能吃到美味的飯菜，就能讓心情雀躍不已。

愛德坎在東北塔吱吱叫的時候，西北塔也出現了兩個樂不可支的人。
目送容易滿足的兩人離開後，瑪莉艾拉迅速完成備料的工作，然後抱住正在找機會偷吃的火蠑螈，躺下來窩在地上。
「再多告訴我一點吧。」
「嘎……」
或許是回應瑪莉艾拉的低語，火蠑螈輕輕叫了一聲，於是一人與一隻就這麼閉上了眼睛。

03

（啊，又是那場夢……果然能看到。）
這是人們被火精靈的燈火守護著，在陰暗的森林中前進的夢。
不知道與先前的夢境相差了多久的時間。森林更加深邃，樹木籠罩四周，彷彿壓迫著行人的精神。
就像要阻礙穿越森林的人們，扭曲的枝葉在陰暗夜晚的襯托之下，令人愈發畏懼。從那個時候起，人們究竟去了那座湖幾次？一行人前進的路線已經化為林間的一道小徑。

（這座森林以前是這樣的嗎？我還以為是普通的森林，可是這樣看來簡直就像……）

就像自己所熟知的森林──瑪莉艾拉這麼想之前，有森狼襲向穿越森林的一行人。

──這群狗真煩人！──

點燃祭祀用燈的火精靈煩躁地搖曳著，試圖揮手驅趕森狼，但沒有具象化、只是寄宿在小小火焰中的祂頂多只能讓失去理智的魔物暈眩，拖慢牠們的攻擊步調。

「有森狼！穩定陣形！不要忘了使用除魔魔藥！」

可是走在路上的一行人與一開始所見的夢境截然不同，武器與防具都變得牢靠許多。當然了，別說迷宮都市的冒險者所穿戴的防具，他們的鎧甲甚至比兩百年前的安妲爾吉亞王國時代還要粗糙且缺乏機動性，武器也鈍得多了。

即使如此，中隊規模的兵力也完全不輸森狼，很快便用劍與魔法驅逐了牠們。

──我們好久沒見面了，別來礙事！──

火精靈已經很久沒有前往那座湖了。

人們的技術與城市變得愈來愈繁榮。儲備糧食以應付飢荒，以及鍊成魔藥以治病的方法都已經確立，於是人們愈來愈少依靠精靈的力量。

生活在城市的人口比以前還要多了不少，從火精靈的角度來看，如此擁擠的狀態就像成群的綿羊一樣。最令祂感到不悅的是，隨著人類的數量增加，城市開始到處都看得到黑霧般的汙穢。

連同人類吐出的難聽言語，以及雙眼流出的悲哀或憤怒之淚，整座城市都噴出骯髒的黑霧，讓火精靈覺得城市的空氣非常混濁。

長年存在的火精靈很清楚，那是帶著怨恨的言語，以及苦澀的淚水。火精靈也很清楚，沒有被祓除而累積下來的汙穢會招來非常不好的東西。

所以，祂輾轉寄宿在城裡的燈火，努力淨化汙穢，但這座整晚都燈火通明的城市充滿比燈火還要耀眼的金銀財寶，不論火精靈如何祓除城市的汙穢，來自黃金的縫隙及人們本身的汙穢仍然源源不絕。

湧出的汙穢明明比火精靈所淨化的量還要多，這座人類城市的汙穢卻彷彿有出口的水源，不會超過一定的濃度。這一點讓火精靈非常擔憂。

黑色汙穢纏繞著趕往湖邊的人們，彷彿為他們帶路，瀰漫在道路的前方與後方，使火精靈擔憂得不得了。

原本深邃靜謐的森林空氣變得陰暗又潮濕，就像引導獵物踏入深淵的巨大魔物所吐出的氣息。這座森林的魔物原本很溫馴，現在卻雙眼充血，完全不理會火精靈的制止，向人類發動攻擊。

雖然火精靈早就察覺這裡已經不是祂所熟悉的森林，卻還是不禁想親眼確認前方究竟有什麼。

陰暗的森林忽然宣告中斷。

為了向火精靈傳達真相。

——為什麼……——

在月光的照耀之下，比黑夜更黑暗的水面靜靜地躺在那裡。連月光甚至火精靈散發的火光都能吞噬的漆黑湖泊中央，那名湖精靈慵懶地活動滲透著墨汁般的肢體，緩緩現身。

這座湖泊原本真的是這種顏色嗎？

第一次來到這裡的時候，水質應該清澈得連沉沒在水中的樹木紋理都清晰可見。接收疫病的汙穢時呢……？當時看得見水底嗎？

——好久不見，我還以為祢消失了呢——

即使身軀被汙穢染黑，即使雙眼混濁不清，火精靈仍然覺得那名湖精靈非常美麗。

——我不會消失，我才不會消失呢。今後也不會。永遠，永遠。我會……我會祓除汙穢的……——

說完，火精靈回頭面對一同前來的人們，瞪著這次的「供品」。

這個瞬間，火炬的火焰延燒到一行人帶來的「供品」箱子，燃起一陣熊熊烈火。

「唔哇，失火了！」

「怎麼回事？快滅火！」

「可、可是好像是因為乾燥，火勢很強……」

人們忙著替突然起火燃燒的「供品」滅火，肯定沒有聽到這些聲音。

『救救我』、『好痛』、『有魔物』、『快開門啊』。

人們聽不見「供品」發出的哀號，聽不見不斷哭喊求救的聲音。

──這次是被魔物襲擊了嗎？──

──嗯，因為森林出現大量的魔物，就湧進城市裡了。雖然已經勉強把魔物趕走，卻還是死了很多人──

被魔物襲擊而死的人都是住在外牆之外的貧窮居民，坐擁金銀財寶的富貴階級則躲在堅固的城牆內，受到強壯的士兵保護，所以才能逃過魔物造成的災害。

人們懇求外牆開啟、拚命求救的聲音得不到回應，富有的人就這麼看著他們被魔物活活咬死的模樣。

從出生便不斷遭到壓榨的窮人所懷抱的怨恨與憤怒，以及被魔物啃食的恐懼與哀嘆，就包含在那份「供品」裡。

──你們的肉體和靈魂都已經不在這個世界了。我會替你們將這份痛苦的感受全部燒光。變成焦炭，回歸什麼色彩或形狀都沒有的原始狀態，消逝在空氣中吧──

──原本一吹就會熄滅的祢變強了呢……──

聽到湖精靈發出感慨萬千的聲音，火精靈帶著高興的笑容回頭，表情卻瞬間凍結。

──為什麼？為什麼汙穢還會繼續流過去？──

因為祂發現從城市沿路飄往湖泊的汙穢正在筆直地流進湖中。

——因為路徑已經形成。早在遇見祢的許久以前，人們就會為了祓除汙穢而來到我這裡。我雖然統治著這座森林的地脈，卻沒有祓除汙穢的能力。可是經過不斷地來回，人們心中也產生了某種概念——

那就是「這座湖泊是汙穢回歸之處」的概念。

——於是汙穢流動的路徑便形成，開始流向這裡——

如此靜靜訴說的湖精靈並沒有因為湖泊或其身軀遭受汙染而展現出任何憤怒或悲傷。祂只是沐浴著月光，就像接納來自天上的雨水；祂只是承受著汙穢，就像接納來自樹木的落葉。

——可是、可是，要是累積了那麼多汙穢……——

火精靈總算明白森林的樹木與魔物們為何改變。這座湖泊與森林的地脈相通。流入的汙穢會透過水脈在森林中循環，影響樹木與動物。生活在森林裡、深愛著森林的生物於是自願將湖泊的汙穢納入體內。

——即使逐漸轉黑，森林的生態依然不變。只不過是變得稍微調皮一點罷了——

據說汙穢的魔力凝聚起來，就會產生魔物。這並不是謊言。生物吸收了無法消化的汙穢，就會轉化成魔物。

汙穢就是人類散發的負面情感。

吸收這種東西所變成的魔物不可能會愛人。

並不是魔物憎恨人類，而是人類憎恨人類。

湖精靈靜靜地告訴火精靈，如果沒有人的存在，森林的生態就不會有太大的變化。

——即使如此！祢也不是不會被灼燒內心的感情折磨吧！——

看著火精靈這麼吶喊，湖精靈溫柔地笑了。

——森林的運作機制已經不同於以往。別擔心，即使因汙穢而瘋狂，我們的轉變在悠久的時間洪流中，也不過是被微風吹動的水面。除非發生什麼大事，否則不會威脅到我們的平穩。祢快走吧，親愛的火焰。對於已經轉變的這副身軀，祢的火焰太過耀眼了——

說完最後這番話，湖精靈便沉入湖面，不論火精靈再怎麼吶喊呼喚，連月亮都無法倒映的漆黑水面也只是靜靜搖曳著。

火精靈無法遺忘祂瞇起眼睛看著自己時，那帶著夜色的溫柔眼神；以及祂在沉入水面的瞬間對人類投射的，有如無底深淵的陰暗瞳色。

04

「啊，果然是吉克。」

「瑪莉艾拉！妳沒事吧！」
「吱吱！」
「嗯，因為有尤利凱他們保護我。」
「這樣啊……瑪莉艾拉，對不起……」
「吱吱～」
瑪莉艾拉與吉克在隔天的晚上順利重逢。
失去法蘭茲與愛德坎這兩名守衛之後，夜晚的時間似乎延長了，即使是法蘭茲與奔龍並肩奔跑的狀態，也能在夜晚的期間抵達東南塔。
多虧新出現的北塔，黑色魔物湧入的數量減少了，卻不知能撐到什麼時候。這一點雖然令人擔憂，但吉克與瑪莉艾拉，以及黑鐵運輸隊的成員齊聚一堂的現狀仍然值得暫時慶祝。
「瑪莉艾拉，那個，我……」
「吱吱吱～吱吱，吱吱。」
好不容易重逢，卻因為不斷插嘴的猴子，對話一點進展也沒有。
兩人別說是交換情報了，甚至還沒有和好。吉克很想好好地解釋來龍去脈，請求瑪莉艾拉的原諒，但從剛才開始就吱吱叫著介入兩人之間的愛德坎總是能在準確到驚人的時機妨礙吉克。
「喂，愛德坎！別來礙事！」

終於發飆的吉克試圖捕捉愛德坎，但這個舉動只會讓愛德坎更高興。愛德坎開心地吱吱叫，吉克則在後面追趕到處逃竄的他。

「他們感情真好～」

看著兩人的瑪莉艾拉雖然帶著微笑，神情卻顯得有點心不在焉。

（昨晚那場精靈的夢應該還沒有結束。出現在中庭的黑色戰禍到底是……）

有方法可以拯救石化的拉彌亞。那應該是單純的石化，但考慮到萬一是詛咒的情形，瑪莉艾拉已經做好了過去曾替萊恩哈特製作的解咒魔藥。

可是，沒有人知道要怎麼做才能打倒黑色戰禍。每晚湧向神殿的黑色魔物也一樣。從精靈的夢境來推測，湧向神殿的那些黑色魔物應該是汙穢的集合體。要改變如河川般固定的流向，別說是瑪莉艾拉了，人類肯定無能為力。

（我想，大概不是衝進中央的神殿就算抵達終點了吧。）

看到瑪莉艾拉專心思考的模樣，以為「她還在生氣」的吉克正不知所措地尋找道歉的機會，猴子則在他的視線範圍內拚命搞怪。

「啊，真是煩死人了咧！」

忍無可忍的不是被妨礙的吉克，而是在一旁觀看的尤利凱。

啪！

聽到尤利凱鞭打石磚地的高亢聲音，所有人不禁端正背脊。

「愛德坎！坐下！」

「吱吱！」

瑪莉艾拉與吉克只是被突然響起的鞭打聲嚇了一跳，這招對猴子（愛德坎）與奔龍（庫）卻非常有效，他們一聽到鞭打聲就馬上挺直腰桿，聽到「坐下」的愛德坎甚至在庫的身邊乖乖坐下。

「馴獸技能對他有效啊……」

「愛德坎，你……」

瑪莉艾拉很驚訝，直到剛才都還很煩躁的吉克則按起自己的眼頭。看到愛德坎的猴化如此嚴重，似乎讓他感到五味雜陳。

「愛德坎，喝下去唄。」

「吱吱……」

尤利凱在服從馴獸技能的愛德坎面前放了一瓶魔藥。愛德坎戰戰兢兢地拿起魔藥，好奇地聞聞味道，或是透著光線觀察它。

「喝下去唄！」

「吱吱！」

Sir, yes, sir! 尤利凱的新兵訓練營不容許頂嘴。只要稍微表現出猶豫的神情，凶狠的鞭子就會甩過來。不，因為尤利凱是女孩子，所以應該回答Yes, ma'am.才對。不過愛德坎不會說人話，所以也不知道他是怎麼回答的就是了。

喊出以猴子而言非常乾脆的回應之後，愛德坎一口氣仰頭喝光手中的魔藥，然後就這麼順勢往後倒下，一動也不動。

「不愧是瑪莉艾拉的魔藥，效果真好啊。」

「尤利凱，那是什麼魔藥？」

「那是速效型的安眠魔藥啊。為了應付法蘭茲不願意離開塔的情況，我請瑪莉艾拉做的啊。」

「咦……」

面對法蘭茲的問題，尤利凱毫不愧疚地答道。根據情況，她打算讓法蘭茲喝下那瓶魔藥，趁他睡著時強行帶走他。尤利凱的作風相當不留情。看到尤利凱回答得如此理所當然，法蘭茲稍微語塞了。

「瑪莉艾拉，快點讓愛德坎恢復記憶唄。他真的煩死人了啊。」

「說得也是，接下來還得請愛德坎先生多多幫忙呢。」

瑪莉艾拉似乎有什麼計畫。

「雖然還只是很粗略的計畫……」

從瑪莉艾拉口中聽說作戰要點的多尼諾、格蘭道爾與法蘭茲等三個人為了不讓尤利凱更生氣，趕緊出發去蒐集必要的材料。

「萬一愛德坎胡鬧就糟糕了，所以我要在這裡監視啊。」

瑪莉艾拉對尤利凱所說的話感到安心，於是在愛德坎身旁躺下。這時候吉克一臉悶悶不樂地躺在瑪莉艾拉與愛德坎之間。

「吉克？」

「……………你們不能獨處。」

吉克既不是面對瑪莉艾拉，也不是面對愛德坎，只是仰躺著簡短地表示反對，臉上還掛著眉頭深鎖的表情。雖說是為了取回記憶，他似乎還是不願意讓愛德坎與瑪莉艾拉單獨睡在一起。很顯然是在吃醋。

「呵呵。那麼，吉克也一起睡吧。來，這是安眠魔藥。喝一口就夠了。」

對吉克這個樣子感到有點害臊的瑪莉艾拉喝下一口魔藥，將暖烘烘的火蠑螈放在肚子上，輕輕笑了一聲後閉上眼睛。

看著將吉克夾在中間，並列成「川」字形而眠的瑪莉艾拉等三個人，尤利凱有點無言以對地搔了搔頭；因魔藥的效果而陷入熟睡的愛德坎則邋遢地流著口水，還不時搔抓屁股。

✲

05

睡意很快便來臨。

留著一頭紅褐色秀髮的女性展露笑容，讓瑪莉艾拉明白這裡是愛德坎過去的記憶。

這個人的微笑是多麼地柔和又溫暖啊。

師父也會對年幼的瑪莉艾拉露出溫柔的笑容，這名女性的笑容卻比師父還要柔和許多，彷彿充滿無限的愛意。

她有著紅褐色的頭髮與眼瞳，對愛德坎來說，她是這世上最溫柔美麗的女性。

埃莉亞蒂。

也是愛德坎第一次殺死的，他的親生母親——

當時愛德坎還是個不到十歲的孩子。他去尋找進入迷宮淺層，到了晚餐時間都還沒有回來的母親，卻聽說平常連無法戰鬥的母親都可以安全採集的淺層出現了會吃人的植物型魔物。

姑且不論味道，為了讓正值發育期的愛德坎吃飽，母親經常前往那個樓層採集樹木的果實或可以吃的菇類。

愛德坎趕到長有薯類植物的熟悉地點，找到了綻放在那裡的母親。

當時的愛德坎並不知道那種魔物叫做什麼名字，只知道它應該是會活捉獵物，吸食其血肉以開出花朵的食人植物。

從腳底擴散到地面的根與遍布體內的枝葉將遭到植物啃食內臟的身體支撐得過於端正，

失去血色的蒼白肌膚蓋過了平日勞動的日曬痕跡，貫穿皮膚各處而綻放的大朵紅花將母親裝飾得就像穿著一襲華麗的禮服。

愛德坎還記得，年幼的自己覺得這副姿態相當美麗。

不只如此，從她口中發出的淒厲哀號，愛德坎也無法遺忘。

「好痛好痛好痛好痛好痛好痛──！」

母親仍然活著，忍受內臟被啃食，以及花朵貫穿皮膚的痛楚。

喀嘰。

關節錯位的聲音響起，母親長高了。

震耳欲聾的慘叫已經不成人聲。

愛德坎在多年後才知道，這種植物會以感覺到疼痛時分泌的成分為營養。而當時的他並不知道母親為何能在這種狀態下活著，只知道母親已經回天乏術，況且直到她所剩不多的性命結束為止，這份痛楚恐怕都不會停歇。

所以，因為愛著母親──

愛德坎撿起母親為了採集而帶來的柴刀，對母親揮舞。

年幼的愛德坎很矮，腳力與臂力也不足以跳起來一刀砍下首級。

他忘不了當時那陣貫穿耳膜的哀號。

以及自己放聲哭叫，一次又一次揮舞柴刀的觸感。

「啊啊啊啊啊啊啊啊啊啊啊啊啊啊！」

「咿咿咿咿咿咿咿咿咿咿咿——！」

兩人的吶喊合而為一，成為令人不快的噪音，刻劃在愛德坎的腦中。

這是一段地獄般的記憶。

然而，母親最後說著「謝謝你」的笑容也讓愛德坎難以忘懷。

埃莉亞蒂。

有著紅褐色頭髮與眼瞳的她對愛德坎來說，是這世上最溫柔美麗的女性。

荷莉絲。

一頭金髮與小麥色肌膚充滿魅力，活潑又可愛的初戀情人。

在迷宮討伐軍邂逅的她很喜歡照顧人，個性又直率，所以很快就熟識了剛入伍的愛德坎。

資歷比愛德坎深，實力也更強的荷莉絲喜歡調侃當時還不太會使用雙劍的愛德坎「技術好爛」，高興地笑著看他賭氣的樣子。

就像一般戰士，手臂與肩膀的肌肉都很發達的她最喜歡的便服是有點可愛的連身裙，當荷莉絲低頭說「我不適合這種衣服」的時候，只要愛德坎笑著對她說「妳很適合」，她就會害羞得連耳朵都漲得通紅，是個非常可愛的人。

每次在迷宮裡作戰，傷痕就會增加，甚至從連身裙的袖子或下襬露出，但愛德坎覺得即使如此也不會改變荷莉絲的可愛之處。

愛德坎在耳邊說「妳好可愛」的時候，她高興的樣子，以及試圖掩飾害羞的話語和舉動，都讓荷莉絲在愛德坎的眼裡顯得愈來愈可愛。

只要她還是她，對愛德坎來說，荷莉絲永遠都是那麼地可愛。

沒錯，即使她在迷宮中了毒，雙腳腐爛脫落，皮膚從腳底朝頭部漸漸轉變成藍黑色也一樣。

迷宮都市的魔藥已經枯竭。如果是一軍的菁英就算了，後備兵力根本不可能獲得魔藥的配給。

她中的毒難以靠普通的藥品治癒，就算要帶她前往有魔藥的帝都也來不及。

「在我的臉變色之前，讓我走吧。趁我還能穿你常說我很適合的那件衣服之前。」

明明想完成荷莉絲的心願，明明想從腐蝕其身心的毒素中拯救她，愛德坎的手卻顫抖得不聽使喚。

「你用雙劍的技術還是很爛呢。」

荷莉絲忍受著難以呼吸的劇痛，露出一如往常的笑容，愛德坎卻無法用一如往常的表情回應她。

「幸好我走的時候，還是你說可愛的樣子……」

留下這句話，荷莉絲笑著離開了。
好不容易完成她的心願後，愛德坎替她穿上她最愛的連身裙，對她說「很可愛，很適合妳」。
荷莉絲那張小麥色的臉龐在紅色夕陽的照耀之下，看起來就像是靦腆地笑著。
荷莉絲。
有著金色頭髮與小麥色肌膚的她直到最後，都是個活潑又可愛的人。

米爾梅、瑪格麗特、朵莉絲、阿爾瑪。
每個人都各有苦衷，即使如此仍然相信明天。
艾妲、伊蓮妮、瓊安、卡蜜拉。
每個人都各有優點，十分惹人憐愛。
克拉麗莎、莉潔、蘇菲、羅莎。
明明每個人都對自己展露微笑，卻每個人都沒有永遠留在自己身邊。
特蕾莎、薇爾瑪、克拉莉娜、娜塔莎。
愛德坎向她們乞求愛，渴望看見她們的笑容。
只有她們對自己笑的時候，烙印在眼瞼的母親才會微笑。充滿痛苦的哀號也會停止。
『對我笑，撫慰我，愛我——』

同等溫柔，同等珍愛的，我的夢中情人們（Femme Fatale）——

四周明明很安靜。

「咿咿咿咿咿咿咿咿咿咿——！」

那朵大花的淒厲慘叫卻仍然不絕於耳……

✲

06

（好殘酷的記憶……）

這種記憶不要恢復，對愛德坎來說才比較幸福吧。

瑪莉艾拉這麼想著緩緩坐起身，映入眼簾的卻是吉克一邊大哭一邊擁抱愛德坎的模樣。

「愛德坎！愛德坎，你一定很難過吧——！」

「唔哦，吉克，我對男人沒有……」

「你也會說話了！太好了！太好了——！」

「是……是啊……」

即使曾經歷一段嚴酷的奴隸生活，吉克原本也是好人家的少爺，而且天生就具備豐富的感性。他將救了自己一命的瑪莉艾拉視為真命天女，又經常為各種事情鑽牛角尖，是個忙碌的男人。

不知道是因為不說話就會有女人主動靠過來的時期太長，還是因為忙著觀察瑪莉艾拉的關係，他平常就很沉默且面無表情，所以容易被他人誤以為情緒起伏不大，但事實並非如此。

瑪莉艾拉就算默默地專心做著某件事，動作也給人詼諧有趣的印象；吉克只不過是因為待在她身邊，才會相對顯得像是一個冷靜沉著的男人。實際上，他不愧是「精靈眼」的繼承者，心思比瑪莉艾拉還要細膩且善感。

瑪莉艾拉反而比較遲鈍，不論是先前看到的尤利凱等人的記憶，還是火精靈對過往災厄的記憶，她都視為記憶的重播，就算對悲慘的記憶感到心痛，也不會過度投射感情。只不過，瑪莉艾拉身為一名高階的鍊金術師，不只是視覺或聽覺等五感，也會透過「生命甘露」的狀態來認知生命的存在，所以光靠影像或許比較難以受到感動。

不同於瑪莉艾拉能將過去的記憶單純視為「他人過去經歷的事」，吉克似乎完全將感情投射到他人身上了，所以從剛才開始就哭得彷彿洪水潰堤。

原本被瑪莉艾拉抱在懷裡的火蠑螈好像也被吉克感染了，爬到愛德坎的肩膀上，安慰似的舔了他的臉頰。

「我說吉克～你冷靜一點啦～」

「可是……可是……愛德坎，萬一瑪莉艾拉遇到那種事，我肯定沒辦法承受……」

看樣子，吉克好像把愛德坎的記憶中那些死於非命的女性全部都替換成瑪莉艾拉了。即便是在腦內，他也讓瑪莉艾拉遭遇太多悲劇了。既然都要妄想，真希望他乾脆也妄想自己在瑪莉艾拉遇到危機之前帥氣地英雄救美。

「算了……感情好也是好事一件嘛。反正愛德坎先生也變回人類了。」

瑪莉艾拉回頭對醒著監視的尤利凱這麼說道，尤利凱便輕輕點頭，就像是要確認愛德坎是否已經「變回人類」而使勁揮了一下鞭子。

「愛德坎、吉克都到此為止啊！」

在尤利凱的一聲令下，回過神的吉克趕緊整理服裝儀容，移動到瑪莉艾拉旁邊；愛德坎卻以立正站好的姿勢起立，或許還保留了一點猴子的部分吧。

不論如何，現在總算有充足的戰力能夠執行計畫了。

吉克與愛德坎——兩名A級冒險者已經到齊。

有了這兩個人，嚴酷的素材蒐集工作不可能沒有進展。

「太好了，這樣就有辦法了！」

瑪莉艾拉似乎覺得只要拜託他們倆，就可以取得任何東西。

「呃～瑪莉艾拉？妳到底想叫我們做什麼呢～？」

以前老是被派去蒐集素材的愛德坎戰戰兢兢地詢問瑪莉艾拉。

「這次不是要去雪山，別擔心！首先需要木材。」

瑪莉艾拉露出燦爛的純真笑容，尤利凱則露出陰險的邪惡笑容。

難道只要不冷就沒關係嗎？雖然不懂瑪莉艾拉的標準，但吉克與愛德坎根本沒有膽子破壞兩人的笑容。

「瑪莉艾拉，交給我們吧！我們會替妳找來任何東西。」

「等等，吉克，你也太輕易答應了……」

「愛德坎？我倒覺得你應該在接受瑪莉艾拉的委託之前跟我說一聲呢～」

雖然吉克對愛德坎的遭遇流下眼淚，卻好像對他不說一聲就接下瑪莉艾拉的離家委託的行為仍然懷恨在心。

「這麼一說我才想起來，我還在生吉克的氣呢。」

因為吉克一句無心的發言，瑪莉艾拉這才想起似的低語。

「逃出這裡之後，我們要好好『談談』喔，吉克。」

「是……」

瑪莉艾拉好像不打算直接原諒來到這種地方迎接自己的吉克。

「噗～嘻嘻。吉克，自掘墳墓～」

「閉嘴！愛德坎，走了！」

吉克雖然對瑪莉艾拉的笑容有點畏縮，卻還是抓著愛德坎走出了東南塔。

於是又一次地，嚴酷的兩人狩獵即將開始。

07

「嗚哇，好大！嗚哇，好噁！」

在鋼索般的藤蔓猛烈交錯的狀況下，愛德坎連牆壁都當作踏板，自由自在地迴避攻擊，同時觀察破綻；吉克則不發一語，毫不留情地狙擊巨大毛蟲。

兩人所在的地點是南側一、二樓中央的入口玄關。

沒錯，這裡是樹木型魔物「首飾樹」的地盤。

正如樹木的種類繁多，樹木型的魔物也有許多種類，其中也包含會步行的個體。「首飾樹」雖然不會步行，卻能將寄生在自己身上的藤蔓植物當作觸手般自由操控，彷彿用鞭子細綁獵物並掛在身上作為裝飾，是一種相當惡質的魔物。這種藤蔓就跟鋼索一樣堅硬，一圈一圈纏繞在樹幹上就能代替鎧甲，阻擋攻擊。

更惡質的是，「首飾樹」養在枝葉間的大量毛蟲被搖落至地面之後，就會立刻成長為一至兩公尺的大小，對獵物發動攻擊。毛蟲本身並不是多麼強大的魔物，卻會以令人生理上無法接受的外觀發射毒毛，所以是愛德坎這種一身輕裝的近距離攻擊型戰士不太想靠近的魔物。

「多尼諾先生說『首飾樹』的木材非常堅固又柔軟，剛好是很適合的材料。」

瑪莉艾拉直接轉述多尼諾的木材知識，派吉克與愛德坎去蒐集。

那麼高大的樹木雖然不會走，卻會動，所以肯定是既堅固又柔軟的。以木材而言，品質想必相當高級，討伐難度卻也呈正比。它會以鞭子般的觸手發動近距離攻擊，以大量的毛蟲發動遠距離攻擊。這種魔物究竟要怎麼對付呢？用火焰焚燒，或是發動落雷的話，要打倒它並不困難。可是如果那麼做，就會破壞珍貴的木材。

「呀啊！吉克，你小心一點啦！汁液！汁液噴過來了——！」

「我有什麼辦法！這種殺蟲魔藥的特性就是這樣啊！」

瑪莉艾拉針對毛蟲所製作的殺蟲魔藥「蟲炸彈」為了提高效果，使用特級的原料來調配本來屬於低階魔藥的配方，也就是只有效果增強到相當於特級的瑪莉艾拉特製魔藥。

「因為魔森林也有很多蟲，為了保護藥草園，我在殺蟲魔藥上下了很多工夫。雖然我是第一次把威力提高到特級的程度，但保證有效！」

這種魔藥確實發揮了極高的效果，足以證實瑪莉艾拉交出殺蟲魔藥時的自信。

砰！砰！砰砰！被浸泡過魔藥的箭射中，毛蟲便一隻一隻爆炸。

真是慘不忍睹。每次有毛蟲爆炸，黃色的體液就會應聲潑灑到四周。

想一擊打倒巨大毛蟲就必須多少使用到「精靈眼」的力量，所以這種類似毒箭的魔藥對減少魔力消耗大有幫助，但最好還是禁止製造。至少可以肯定，壞小孩拿到這種東西就會高興地大玩蟲炸彈遊戲。

順帶一提，生活在魔森林小屋的瑪莉艾拉根本沒空玩炸蟲的遊戲，反倒很仰賴散播到周圍的昆蟲氣味可以驅散其他昆蟲的附加效果。

不知道究竟是將大量的毛蟲藏在某處，還是從蟲卵高速孵化，「首飾樹」接二連三地放出毛蟲，吉克則用毒箭一一炸死那些毛蟲。

即使愛德坎能夠徹底躲開「首飾樹」的觸手和蠕動在周圍的毛蟲發動的攻擊，也無法完全預測到同為A級的吉克射擊的軌跡，頻頻在跳起來或是著地的時候遭到許多毛蟲體液的噴濺。

「這些汁液好臭！蟲汁好臭——！你有沒有在聽我說話啊，吉克——！該不會是故意的吧——！」

吉克遠遠地看到氣急敗壞的愛德坎弄得一身髒，然後點了個頭，對愛德坎喊出口號。

「……差不多是時候了。好，愛德坎，我來掩護你。解決『首飾樹』吧！」

「咦？」

好幾支箭同時朝「首飾樹」射出。

那些箭以驚人的準確度命中高舉的好幾條藤蔓，將其彈開。

「趁現在，愛德坎！『首飾樹』破綻百出！」
所有藤蔓都被彈開的「首飾樹」一瞬間陷入毫無防備的狀態。
「幹得好，吉克！可是毛蟲……呃，什麼？」
然後不知為何，毛蟲魔物避開了身在附近的愛德坎，紛紛奔向在遠處拉弓的吉克。
「對喔！牠們討厭蟲汁的臭味……」
「快動手，愛德坎！趁我引開毛蟲的時候！」
「！我知道了，吉克！」
這裡交給我來應付，所以你快使出最後一擊吧──
真像友情故事的劇情。這種台詞感覺就像是猴子般的愛德坎會喜歡的。
愛德坎對王道式的發展感到熱血沸騰，全心全意地砍向「首飾樹」。
「『左臂生風，右臂生剛。寄宿吧，雙屬性劍』！」
愛德坎以地屬性使雙劍硬化，再以風屬性增強力道，朝「首飾樹」的主幹使勁一砍。鋒利的刀刃斬斷了鋼索般的藤蔓，力道強得彷彿以斧頭劈開大樹。然而，面對動物就能劃開皮肉甚至斬斷骨骼的這一擊在名為「首飾樹」的樹木面前，連造成重傷都辦不到。
「太淺了嗎！」
如果它有痛覺，至少還能減緩其攻擊的力道。可是「首飾樹」沒有痛覺，更棘手的是，它只具備憤怒的感情。

畸形的樹皮裂痕形成的憤怒眼睛變得更加憤怒，「首飾樹」扭曲了醜陋的嘴巴，解開纏繞在樹幹上的所有藤蔓，為了盡全力鞭打射程距離內的愛德坎，將身體往後仰。

「嘖！」

被吉克彈開的藤蔓已經轉換軌道，瞄準了愛德坎。就算躲開這一波攻擊，原本包覆樹幹的第二波藤蔓也不會放過他。

面對如網子般阻擋去路的藤蔓攻擊，愛德坎仍想找到起死回生的一條路，心想既然逃不了就只能應戰了，於是準備對「首飾樹」發動下一次的攻擊。

現在「首飾樹」將所有的藤蔓用於攻擊，樹幹變得破綻百出。

究竟是愛德坎的攻擊會先刨開「首飾樹」的樹幹，還是「首飾樹」的藤蔓會先把愛德坎全身的骨頭都打個粉碎呢？

咻咚！

決定生死的這個瞬間，響起的既不是愛德坎舉劍揮砍的聲音，也不是「首飾樹」的藤蔓打擊聲，而是一陣沉重的聲響。原本激烈活動的木質身體在這個瞬間轉變成普通的樹木。

一支精靈箭終結了愛德坎與「首飾樹」賭上生死的緊張瞬間。

「……咦？奇怪？」

愛德坎對突如其來的結束啞口無言，看著樹幹上半段，也就是眼睛上方的樹枝根部插著箭，一動也不動的「首飾樹」。原本舉起的藤蔓被重力牽引，紛紛散落下來，纏繞住枝葉。

吉克蒙德一直在等待「首飾樹」保護樹幹的藤蔓全部解開的瞬間。

等待「首飾樹」的樹幹往後仰，露出位於樹枝根部，平常會被藤蔓包覆、被枝葉遮住的弱點，也就是魔石的位置。

不論是什麼樣的魔物，都必定帶有魔石。

體積小而便於攜帶，又能賣到高價的魔石是狩獵魔物所得的重要戰利品，同時也是魔物的力量源頭兼弱點。被射穿魔石的「首飾樹」只因這一擊就結束了身為魔物的一生，化為普通的樹木。

魔石的位置會因個體而異，即使可以知道特定的種族大概位於哪裡，也要肢解屍體才能找出準確的位置。況且，打碎魔石就會讓狩獵的成果減半，所以除非是像這次這種必須優先取得素材的狀況，否則一般人不會考慮這麼做。當然了，正是因為吉克有「精靈眼」，所以才能找到魔石的位置，射穿只暴露一瞬間的要害。

「欸～吉克～？事情是不是正如你的預料啊～？」

「唔，愛德坎，還有毛蟲！幫幫我！」

吉克毫不留情地射穿逼近到幾公尺前的毛蟲，甚至有餘力華麗地躲開噴過來的蟲汁，就是不回答愛德坎的問題。

他面對毛蟲大軍，裝出陷入危機的樣子，演技卻非常差。

「好吧～最後一擊～我就不跟你計較了。可是你解決毛蟲的時候，該不會是故意讓蟲汁噴到我身上的吧？是不是啊～吉克～」

「唔喔，危險！有毒毛！」

吉克的台詞唸得非常呆板。順帶一提，襲擊吉克的毒毛被他舉弓一揮就吹走了，完全傷不到他。為了節省魔力，吉克只有稍微用到「精靈眼」，卻多虧精靈的方便功能，戰鬥起來是游刃有餘。

「像你這種人，最好因為沾滿蟲汁被甩掉啦——！『疾風之刃』！」

「不要說些不吉利的話——！誰教你一開始要帶走瑪莉艾拉！『風牆』！」

接著是一陣大呼小叫。

男人間展開比「首飾樹」之戰還要激烈且幼稚的爭鬥，直到大量的毛蟲全部都被消滅，而兩人全身都沾滿蟲汁才停止。

雖然打倒了「首飾樹」，帶著一身蟲汁回來的兩人卻被瑪莉艾拉與尤利凱嫌臭，在瑪莉艾拉做好除臭魔藥之前都不能進入塔內的房間，兩個人只好一起在走廊上罰站。

08

「這些木材比我想像中還要好！藤蔓應該也能充分派上用場。格蘭道爾、法蘭茲，你們來幫我的忙吧。尤利凱，前面應該有個能進行加工的工房，妳叫奔龍把材料搬到那裡。愛德坎和吉克可以暫時休息一下。」

多尼諾對「首飾樹」的高品質木材非常滿意，於是高興地分配工作給所有人。

終於從工作中解脫的愛德坎與吉克呻吟似的回應了一聲「喔」，然後一起癱坐在地上。砍倒「首飾樹」再進行裁切，似乎是很粗重的工作。

「手邊沒有斧頭，我也沒辦法啊。」

多尼諾這麼說，指示兩人用雙劍與祕銀長劍來裁切木材。用有限的道具裁切堅硬的材料，想必很令人疲勞。

為了對付魔物，特別是動物而打造的劍並不適合砍樹。輕薄銳利的刀身面對堅硬厚重的木材，很容易造成缺角而變鈍，甚至有可能變形或是引起疲勞損壞。

所以，吉克與愛德坎都會用魔力來強化刀身，但木材的切割與加工是他們不習慣的動作，再加上長時間的魔力操作，使兩人都累得連吵架的力氣也不剩了。

「吉克、愛德坎先生，我把飯菜放在這裡，你們吃飽之後就休息一下吧。」

瑪莉艾拉催促兩人吃飯，然後默默離開現場。

因為她還有該知道的事。

「好久沒有在這裡睡覺了。」

瑪莉艾拉選擇的作夢地點是重現了自己在兩百年前與師父一起居住的魔森林小屋的房間。先前曾為了製作魔藥而來過一次，所以瑪莉艾拉知道地點，來到這裡的路線也確定是安全的。

魔森林小屋非常狹小，工房、廚房與客廳都在同一個空間，除此之外只有寢室。因為面積很小，瑪莉艾拉與師父的寢室是用抽屜櫃隔開的，而這裡也有一樣的場景。

「剛被師父收養的那陣子，我好像都跟師父一起睡。」

自己究竟是到了幾歲才開始跟師父分開睡的呢？

師父說過「太熱了」或是「妳也想要自己的房間吧？」之類看似合理的理由，但房間這麼狹窄，真的有必要用小小的抽屜櫃來隔開彼此睡覺的空間嗎？

「嘎嗚～」

火蠑螈拚命掙扎，彷彿在說自己還不想睡，瑪莉艾拉卻說「不可以逃走喔」並抱緊祂，鑽進令人懷念的師父的被窩。

09

城市燃燒著。

人們被灼傷。

世界充滿了哀嘆。

剛誕生的許多火精靈不像人類有判斷善惡的能力，只是聚集到投下的燃料附近，化為吞噬整座城市的業火。

那個火精靈在此時初次意識到，被斬殺而死的人所流出的血就像火一樣紅。

哭喊的聲音、逃竄的聲音、求救的聲音。

將這些聲音當作耳邊風，或是用愉悅的表情聆聽，然後轉換成臨死慘叫的，也同樣是人類這個種族的刀劍、軍靴的聲音，以及亢奮的吶喊。

人正在殺人。

人正在燒毀人的城市。

這個悲慘的景象或許會被刻劃在人類的歷史中，不斷流傳下去，但對望著這幅慘狀的眾多精靈而言，感覺只不過像是見證了一場風暴，畢竟人類原本就是這樣的生物。

如果要論喪命的人數，根本比不上地震或火山噴發。對精靈們來說，這種情況就跟蟻窩被另一種螞蟻襲擊沒有什麼兩樣。

不過，只有一個火精靈不這麼想——

——不行，不行。要是死了這麼多人，無論憤怒和悲傷，許多的黑色感情都會不斷流過去……！——

路徑——黑色的河川已經形成。人們稱之為汙穢或詛咒的黑色感情會越過人們稱之為魔森林的森林，流進那座湖。

如果是少量倒還好。

汙穢會溶入湖中，擴散至整座魔森林，然後寄宿在森林的樹木與動物體內。居住在魔森林的生物雖然大多數都轉變成魔物了，但名為魔物的生物只是生性凶猛、肉體強壯而已，並不會脫離誕生、捕食、被捕食、繁殖、老死的生物循環。

牠們的身心一輩子都要忍受並淨化寄宿在體內的汙穢，最後回歸地脈。

在人類的城市遭到襲擊之前，城市與魔森林都維持著一定的平衡。雖然火焰會盡量淨化來自人類城市的汙穢，但更重要的是，魔森林本身作為汙穢的淨化機制，能夠順利運作的關係。

但是，城市遭到燒毀的禍患實在太沉重，怎麼也不可能承受得住。

——這下子不妙了。這不是能夠容許的量。要是這麼多汙穢流向那座湖，那個精靈會……——

人將人連同城市一起毀滅的愚蠢行為稱為戰爭，在大多數精靈的眼裡雖然規模浩大，卻也很類似動物之間的捕食行動。不過，人類以外的生物不會發出如此哀怨的聲音。其他生物不像人類，會憤怒、憎恨、悲傷，詛咒奪走一切的敵人，並且四處散播汙穢。

——不要——

燒焦的屍體與焚毀的房屋冒出煤煙般的黑色汙穢。

——不要，我不想讓汙穢流過去——

失去生命，卻沒有意識到這個事實的亡靈在城市中徘徊，發出詛咒的聲音。

——我不想讓那個湖精靈被染得更黑……！——

精靈就只是存在於世界各處。

祂們只是寄宿在風中、點燃的燈火中，與水一同流動，與土一同孕育生命。祂們的存在不分幸或不幸，本來也沒有所謂善惡的判斷。

不論是豐沛的河川滋潤大地，或是火焰在充滿生命的城市中點亮燈光。不論是土地因乾旱而龜裂，水池隨之枯竭，或是森林火災奪走許多的生命。

精靈會接受一切事物最原始的模樣，正因為如此，祂們原本不可能會懷抱某種強烈的念頭。

若是懷抱某種強烈的念頭，為此犧牲了什麼，那麼祂就不再只是單純的精靈——具象化的現象。如果祂有了自我，恐怕再也無法變回寄宿在城市的燈火中，只會搖曳又消失的普通火焰。

然而，那個火精靈不禁祈求。

有了想要實現的強烈願望。

而且，以個體之姿長時間存在的那個火精靈，已經具備足以實現自身願望的力量。

——別想過去。我要在這裡全部燒掉——

身為火焰的祂只有這個方法。

熊熊火焰將城市燃燒殆盡，包括人、房屋、糧食與財寶。

熊熊火焰讓人們化為焦炭，包括敵軍、友軍、生者與死者。

狂亂的火勢與風暴般的情緒如同濁流，將祈禱與詛咒等人類的一切都吞噬，就這麼焚燒成單純的灰燼。

——燒吧，燒吧，全部燒光。就連一丁點的詛咒或汙穢，都別想流向那座湖……！——

這陣火焰甚至牽連了許多火精靈，延燒得更大也更強。

黑色煙霧、黑色煤灰往上噴發。

高高升起的火柱連這些東西都不放過，將烏雲也染得一片通紅。

一陣陣的轟然巨響究竟是人們的吶喊，還是城市崩毀的聲音呢？

然而，即使火焰燃燒得如此猛烈，也無法阻止空氣的流動，或是改變河川的方向。

逃過淨化之火的黑色汙穢——人們為這場慘劇感到悲嘆、怨恨的意念無處可去，就像水會從高處往低處流一樣，逐漸流向那座湖。

——別想逃，別想走。不行，不可以，我不要——

吞噬城市、燒毀一切的火勢追逐著黑色汙穢，將範圍擴展至森林。

火焰有了期望，期望那座湖的精靈不再受到汙染、不再需要痛苦。

其中包含斷定價值的意識。那個火精靈認為人類產生的負面情感是骯髒且邪惡的東西。其中包含斷定優劣的思想、斷定善惡的思想。祂很重視湖精靈，無法顧及嚴重汙染湖精靈的人類的性命。祂抱有獨善其身的感情，就算要燒死人類與野獸，也想拯救湖精靈。

——我現在就過去——

火精靈明白，自己渴望見到湖精靈。祂很清楚自己願意為了湖精靈而施展力量的這份感情究竟是什麼。

所以——

祂燒毀房屋，燒毀店家，燒毀道路，燒毀城市。

祂燒死森林，燒死昆蟲，燒死野獸，燒死人類。

嬰兒、老人、男人、女人、生者、死者都化為灰燼，回歸地脈。

於是，那個火精靈終於抵達魔森林的湖邊。即便一視同仁地燒盡萬物，就是火焰這種現象原本應有的樣子。

——我要淨化汙穢，不讓更多汙穢來到這裡，不讓祢受到更多汙染……！——

火精靈在漆黑的湖畔灼燒身邊的汙穢，這麼吶喊著。

——祢真的這麼想嗎……？——

就像黑色深淵反轉而隆起，從湖面浮現的湖精靈以夜晚般的寧靜聲音這麼詢問火精靈。

祂的暗黑色彩讓火精靈明白，自己沒能來得及拯救祂。

——如果汙穢流向我，累積汙穢的模樣就是我現在應有的姿態。接受原始的一切，與世界共存，不就是我們精靈的職責嗎？——

湖精靈明明已經被汙穢染得一身漆黑，讓火精靈不禁屏息，祂卻還是對散播汙穢的人類沒有一絲恨意。

魔物之所以襲擊人類，只不過是因為魔物體內寄宿著人類憎恨人類的汙穢。

看見湖精靈變成這副慘狀，火精靈無言以對，從眼睛流出代替淚水的點點火花。黑色的眼瞳凝視著祂，微微地笑了。

——祢關心我的心意很溫暖。憤怒、悲傷、痛苦，變化多端而狂熱奔放的那顆心正如火焰。可是啊，祢發現了嗎？惦記著誰，為誰施展力量的行為，簡直就像是擁有了人心——

這番話讓火精靈哽咽著吞下一口氣，努力擠出話語。

——如果我擁有人心，那一定是祢給我的……——

雖然燃燒許多生命所造成的黑色汙穢就像煤灰般附著在身上，眼眶卻冒出代替淚水的點點火花，內心為強烈的感情所苦的火精靈既像照亮無盡黑夜的燈火，也像綻放又凋謝的淒美花兒，在湖精靈的眼裡顯得十分美麗。

湖精靈在湖面上滑向火精靈，對劇烈搖曳的虛幻火焰伸出手。

——過來吧——

湖精靈這麼說，對正在火精靈身上燃燒的黑色汙穢招手。

——不行！祢不能再……——

——無妨。我的心裡似乎也有想替祢分擔汙穢的想法——

兩個精靈不約而同地對彼此伸出手，以幾乎要觸碰到的距離將手心重疊在一起。兩個精靈的指尖只隔著一張紙的空氣，湖精靈的指尖化為陣陣蒸氣，消散到空氣中；火精靈的指尖也漸漸被奪走熱度，不斷減少。

不論存在了多久、成為多麼強大的精靈，水與火終究無法互相觸碰。只要水還是水，火還是火，精靈就會受其本質的束縛。

——即使如此，我也想祓除祢的汙穢。不論要怎麼做……——

——祢的願望已經超出精靈這種存在的範疇了——

對於笑著說不可能的湖精靈，火精靈沒有回答，而是詢問祂的名字。

——承受了汙穢卻仍然高潔的祢啊，能不能告訴我，祢叫做什麼名字？不論身在何處，不論化為什麼模樣，我都會心繫著祢。我也希望祢能記得我的名字，以及我的心意——

於是，火精靈將自己的名字託付給湖精靈。

——我是……我的名字是火精靈芙蕾琪嘉——

——真是個適合祢那勇猛形象的好名字。那麼我也告訴祢吧，我的名字是……——

如願得知湖精靈的名字，芙蕾琪嘉覺得聽起來正如過去盈滿清澈湖水的那副姿態，於是深切地期望祂能夠恢復往日的模樣。

10

「我就知道是這樣……」

在陰暗的魔森林小屋，從床上醒來的瑪莉艾拉低聲說道。

在這個與師父留下回憶的地方，內心的感受更加強烈。

一滴，又一滴。

淚水從眼眶落下，在床單上形成水漬。

「看到其他記憶的時候，我明明還忍得住的……」

考慮到與魔森林的距離，那座城市應該就位於現在稱為帝都的地點吧。

雖然瑪莉艾拉不曾去過帝都，但也能隱約猜到，剛才在夢裡見到的戰爭不只是幾百年前，而是發生在更久以前的事。

如果真是如此，師父究竟活過了多久的歲月呢？

一想到那麼漫長的時間，瑪莉艾拉便難過得心頭一緊，抱著火蠑螈流下一滴一滴的眼淚。

瑪莉艾拉想起師父離開迷宮都市的那一天。

「我不擅長應付離情依依的場面。」

笑著這麼說的師父過去究竟邂逅了多少志同道合的人，又將他們遺留在時間的洪流中呢？

師父肯定收過數不清的徒弟，撫養他們長大，然後又目送他們死去。

就為了一個，唯一一個，為其獻上真心的精靈——

「嘎～」

彷彿要安慰靜靜流淚的瑪莉艾拉，火蠑螈舔拭她的眼淚。

第六章

戰禍的災厄

Chapter 6

01

「雖然武器不是我的專業，但應該還堪用。」

多尼諾用「首飾樹」的木材做成的東西是能使用在攻城戰的大型弓箭——弩砲。雖然他花了一個晚上來製作這個東西，但多虧吉克、愛德坎、法蘭茲與格蘭道爾帶著大量的燃燒彈在中庭戰鬥，所以夜晚比平時還要早結束。

在這裡持續戰鬥下去的話，也許總有一天能祓除所有的汙穢，但他們總不能一直過著這樣的日子。

「我還是覺得這是最好的方法。」

這麼說的瑪莉艾拉提出的作戰計畫雖然缺乏臨門一腳，卻沒有受到特別強烈的反對。沒有其他替代方案也是原因之一，但最大的理由在於，瑪莉艾拉看似是明白了什麼才提出這個作戰計畫的。

為了取得執行計畫所需的素材，多尼諾製作的弩砲被安裝在東南塔的頂端，也就是瑪莉艾拉一開始漂流到的地方。從大窗戶往外望，可以看到陽光灑落在透明的水中，許多大型魚悠游而過。看起來好像很舒服。

「真是不可思議的景象。這些水好像是淡水，但那是海水魚吧。」

吉克說著很有道理但缺乏情調的話。

一旁的格蘭道爾與多尼諾聊著那種魚烤起來很好吃，或是這種魚沾過魚肝做成的醬來吃就是人間美味等等，主要是以食材的觀點來評論魚的種類，也同樣不解風情。

「吉克啊～你的想法應該再靈活一點～這裡可是連一條小蛇都能變成波霸拉彌亞的超酷世界耶。不管有沒有鹹味，既然是魚又是魔物就好了。話說回來，不知道這裡有沒有人魚耶～」

對愛德坎來說，這裡好像是個很酷的世界。進化成半人型的魔物應該只有拉彌亞一隻，而人魚甚至會引起究竟該歸類為魔物還是亞人的爭論。

「現在沒有人會說什麼波霸了吧？」

「愛德坎就是個大叔咧，而且還很臭。」

「也對，畢竟這裡是人會退化成猴子的世界……」

光滑的身材帶著直線美的兩名少女說著帶刺的評語；對於靈活的愛德坎的靈活意見，覺得莫名有道理的吉克一邊說著多餘的一句話，一邊將與其說是弓箭，不如說是魚叉的東西裝在弩砲上，開始進行調整。

「魚會不會有點遠？」

「我會把魚引過來，所以沒關係咧。啊！愛德坎，那裡有人魚咧！」

不知道是故意還是無心的，尤利凱這麼回應瑪莉艾拉的一句話。
「真的假的！哪裡哪裡～唔喔！這招也太老套了吧～咕嚕咕嚕！」
「嘎嗚！」
到底愛德坎是明知老套仍故意中招，還是即使被騙也忍不住尋找人魚？他跑到窗邊窺探尤利凱所指的方向時，名叫庫的奔龍立刻把他推進水中。
可能是覺得看起來很好玩，連名叫庫的奔龍都把尾巴伸出窗外，不斷搖著屁股，用尾巴拍打水面，還發出哼歌般的叫聲來挑釁魔物魚。牠攪動的水流讓水中的愛德坎轉個不停，手忙腳亂地掙扎著。
這個活餌真是充滿了生命力。
可能是掙扎的愛德坎看起來很美味，幾隻魔物魚以驚人的速度衝了過來。
「好了，吉克，輪到你上場了咧。」
「我知道了。」
吉克用弩砲瞄準衝過來的魔物魚。
多尼諾在黑鐵運輸隊負責維修裝甲馬車，裝甲馬車上也有配備十字弓，所以他大致了解弩砲的構造。以「首飾樹」的木材組合而成，並使用藤蔓作為弓弦的弩砲乍看之下頗有架勢。
但終究只是乍看之下。

固定式的大型弩砲本來還包括可以調節高度與角度的台座，以及引弦的零件等精密的結構。並非武器工匠的多尼諾無法在一天之內做出這些東西，所以細部的調控就必須靠吉克身為A級冒險者的肌力與「精靈眼」來彌補。

「操控起來不太容易，不過這個威力應該……」

如此低語的吉克放出的魚叉驚險地通過終於掙脫水流，正要進入塔中而抓住窗框的愛德坎旁邊，以幾乎打碎的方式，從口腔到嘴巴將逼近的魔物魚貫穿，然後飛向更遠的地方。

「『精靈眼』這玩意兒真的是很離譜。」

見到被一支魚叉打成魚肉碎屑的魔物魚，多尼諾都看傻了。

就算是結構粗糙的弩砲，有了「精靈眼」的庇佑，水中射擊也能百發百中，甚至附帶過剩的威力。就連水流都像是修正了方向，以免降低魚叉的速度。

「別難過了。多虧如此才能捕到那個，這也算是皆大歡喜吧。」

多尼諾感嘆付出得不到成就感，於是格蘭道爾這麼安慰他。

「呼……呼……差點就溺死了……吉克，你也不用射得那麼靠近我吧！」

「你變成嬌豔欲滴的美男子了！愛德坎。」

吉克帶著笑容稱讚忍不住生悶氣的愛德坎，還豎起大拇指。波霸很老套，吉克的稱讚方式也很老套。難怪這兩個走復古路線的人這麼合得來。

「……你們兩個到此為止吧，要來了。快消除魔力。」

愛德坎與吉克正要開始一如往常的打鬧時，從窗戶定睛注視著上方的法蘭茲這麼說道，於是兩人的視線轉向窗戶。

魔物魚被剛才的試射打得支離破碎，就像未經搓揉的魚丸，引來其他魔物魚群起啃食。活餌愛德坎只不過是前菜，這才是真正的誘餌。但不是指魚肉碎屑，而是靠過來覓食的魔物魚群。

雖然距離塔相當遠，但有好幾隻比普通的魚還要巨大，將近幾公尺的肉食魚類聚在一起，一邊互相牽制一邊啃食獵物，這幅景象本身就是魄力十足的表演。不過，連這些魔物魚都能吞下肚的巨大黑影從無限的水中高速逼近。

「好大～我們真的要幹掉那個嗎？」

也難怪愛德坎會忍不住說出這種話。

被發狂的魔物魚吸引而來的，是如遠洋船隻般巨大的鯨魚。

可是仔細一看會發現，牠的外表與圖鑑上的鯨魚十分不同。最大的特徵是像深海魚一樣，占據三分之一身體的巨大嘴巴。相對於普通的鯨魚會濾食海水中的細小生物，這種鯨魚型的魔物——巨嘴鯨會靠著攝取海中的魔力維生。維持龐大身軀需要相當大量的魔力，所以牠們只能棲息在魔力較濃的海域，而且不會捕食沒有魔力的普通魚類。

若非如此，全世界的海水魚恐怕都會滅絕。

巨嘴鯨以腹部凹陷的姿勢縮緊全身，然後立刻用驚人的速度一口氣下潛而來。

從龐大的身軀實在很難想像牠具有如此敏捷的運動能力。而在啃食獵物的魔物魚四散逃竄之前，那張巨大的嘴巴便吞噬了一切。

巨嘴鯨最大的威脅是牠的運動能力，以及什麼都吃、什麼都能分解的嘴巴。

使牠能夠急速潛行的是累積在皮下的特殊脂肪層，可以藉著巨嘴鯨的魔力來達成劇烈的密度變化。浮起時膨脹以增加浮力，潛水時則變化成鉛一般的高密度，使牠能以驚人的速度下潛。

注意到從上方或水底急速接近的物體時，獵物早已身在巨大嘴巴的攻擊範圍內。鮮少有海洋生物能逃過巨嘴鯨的血盆大口。

而且，巨嘴鯨雖然是只能以魔力為食的魔物，但如果單論分解的話，就連植物甚至木片也只要吞下肚就能分解。

與巨嘴鯨的大嘴巴很相襯的好幾個大魚眼銳利地轉動。

牠找到下一個獵物了。

巨嘴鯨張開血盆大口，朝塔衝了過來。這或許是第一次有人類親眼見到那張可以分解任何東西的嘴巴活動的樣子。

「嗚嘔～好噁！」

愛德坎不禁呻吟。

與其說是鯨魚，不如說是深海魚的嘴巴猛然張開，裡面還有好幾個嘴巴。正確來說是有好幾排相對的齒列。以人類來比喻，猛然張開的地方是嘴唇，除了本來就有牙齒的地方以外，靠近喉嚨的地方也長了好幾排的牙齒。而且，鋸齒狀的每一排牙齒似乎都有多個關節，可以個別咬合。

巨嘴鯨衝了過來，正要連同整座塔一起咬碎吉克等人的時候，一支散發彩虹色光輝的箭掠過牠的嘴邊。

那是以「精靈眼」灌滿魔力的精靈之箭。吉克應付「首飾樹」與昨晚的戰鬥時，一直都在保留魔力，為的就是使用這一招。

精靈的力量與魔力雖然稍有不同，但對巨嘴鯨來說仍然是鮮美的大餐。巨大的嘴巴為了追逐那支箭，轉換方向的瞬間——

咚咻一聲，大型弩砲的魚叉刺中了巨嘴鯨最大的顎關節。

嗷嗷嗷嗷嗷！

巨嘴鯨的吶喊透過水，震撼了整座塔。

「呀啊！」

「瑪莉艾拉！妳沒事吧！」

「啊～瑪莉艾拉沒事咧。走唄，我們一起去避難。吉克就別分心了，快點解決牠唄。」

聽到瑪莉艾拉罕見地發出可愛的哀號，吉克不顧自己還在戰鬥中，朝正後方轉過頭來。想表現自己好的一面來賺取分數的意圖太過明顯，實在很難看。

吉克還在迷宮都市拖拖拉拉的時候，與瑪莉艾拉之間的友情已經加溫的尤利凱將她扶到奔龍的背上，一起去安全的樓下避難。

兩人共乘一隻奔龍。尤利凱注意到吉克的視線，露出意味深長的微笑。

「來，瑪莉艾拉，抓緊我唄。」

「嗯！」

瑪莉艾拉沒有察覺吉克的視線和尤利凱的意圖，用手臂緊緊環抱女性好友的腰，以免摔下去。

「唔……」

吉克低聲埋怨，尤利凱則對他笑。

『臭小子……』

勉強靠理智忍住這句話的吉克露出不管怎麼看都是反派的表情。他完全變回淪為奴隸之前的人渣吉克了。

實際上，這只是兩名少女一起騎乘奔龍的溫馨畫面，但在沒有發現尤利凱是女孩子的吉克眼裡，感覺就像是瑪莉艾拉在他稍不注意的時候被搶走了。尤利凱這副與瑪莉艾拉不相上下的苗條身材在這種時候特別有用。

順帶一提，愛德坎當然不可能放過把嫉妒寫在臉上的吉克，用非常高興的表情在吉克周圍晃來晃去。也許是想要報剛才的仇吧。

「你看看你，吉克小弟，在人家看不見的地方努力才是所謂的男子漢喔～」

「閉嘴，愛德坎，你才沒資格說我。」

「你們兩個別再玩了，準備應戰！」

法蘭茲制止繼續鬥嘴的兩人時，咚的一聲巨響震撼了整座塔。被魚叉射中的巨嘴鯨用身體衝撞了塔。可是只有聲音特別大，受到那麼龐大的身體衝撞，塔卻仍然屹立不搖。

「呵呵，『護盾』就交給我吧。」

以裝甲馬車為首，從傘、土牆到塔的牆面，只要是手能觸碰到的固體都能當作盾牌使用的格蘭道爾露出游刃有餘的笑容。

「多尼諾，趁現在拉繩子！」

「我來了！」

多尼諾與法蘭茲發揮強大的臂力，拉住裝在魚叉上的繩子，不讓巨嘴鯨再次遠離。

「沒辦法，動手吧，吉克。」

「……速戰速決！」

愛德坎心不甘情不願地抓住魚叉，吉克則帶著殺意滿滿的眼神將魚叉搭在弩砲上。

號稱海中惡魔，預計將引起一場苦戰的巨嘴鯨被吉克用弩砲與魚叉射中全身的關節及要害，轉眼間便化為針包，一命嗚呼。

「吉克，你還真不留情……」

「瑪莉艾拉！結束了——！」

一打倒巨嘴鯨，吉克便馬上拋下愛德坎和獵物，奔向有瑪莉艾拉與尤利凱等著的樓下。

再過不久，吉克就會得知尤利凱其實是女孩子，在瑪莉艾拉的面前暴露惹人發笑的臉。

02

「走吧。」

瑪莉艾拉這麼一說，聚集在入口玄關的一行人便點頭回應。

太陽即將下山，阻擋瑪莉艾拉等人的水會從這個世界上消失，被夜晚的黑暗取代。將瑪莉艾拉等人困在這個世界的水究竟是在阻擋他們的去路，還是在保護他們不受黑色魔物的侵擾呢？

只要越過前方的中庭，抵達中央的神殿，就能得到答案了。

為此，他們必須打倒拉彌亞藉著石化阻止的，戰禍化身而成的魔物。

打開這個入口玄關的門，最後決戰便一觸即發。

最後決戰……

攻略迷宮最下層的時候，迷宮討伐軍的菁英準備了足以多次挑戰樓層主人的裝備才上陣。相較之下，這裡只有少數人能戰鬥。不，單以人數來判斷恐怕言之過早。就連成功消滅迷宮的萊恩哈特所率領的軍隊，也藉著魔藥的幫助而大幅增強了戰力。

這場戰鬥有對消滅迷宮作出莫大貢獻的「精靈眼」持有者──吉克蒙德特地前來助陣；以及因為個人因素而無法繼續待在迷宮討伐軍，卻也當上了A級冒險者，可以同時使用兩種屬性的「屬性全能者」愛德坎。

不只是經過龍人化而大幅提昇肉體能力的法蘭茲，尤利凱、多尼諾與格蘭道爾只要分析敵人的強度，作好萬全的準備，黑色魔物就不足為懼。

瑪莉艾拉環顧可靠的同伴們。眼前是表情堅定的吉克、愛德坎、法蘭茲、多尼諾、格蘭道爾、尤利凱、庫與木桶。

還有木桶及木桶及木桶及瓶子及木桶及木桶及瓶子及瓶子。

「……採到的素材比想像中還要多呢。」

「量是愈多愈好吧。」

沒錯，接下來就要決戰了。決戰前就是要作好萬全的準備。話雖如此，他們準備的東西卻是奔龍載不動的大量木桶與酒瓶，所以與其說是決戰，氣氛更像是要去送貨。

名叫庫的奔龍拉著多尼諾用「首飾樹」的多餘木材做成的二輪窄貨車，上面堆放著大量的木桶。側面裝著防止貨物掉落的壁板，只要讓格蘭道爾搭乘就能防禦攻擊，是相當優秀的設計；但尤利凱駕駛堆滿貨物的貨車，這副模樣不管怎麼看都是要去送貨的少年。

「活動起來比想像中還要靈活呢。要是裝上帝都最新型的軸承和彈簧片，再改造輪胎，應該能跑得很快。」

明明就快要面臨決戰了，做出貨車的多尼諾卻非常開心，滔滔不絕地說著木製的滑動軸承會對摩擦和速度造成什麼影響。平安回去之後，他們應該可以開始提供「黑鐵宅急便」的服務吧。

總而言之，現場有大量的木桶和大量的瓶子。

裝在裡面的液體是從鯨魚型魔物——巨嘴鯨身上採集到的素材。

瑪莉艾拉發揮自己的魔力優勢，在「鍊成空間」中一口氣絞碎厚重的外皮與頭部的內容物再加以煮沸、分離，所以加工起來並不麻煩；可是由吉克與愛德坎驅趕在水中靠過來啃食巨嘴鯨屍體的魔物魚，同時由法蘭茲進行肢解的過程相當費力，搬運木桶和瓶子來盛裝精煉物也是非常粗重的工作。

打倒「首飾樹」之後，一行人已經可以在建築物內從西塔移動到東塔，但如此大量的木桶與瓶子幾乎都是取自於東南塔，可見這些應該都是師父喝酒所留下的空酒瓶和空酒桶，這個事實讓瑪莉艾拉不禁感到傻眼。

還是說，這也在她的意料之內呢……

（不行，我得專心。）

瑪莉艾拉輕輕搖頭以消除雜念，朝通往中庭的門走去。

令人窒息的水氣與籠罩世界的黑暗——作了那場夢以後就會覺得，這種入夜的方式就像是將這個世界的本質抽象化的現象。

「開始吧。」

「瑪莉艾拉也要小心咧。走唄，庫！」

「嘎嗚！」

法蘭茲與尤利凱坐在貨車上，駕著奔龍出發的瞬間，瑪莉艾拉等人也紛紛從入口玄關的門口跑了出去。

「來，拿去吧，吉克！」

「沒問題，多尼諾！好了，愛德坎，把這個搬去對面的角落！」

「好！交給我吧。」

多尼諾扛起放在入口玄關的木桶和瓶子，交給吉克。接過東西的吉克觀察周遭的狀況，對愛德坎指示搬運的位置，由他賣力地扛著木桶運送過去。

格蘭道爾舉不起比傘更重的東西，所以負責壓著門，更沒有戰力的瑪莉艾拉則在安全的吉克身邊負責替大家加油。

吉克用俐落的箭法牽制從四面八方滲出的黑色魔物。他只用一支箭就誇張地貫穿好幾隻魔物，或許是想盡量讓身邊的瑪莉艾拉看見自己帥氣的一面吧。

「呼……呼……呼……吉克，我們能不能交換一下？」

愛德坎在寬敞的中庭一邊躲避黑色魔物，一邊扛著木桶到處跑，運動量比射箭的吉克大多了。

「你不會遠距離攻擊吧？拿去吧，這個搬到對面。」

「愛德坎先生加油！」

「交給我吧！瑪莉艾拉！」

「不愧是愛德坎！」吉克一邊這麼讚美，一邊把木桶交給他。這句話到底是在讚美什麼呢？直到尤利凱等人在北側放好木桶，並在回來的路上將剩下的內容物潑灑在放置木桶的位置之間，愛德坎才終於發現吉克只是在讚美他很好使喚而已。

「格蘭道爾先生，這是解除石化的解毒魔藥。也有解咒，以防萬一。另外也請對牠使用高階魔藥吧。」

「謝謝妳。終於能拯救撐到現在的那條蛇了。」

格蘭道爾從瑪莉艾拉手中接過能替拉彌亞解除石化的魔藥。

在這座中庭的格蘭道爾身邊成長，甚至與他並肩作戰的蛇型魔物——拉彌亞之所以纏繞並封印黑色戰禍，或許是出於這個世界的魔物生來就是為了毀滅黑色魔物的天性。不過，瑪莉艾拉與格蘭道爾都相信，牠也想要拯救共同度過幾天時光的格蘭道爾。

似乎是察覺到瑪莉艾拉等人類的存在了，被封印在裡面的黑色戰禍開始掙扎。石化的拉彌亞身體出現了幾道裂痕，有時候還會發出細微的震動，使裂痕隨之擴大。

「辛苦妳了。」

作好準備的一行人擺出迎戰黑色戰禍的架式，看著格蘭道爾一邊慰勞拉彌亞，一邊灑上高階解毒魔藥。光是如此，拉彌亞的血液便開始循環，使肌膚從冰冷的岩石化為人的膚色，以及紅色的蛇鱗色澤。在石化的狀態下裂開的皮膚轉變成裂傷，隨著石化解除的過程開始滲出血液。

為了治癒這些傷口，格蘭道爾再淋上高階魔藥，人與蛇的皮膚便立刻恢復成光滑的模樣，使拉彌亞發出「嘶……」的吐息聲，用恢復神智的眼瞳注視著格蘭道爾。

（果然不需要解咒魔藥……）

拉彌亞的石化解除了。被封印的黑色戰禍即將傾巢而出。在如此緊張的狀況之下，不需要解咒魔藥的事實讓瑪莉艾拉有種果不其然的感覺。

石化分為兩種，一種是單純的狀態變化，另一種是藉著詛咒使對象石化。如果是單純的狀態變化，就能用高階解毒魔藥來解除。不過，如果是詛咒造成的石化，就必須使用解咒魔藥，或是進行解咒儀式。

過去萊恩哈特承受巴西利斯克的詛咒時，就是因為兩種手段都不具備才會差點喪命。他幸運地靠著瑪莉艾拉的解咒魔藥解除了石化詛咒，但迷宮都市當時屬於魔物的領地，所以無法執行必須借助精靈之力的解咒儀式。

唯一的例外是羅伯特因為被自身的詛咒反噬而在迷宮都市的小巷內動彈不得的時候，芙蕾琪嘉以火焰淨化了他的詛咒。至於為何能夠成功解咒，瑪莉艾拉已經有了答案。

（我不覺得這裡的精靈會對石化詛咒視而不見。）

那座湖的精靈絕不會忽視詛咒，況且這裡的魔物使用「詛咒」的行為本身就令人難以想像。

抵達連接著這個世界的魔森林沼澤地時，出現在對岸的強大魔物沒有襲擊瑪莉艾拉等人，回到了森林裡。這裡的魔物應該不會汙染那座沼澤——這個水之世界與湖精靈。

而證據就是，拉彌亞一發現吉克搭起的箭蘊含精靈之力，立刻就停止威嚇，然後解開纏繞黑色戰禍的身體，滑行到離格蘭道爾稍近，卻又保持充足距離的地方。

精靈之箭隨即發射，咆哮聲響起。

聽起來既像「唔喔喔喔喔！」也像「吼喔喔喔喔！」的聲音究竟是黑色戰禍見到敵人的歡呼，還是軀幹被精靈之箭打出一個大洞而發出的慘叫或怒吼呢？

黑色戰禍崩塌似的擴散，然後長出尖刺般的腳與長槍，一面搖晃一面顫抖，漸漸變成步兵或騎兵的形狀。

（就跟那場惡夢一樣……）

見到那場戰爭的動物或精靈們對那幅情景的印象或許就是如此吧。在那場戰爭中倖存的人們肯定每天都會作這種惡夢。

或許是趁著被拉彌亞封印的期間累積了力量，範圍很廣的黑色戰禍吸收了隨處湧現的黑色魔物，在轉眼之間擴展成軍團般的規模。

或許因為牠是在這個地方位處優勢的水屬性，所以連吉克射出的精靈之箭都無法造成多少傷害，箭所貫穿的傷口被吞噬並癒合，一點痕跡也不留。

從黑色戰禍身上湧出的人影就像蹂躪城市的軍隊，增殖的速度就像來路不明的魔物，擴散而無法躲避的型態就像逐漸侵蝕的詛咒。

更棘手的是，有許多黑色魔物如雪崩一般，從北側的崩塌城牆朝瑪莉艾拉等人湧來。

這種東西究竟要如何阻擋呢？

究竟要怎麼做才能翻轉這種狀況，淨化並祓除戰禍呢？

「好，就是現在。放火！」

「喔喔！」

聽到吉克的口號，愛德坎對雙劍灌注火焰，吉克則搭起火箭並拉弓。尤利凱、法蘭茲、多尼諾、格蘭道爾甚至連瑪莉艾拉都對潑灑在木桶或瓶子之間的液體放出大大小小的火魔法。

只有瑪莉艾拉是使用生活魔法中的點火魔法，雖然投擲燃燒的木片比使用魔法還要有效率多了，但這一點姑且不論。她本人早已自顧不暇，根本沒注意到自己有多麼不中用，而且其他的成員也不指望瑪莉艾拉的火魔法，所以意義在於參與。

灑出的液體在點火的同時引燃，火焰朝木桶延伸。

鯨油。

從鯨魚型魔物——巨嘴鯨身上萃取出來的油最適合當作燈油。魔導具技術成熟之前，不必供給魔力就能長時間燃燒的油燈十分普遍，在燃料之中能夠大量取得的鯨油於是廣泛流通在人口多的都市區。

黑色戰禍雖然因為搖曳燈火般的明亮光芒而退縮了一瞬間，卻又像笑了似的扭曲地搖晃，馬上踏著火焰朝瑪莉艾拉等人進軍。

區區燈火只不過是照亮城市的光芒，跟自己燒殺擄掠所造成的烈火比起來根本不算什麼。黑色戰禍似乎一點也不怕火，毫不猶豫地踏進染紅四周的火焰之中。而其他黑色魔物雖然會改變路線以避開火焰，卻也沒有停止進攻。

如果這些只是普通的鯨油，被吞噬的恐怕是火焰。

不過，這些並不是普通的鯨油。瑪莉艾拉等人並不會為了普通的鯨油而花上一整晚來捕鯨並精煉。巨嘴鯨的鯨油與普通鯨油相比，能以較少的量燃燒較長的時間，而且用少量的魔力點火就能長時間低溫燃燒，用大量的魔力點火就能短時間高溫燃燒，是一種很特殊的珍貴鯨油。

而且，要燃燒它的是真正掌管火焰的——

瑪莉艾拉猛然抓住一直像條圍巾般攀附在自己肩膀上的火蠑螈，朝熊熊燃燒的木桶扔了過去。

「嘎嗚！」

或許是沒有料到這個發展，蜥蜴驚訝地張開眼睛和嘴巴飛過去，就像是在說：「咦？等等，現在嗎！」而瑪莉艾拉對祂大喊。

在聲音中灌注所有的魔力。

藉由連接她與地脈的脈線，傳遞到師父那裡。

「『來吧！火精靈──芙蕾琪嘉』！」

這個瞬間，足以將黑色戰禍與黑色魔物全部炸飛的巨大火柱從整座中庭竄向天際。

被結界守護而躲過火焰的瑪莉艾拉在耗盡魔力的朦朧意識中，找到立於火海的師父──芙蕾琪嘉的身影，聽見了她的聲音。

03

「火焰！」

「第一句話就是這個喔？別鬧了師父。」

芙蕾琪嘉以驚人的火力將黑色戰禍與黑色魔物瞬間燃燒殆盡，第一句話卻無聊得讓瑪莉

艾拉等人的心都要化為焦炭了。

「哎呀～火力還真強！不愧是用魔物巨嘴鯨提煉的高級油，火力就是不一樣！再加上瑪莉艾拉的大量魔力。好極了～這個火力！我完全沒想到這一招～」

「真是的，師父，天要亮了。水就快來了，我們要快點去神殿啦！」

瑪莉艾拉等人被師父設下的結界保護著，所以感覺不到熱度，但外頭可是一片被業火襲捲的地獄景象。

（這種結界到底是什麼原理呢？師父以前說過熱會透過「傳導」和「輻射」的方式傳遞，所以就算沒有直接觸碰也能感覺到火焰的溫暖。這種結界明明是透明的，也能阻斷所謂的「輻射」嗎？話說回來，「鍊成空間」就算用高溫加熱或用低溫冷卻，手也不會感覺到熱或冷。這也是「鍊成空間」的一種？不，總覺得不太像……）

外頭的黑色戰禍在火焰中掙扎，發出既像「咕嗚嗚……」也像「呀啊啊……」的叫聲，瑪莉艾拉卻一直在分心思考別的事。

（再說，為什麼師父穿著衣服呢……）

雖然瑪莉艾拉早就確定火蠑螈是師父，但直到小蜥蜴在一瞬間內變成穿著輕飄飄衣服的師父為止，她都完全沒考慮到師父全裸現身的可能性。

從她粗魯地扔出師父的行為就看得出來，真是有其師必有其徒。

不過即使師父真的全裸現身，應該也會以坦蕩蕩的態度吐出同樣的台詞，讓瑪莉艾拉慌慌張張地替師父穿上衣服。

當瑪莉艾拉開始想像吉克假裝遮住臉卻從手指縫隙用「精靈眼」偷看，以及愛黃坎連遮都不遮就睜大眼睛猛看的樣子時，師父打斷了瑪莉艾拉的漫長思緒。

「瑪莉艾拉，妳是什麼時候發現的？我還以為假扮成跟妳很親的火蠑螈就能騙到妳了呢～」

「從我明明沒召喚，火蠑螈卻有來的時候開始，我就覺得很奇怪了。而且我一開始來到這裡的時候有召喚火蠑螈，祂卻沒有來。再說，祂能以受肉的狀態顯現那麼長的時間，不管怎麼想都很奇怪。可是決定性的證據……是那場夢。」

「是喔～原來妳有召喚祂啊～因為這裡是湖精靈的領域，普通的火精靈是沒辦法過來的。除非用供品召喚，或是像我芙蕾琪嘉大人一樣特別。對了，火蠑螈已經回歸了，放心吧。啊～早知道就應該在中途消失一下了。話說，妳好像不怎麼驚訝耶？」

「因為是師父啊。知道妳身為師父卻只會做中階魔藥的時候，我還比較驚訝。」

恢復人類的模樣後終於能說話的師父開始講個不停，瑪莉艾拉則拉著師父趕往中央的水之神殿。

「啊，等一下，等一下。如果沒有好好燒掉，那東西會再復活的。我得趁**那傢伙恢復理智**而水滿之前確實燒掉。陣陣火焰，滾滾而來。等等，已經來了呢。嘿～『爆炎招來』，火焰！」

「那是什麼隨便的詠唱……」

瑪莉艾拉正感到傻眼的時候，師父再次以猛烈的業火招呼黑色戰禍，將仍然在大火中蠢蠢欲動的黑影焚燒殆盡，使其化為塵土。

（對付飢餓和病魔的時候，師父總是會留下來燒光黑色魔物。塔內點著火炬的地方之所以很安全，該不會也是因為……）

瑪莉艾拉回想火蠑螈來到這裡之後做出的怪異舉動，看著曾經那麼威猛的黑色戰禍化為灰燼，被火焰高高捲起的模樣。

「好了，快走吧，水要來了。」

剛才明明還受到瑪莉艾拉的催促，燒光廣場中的所有黑色魔物以後，師父卻回過頭對吉克等人招手。

吉克等其他成員完全沒有料到這個發展，所以都帶著啞口無言的表情望著師徒倆，見到師父一如往常的霸道態度才終於回過神來。

「咦？咦！芙蕾琪嘉小姐？呃，等一下，她剛才明明還是火蠑螈……」

「冷靜點，愛德坎，這是家常便飯了。」

「咦？蜥蜴怎麼會穿著衣服……話說我的臉頰、被舔了一下，奇怪……」

「思考就輸了，快走吧。」

雖然已經回過神來，愛德坎卻相當不知所措。他第一個想到的問題竟然是蜥蜴的衣著，或許反而該讚賞他腦袋轉得很快。

「師父她啊，原本是火精靈。現在或許也算是半個精靈啦。」

「呃……呃……呃……啊，愛德坎，就是這麼回事～」

看到芙蕾琪嘉從守備範圍外的蜥蜴模樣變成正中自己好球帶的美女，愛德坎非常震驚，瑪莉艾拉則簡單說明了一下。果然還是忘了愛德坎叫什麼名字的芙蕾琪嘉閃著金色的眼瞳，透過世界的記憶（阿卡西紀錄）搜尋他的名字，回答得像是剛剛才想起似的。

吉克一下子用「精靈眼」看著師父，一下子又遮起來，反覆用兩邊的眼睛觀察她。明明擁有「精靈眼」，他卻好像完全沒能看穿師父的真面目。不過他已經相當習慣從日常生活到迷宮最深處都盡情惡搞的師父，所以還有餘力帶著愛德坎跟在瑪莉艾拉與師父的後方。

說到尤利凱等人，大家都是一頭霧水的表情；多尼諾把眼鏡拿下來擦一擦，再重新戴起來確認芙蕾琪嘉的身影；格蘭道爾甚至已經放棄理解現狀，對同樣逃過火焰的拉彌亞道別，卻被牠發出「嘶——！」的聲音威嚇。

「呵呵，妳真冷淡。這就是所謂的傲嬌吧。」

雖然格蘭道爾笑著這麼說，但拉彌亞根本從來沒有展現出「嬌」的一面。不，目前牠仍然保持一定的距離，既沒有發動攻擊也沒有逃走，所以現在或許就是所謂的「嬌」狀態吧。

「嘎，嘎嗚！嘎嗚！」

「喂、喂！庫，不要亂跳！」

名叫庫的奔龍或許是以為自己也能變成人類的樣子，當場跳了起來，使尤利凱差點從一起跳動的貨車上摔下去，於是法蘭茲抱住了她。

「好險……」

吉克放在奔龍貨車上的大背包也滾了下來，在差點落地之前被吉克慌慌張張地接住。

結界外明明還是一片灼熱的地獄，所有人卻都陷入難以收拾的混亂之中。

「那麼，差不多到解謎的時間了。」

讓這個混亂的狀況結束的，正是引發這陣混亂的芙蕾琪嘉所說的一句話。

「該從何說起呢……呵呵，妳別擺出這種臉嘛，我不會敷衍了事的。」

看到瑪莉艾拉睜大眼睛注視著自己，彷彿一刻也不願意從師父身上移開目光，芙蕾琪嘉不禁苦笑。

「瑪莉艾拉，妳把眼睛睜得這麼大，眼球會乾的……」

緊緊盯著師父，讓吉克也忍不住這麼多管閒事的瑪莉艾拉小聲說著：「可是……」稍微低下頭來。

師父露出安撫沮喪孩子的表情，說著「走吧」，對瑪莉艾拉伸出手。瑪莉艾拉握住師父伸出的手，終於眨了眨眼睛。

師父明明總是會在瑪莉艾拉陷入危機的時候出手相助，卻從來不談論關於自己的事。不只如此，她還會不告而別。要是再移開視線，師父這次好像真的會前往自己找不到的地方，所以瑪莉艾拉才會緊盯著她不放。不過，芙蕾琪嘉這次似乎有意對追逐自己來到這裡的愛徒坦白真相，於是牽著瑪莉艾拉的手，帶著一行人筆直奔向位於中庭中央的神殿。

04

「過去，遠在人類創造出名為國家的單位之前，這裡並不是魔森林，而是一座豐饒的普通森林。」

芙蕾琪嘉只是將手放在上面，巨大得必須抬頭仰望的神殿大門便靜靜地開啟。

寬達五公尺的寬敞走廊從入口玄關朝左右兩邊延伸，正面也就是入口的對面，是一座由水路與花草彩繪而成的庭園。環顧庭園可以看見上方有一片藍天。以為這裡位於戶外的瑪莉艾拉仔細一看，發現遠超過二樓的高度有圓頂天花板的淡淡輪廓，可見那片藍天應該是畫在挑高天花板上的繪畫。

這座神殿是對稱的構造，現在眾人所在的走廊兩側盡頭都有門。隔著庭園的對面也有一扇氣派的門，那裡應該就是神殿的中心部分。

走廊的天花板就像大廳或議事堂一樣高，但從打通的庭園看來，上方應該還有樓層。高高的天花板是由好幾根巨大岩石切割而成的柱子支撐，上下分別帶著偏紅與偏黑的色調。瑪莉艾拉覺得這些漸層就像地層一樣，代表深埋在魔森林腳下的大地記憶。

現在眾人所在的走廊與室內庭園的界線被及腰的牆壁隔開，只要跨越矮牆並穿越庭園，就能以最短的距離抵達中心的門，但如詩如畫的寧靜風景別說是踏入了，甚至令人不敢伸手觸碰。

這裡真的是一個十分寧靜的地方。

這個水之世界本身雖然並不吵鬧，卻還是有魔物的氣息。這座庭園是個百花盛開的美麗地方，卻連一片葉子或一片花瓣都不會隨風擺動，感覺不到任何小鳥的吟唱或蝴蝶的振翅。沒有土壤的氣味，沒有綠葉的香氣，連流水的聲音都聽不見的這座庭園看起來就像一組精巧的模型，或是一本立體的圖鑑。

對於注視著庭園的瑪莉艾拉等人，芙蕾琪嘉說道「走這邊」，快步在走廊上前進。

「你們抵達的那片沼澤地啊，在當時可是一座非常清澈的美麗湖泊呢。那種莊嚴的美感，這座庭園根本無法比擬。遠看的湖面就像鏡子一樣能映照出深邃的森林，近看則清澈得可以見底。光芒照耀湖面的時候，那幅神聖的景象會讓任何火焰都自慚形穢，羞於見人。」

聽著芙蕾琪嘉描述的夢幻美景，吉克與尤利凱等人的表情就像是無法想像那座陰鬱的沼澤地過去曾是那個樣子，但瑪莉艾拉在師父的夢中見過那副美麗的姿態。

「那裡曾有統治這道地脈，也就是魔森林地脈的湖精靈。那已經是安妲爾吉亞成為迷宮都市附近的地脈主人的很久以前的事了。你們知道魔森林與迷宮都市一帶都屬於同一道地脈吧。可是，你們在迷宮都市明明能聽懂精靈說的話，到了魔森林卻聽不懂了，不覺得很奇怪嗎？」

快步前進的芙蕾琪嘉拖著隨風飄揚的圍巾，上頭的裝飾發出小小的清脆聲響。從陰暗走廊望過去的明亮庭園被金黃色的圍巾增添了新的色彩，讓靜止的世界獲得一瞬間的生命。

芙蕾琪嘉沒有停下腳步，也沒有等待答案，繼續說了下去。

「那是因為即使地脈相同，不同的地點也有不同的管理者。其實，這種事很常見。要管理一個廣大的範圍，精靈也是會累的，而且精靈本來就非常隨興。那個時候，這座湖的精靈就已經加入魔物那一方了，所以偏袒人類的安妲爾吉亞才會主動扛起管理那一帶的工作。」

芙蕾琪嘉這番話如果被帝都的學者聽到，就能為長年的爭論劃下休止符，但在場的人都不明白這些情報有多麼重大，就像一群參加導覽行程的觀光客，一臉好奇地環顧周遭的景色，魚貫跟在她的身後。

「經師父這麼一說，我小時候也覺得，魔森林是魔物的領域，安妲爾吉亞王國是人的領域，明明就是不同的領域卻都能做魔藥，真是不可思議……」

就連身為鍊金術師的瑪莉艾拉都是這副德性。

「啊～瑪莉艾拉確實有說過這種話。我說『因為是在安妲爾吉亞王國附近』，妳就接受了。幸好妳是個乖孩子！」

聽到師父哈哈大笑，不知道她到底是在誇自己還是笑自己笨的瑪莉艾拉覺得心情有點複雜，於是問道：「然後呢？」催促師父回到原本的話題。

「這裡是孤立的湖泊，沒有連接到任何一條河川。實際上是湧出地下水的地方。妳想想，採沙場那一帶的河川不是會滲入地下嗎？這裡遠在下游。位置就在那道水脈碰到岩石，一部分湧出地面的地方。因為經過沙子的過濾，水質很清澈，地下水脈也很豐沛，而且有精靈寄宿其中。因此，滋潤森林的這座湖泊不會枯竭。可是以前的人類根本不知道地下水是怎麼流動的，所以當時的人都認為這裡非常神祕，是個能夠淨化一切的地方。」

瑪莉艾拉想起最初的夢境。那場夢描述了未開化的人們為了袚除飢餓的汙穢，靠著小小的火精靈來到湖邊的過程。

「所以，人們才會來這裡袚除汙穢吧？」

對於瑪莉艾拉的問題，芙蕾琪嘉點頭回應。

「每次遭遇飢荒、受到病魔侵擾、被各式各樣的災厄折磨，人們就會穿越森林，來到這座湖泊淨化汙穢，如此生存下去。」

芙蕾琪嘉把手放到走廊盡頭的門上，朝庭園瞄了一眼。瑪莉艾拉順著她的視線回頭，發現庭園的模樣與剛才截然不同。

那已經不是用季節就能形容的變化了。原本是一座美麗庭園的地方已經轉變為深邃、陰暗卻又莊嚴的森林，讓人聯想到剛才提及的話題。

「來，進去吧。」

在芙蕾琪嘉的邀請之下，眾人穿越那扇門，來到一座左右兩側的牆壁直到天花板都塞滿了書本的巨大書庫。寬敞走廊的正中央也密集地擺放著大大小小的書架，甚至連地上都有許多書本堆積如山。

「這可真是壯觀呢！」

看似對文學多少有涉獵的格蘭道爾拉起嘴巴上的鬍鬚，睜大眼睛看著豐富的藏書；一打開除了黃色書籍以外的書就會在三秒內睡著的愛德坎聞到瀰漫在室內的紙張與墨水氣味，明明沒有在看書，卻一臉想睡地打了個大呵欠。

吉克用雙眼環顧室內，對瑪莉艾拉露出有些訝異的表情；瑪莉艾拉或許是察覺了什麼，輕輕點頭回應了他。

「雖然帝都的人都已經不記得這座湖的事，但因為他們曾經多次來這裡祓除汙穢，汙穢流動的路線就這麼固定了。所以，現在就算什麼都不做，在帝都一帶產生的汙穢也會自動流向這裡。」

芙蕾琪嘉穿過好幾個房間，繼續說道。一行人穿過門，有時登上階梯，有時走下階梯。每個房間都是被大量書本埋沒的書庫，明明能認知到許多書的存在，但專注於觀看某一本書的時候，文字卻會變得模糊，或是變成不認識的文字，無法得知那是什麼樣的書。

「這裡雖然是比任何地方都還要美麗的湖泊，但並不是什麼治癒、淨化汙穢的奇蹟之湖。可是，它卻在不斷的累積之下，成了汙穢的匯集地。這座森林與生物也連同擁抱這座湖的土地一起承擔了汙穢，化為魔森林。」

「那麼，這座湖的精靈閣下怎麼了！」

對魔森林的起源感到驚訝的一行人之中，打破沉默的是法蘭茲。法蘭茲自從踏進這座神殿便總是一副心神不寧的樣子，焦急地這麼問道。

「沒有問題。沒錯，一點問題也沒有。不論是精靈，還是魔物。不論有沒有汙穢。你也很清楚吧？」

降雨可以滋潤大地，乾旱會使生命終結。精靈只是順其自然。

若有汙穢，祂們就會承擔，使其緩緩回歸地脈。

汙穢累積過多就會產生大量的魔物，進而襲擊人類的居住地，但這與流行病或飢荒並沒有多大的差別。

「即使被汙穢所包含的意念吞噬而失去理智也不變。不論是森林裡的魔物還是精靈，都跟年老的人類逐漸忘我而死一樣，終究只是接受。所以，從湖精靈的角度來看，什麼問題也沒有。」

芙蕾琪嘉停下腳步，緩緩回頭面對法蘭茲。

「法蘭茲，你的擔憂和憤恨都來自於人類的價值觀。你懂吧？精靈本來就是這樣的。」

這段問句讓法蘭茲緊咬下唇。即使頭腦能夠理解，也有些事情是難以接受的。芙蕾琪嘉體諒他的感情，繼續說道：

「可是啊，有個傢伙不甘於現狀。祂渴望『取回那副清淨廉潔、不受汙染的姿態，與理智的祢相伴』。」

芙蕾琪嘉張開雙手。

這副模樣彷彿被火焰照亮，帶著紅色的光輝，讓瑪莉艾拉等人發現周圍已經在不知不覺間變得陰暗而難以辨識。雖然能微微看見近處的書本被照亮的樣子，但不知道自己現在所待的地方有多麼寬敞。明明才剛通過其他房間，感覺卻像待在一個沒有盡頭的寬廣大廳之中。

「好了，瑪莉艾拉。抵達魔森林最深處的我的徒弟啊，我只能引導妳到這裡。這裡就是中心，這裡就是真相。真理就存在於這裡，但對自己的無知毫無自覺的人就像是在黑暗中讀書，終將一無所獲。」

芙蕾琪嘉的頭髮在無風的狀態下飄散，讓人聯想到燃燒的火焰。

「來吧，提出妳的答案。這個地方是何處？這個世界又是什麼？帶著妳得到的所有線索，交出通往出口的鑰匙吧。」

周圍已經化為一片漆黑，除了芙蕾琪嘉以外，瑪莉艾拉連吉克的身影都看不見。在黑暗中閃耀光輝的眼瞳與細長的瞳孔讓芙蕾琪嘉顯得像個未知的存在。

「想嚇我也是沒用的。」

可是，瑪莉艾拉用一如往常的語氣回應師父。

「這裡不是精靈的領域，而是世界的記憶（阿卡西紀錄）吧？」

這似乎就是正確答案，於是一片漆黑的房間陸續有燈光亮起，吉克等人的身影與塞滿牆面的書籍都再次出現在眼前。

「瑪莉艾拉！這裡真的是嗎？」

首先對瑪莉艾拉的答案有反應的，是剛踏進書庫就一臉訝異地環顧四周的吉克。他的「精靈眼」應該看得出來，周圍的景物不只是堆積如山的書。

「大概是吧，吉克。我不知道這是怎麼辦到的，也不知道那位湖精靈現在是什麼狀態，但如果是世界的記憶（阿卡西紀錄），應該也有那位湖精靈還保有理智時的記憶。也就是統治魔森林地脈的湖精靈——琉洛帕嘉的記憶。」

瑪莉艾拉說出這個名字的瞬間，一陣強風吹了過來。

她交出了正確的鑰匙，門於是敞開。

05

書架容納不下而散落在各處的書開始隨風翻動，甚至有好幾張書頁被強風扯下，飛了出去。

彷彿穿越樹林之間的陣風將樹葉吹走似的。

意料之外的強風讓瑪莉艾拉等人不禁閉上眼睛，當他們再次睜開眼睛的時候，眼前的景象已經不是先前那個書庫般的地方，而是深邃的森林之中。

瑪莉艾拉等人熟知的魔森林樹木就像因痛苦而掙扎一樣，樹幹與樹枝都很扭曲，樹上的葉子也有些黯淡；可是這裡的樹木都筆直地尋求陽光，蒼翠的枝葉也彷彿能洗滌觀者的心。遭到汙穢侵蝕之前的魔森林想必也是這樣的地方吧。

森林中，出現在瑪莉艾拉等人面前的，是一座十分平靜的神祕湖泊。

彷彿剛才的陣風根本不存在，一點漣漪都沒有的湖面映照著周圍的森林，就像腳下也有一片森林似的。

跟先前的水之世界或魔森林相比，這幅自然景觀雖然正常多了，在瑪莉艾拉等人眼裡卻比任何景象都還要夢幻。

「這裡就是我一直以來追求的……」

「法蘭茲！」

法蘭茲朝湖泊搖搖晃晃地邁出步伐，尤利凱卻抓住他的手臂。因此恢復理智的法蘭茲雖然低聲說道「尤利凱，抱歉。我沒事」，他的眼睛卻無法離開湖面，正確來說是無法離開站在湖面中心的人影。

「琉洛帕嘉，好久不見了。」

芙蕾琪嘉對佇立在湖面的人影——湖精靈琉洛帕嘉說話，音調聽起來卻是既高興又悲傷。

除了琉洛帕嘉以外，沒有人知道背對瑪莉艾拉等人的芙蕾琪嘉有著什麼樣的表情，但看到她在湖畔伸出手的模樣，瑪莉艾拉感到非常哀傷。

——火焰啊，妳為我耗費了連自己也感到漫長的時光嗎？——

祂的聲音很寧靜。

彷彿流經岩石之間的涓涓細流，頭髮朝湖面流瀉而下，與湖水融為一體，襯托著既像男性又像女性的中性五官。

或許是因為還留有汙穢，祂的色調並不像最初的夢境一樣清澈，頭髮就像夜間的溪流般，染上介於黑色與深藍色之間的暗色，讓瑪莉艾拉覺得琉洛帕嘉不再像清水般無味，反倒帶有某種接近生物的溫度。

琉洛帕嘉的眼瞳就像會讓人墜入其中的無底深淵，依序看著芙蕾琪嘉、瑪莉艾拉、吉克、法蘭茲與愛德坎等人。

——妳與人類孩子一同祓除了這副身軀的汙穢嗎？妳從以前開始就很喜歡人呢——

「嗯，這是我的徒弟和她的同伴。祢知道吧？他們都是好孩子。」

久別重逢。在寧靜的湖畔，專屬兩人的世界。

這幅景象不允許任何人妨礙，就像精緻的玻璃藝品，光是靠近就會毀掉它——

在令人連呼吸都遺忘的氣氛中，完全不懂得看狀況而打破沉默的人，果然還是大家的愛

德坎。

「呃，請問那邊那位美人是芙蕾琪嘉小姐的姊姊之類的人嗎？」

這已經到了令人佩服的境界。對愛黃坎來說，最重要的事是琉洛帕嘉的性別和祂與芙蕾琪嘉的關係。

「你不要這麼白目好嗎愛德坎。」

「真的，這傢伙爛透了咧。」

「放棄也是重要的人生課題喔。」

吉克趕緊出面制止，尤利凱對他投射冰冷的視線，連格蘭道爾都給了他最後一擊，這時芙蕾琪嘉卻轉身面對愛德坎。

「精靈本來就是沒有性別之分的。」

揚起嘴角一笑的這個表情正是瑪莉艾拉熟知的師父，讓瑪莉艾拉莫名鬆了一口氣。如果讓她浮現這個笑容的是愛德坎那白目的一句話，愛德坎的猴子屬性也算是頗有用處。

「我無意妨礙祢們相聚，但能不能說明一下呢？就算祢們說這裡是世界的記憶（阿卡西紀錄），我這般才疏學淺之人也難以理解。」

趁著現場的氣氛改變，法蘭茲接著說了下去。他的一字一句都包含了對湖精靈——琉洛帕嘉的敬意，讓牽著他的手的尤利凱一臉不安地仰望著他。

「要我說明啊～嗯～瑪莉艾拉，妳來說明吧。」

從芙蕾琪嘉的角度來看，她恐怕不清楚法蘭茲等人究竟不懂什麼吧。對她來說，這裡與人類生活的世界都一樣理所當然，所以她似乎很難想像誤闖這個世界的法蘭茲等人所懷抱的疑惑。

被點名的瑪莉艾拉用食指抵著下巴，發出「嗯～」的聲音稍微思考之後，開始說明何謂世界的記憶（阿卡西紀錄）。

「呃，世界的記憶（阿卡西紀錄）就像是紀錄世界上所有情報的地方，據說鑑定就是能連結到這裡的技能。」

「情報？這麼說來，我們現在的肉體並不是真實存在的嗎？」

瑪莉艾拉支支吾吾地說明，法蘭茲一聽便提出敏銳的問題，讓瑪莉艾拉立刻語塞，只能用「呃……」來回應。

「這裡不是世界的記憶（阿卡西紀錄）本身，而是我用超強魔法把那裡的琉洛帕嘉的情報和相關的各種東西固定在現世的空間。你們可以當作位於物質世界與精神世界之間的其中一個空間。你們的身體是真實存在的，而且雖然速度不同，但這裡的時間也會流逝。不過我為了讓肉體停止變老，會用假死魔法陣進入沉睡，只以精神體存在於這個世界。」

師父的追加說明好像能讓人更加了解，仔細想想又會覺得一頭霧水，但聽到她說「你們想想，世界就算看似相隔，其實也是連續的」，瑪莉艾拉就忍不住讓歪起的頭順勢往前倒，點了點頭。

「那麼，我們醒來的那些塔呢？裡面有一些很眼熟的東西。雖然都沒什麼大不了的，但把人的記憶具象化可不是值得讚許的行為啊。」

多尼諾如此批評道。

與瑪莉艾拉等人會合的時候，多尼諾拒絕被窺探記憶，但他或許也在調查自己甦醒的塔時察覺了什麼。

「原來多尼諾跟外表不同，個性很害羞啊。呵呵，你別這樣瞪我嘛。那是因為我沒想到會有訪客，要讓你們能夠待在這裡，將你們送到記憶之塔是最確實的方法。就算世界的記憶（阿卡西紀錄）包含世上所有的情報，人類這種程度的存在也無法參透一切。如果有好幾十個人同時用異國語言說話，你們根本就聽不懂內容吧？那跟噪音沒有兩樣。一旦習慣了噪音，就不會感到在意了。就算是在那種吵鬧的聲音之中，被叫到名字也能分辨得出來。我從你們所知的、熟悉的地方連結到你們，才讓你們能夠待在這裡。」

原來與人數同樣多的那些塔具有將瑪莉艾拉等人維繫在這個世界的重要功用。

「嘎呼，咕嚕。」

只有聽不懂人話的庫正在自顧自地喝著湖水，看到牠這個樣子的芙蕾琪嘉笑著說道：

「因為你的記憶不足以構成塔，處理起來是最累人的。」

「黑色魔物之所以竊取記憶，是因為受到世界的記憶（阿卡西紀錄）會儲存情報的性質所影響嗎……」

「我打倒的部分已經當場解放了，取回的記憶也已經透過夢境恢復。還沒有恢復的部分也還保留著，放心吧。」

對於理解得很快的吉克提出的問題，芙蕾琪嘉表示記憶是會恢復的。

原來火蠑螈打倒黑色魔物的時候沒有取得記憶珠子，是因為已經當場解放了。而且，只有師父化身的火蠑螈在身邊的時候，瑪莉艾拉才能夢見大家的記憶。沒有記憶珠子的時候則會夢見師父的過去。瑪莉艾拉認為這是因為自己透過脈線連結著地脈與師父。自從發現這個原理之後，她就會抱著火蠑螈一起睡覺。

「愛德坎的記憶就算了唄。」

「尤利凱，你這傢伙，失去我那轟轟烈烈的愛之回憶是人類的損失吧！」

「那些回憶被芙蕾大人看見也沒關係嗎？」

「啊！吉克你真聰明！……嗚哇，我超猶豫的～」

聽到尤利凱一如往常的冷淡發言，看過愛德坎那段悲傷過去的瑪莉艾拉實在笑不出來，愛德坎本人卻以平常心回嘴，開始跟吉克說起悄悄話。不只是悲傷的記憶，其中或許也包含許多很像是愛德坎會有的無聊記憶。

聽到愛德坎等人的對話，芙蕾琪嘉與琉洛帕嘉相視而笑，似乎很享受愛德坎劇場。

「那麼，一樓和二樓的鍊金術師工房該不會是『書庫』吧。」

瑪莉艾拉這麼問道，芙蕾琪嘉點頭回應。

「『書庫』也是世界的記憶的一部分。世界上充滿了各式各樣的知識，雖然想知道的情報並不難取得，但完全未知的東西就沒辦法了解了。如果不知道海洋的另一頭有大陸，就無法想像那裡住著不同的民族，而且有著不同的語言和文化吧？天空的遙遠高處有什麼？海中的深谷裡面住著什麼樣的生物？人類所知的一切只占全世界的一小部分，他們連自己不知道什麼都不知道。『書庫』就是從情報之海中擷取關於鍊金術的部分，可以透過鍊金術技能來閱覽的知識庫。」

對於師父的說明，瑪莉艾拉點頭心想原來如此。

「所以說外牆的一、二樓明顯受到『書庫』和魔森林的古老記憶影響，塔則是明顯受到我們的記憶影響吧。所以一、二樓才會出現飢餓和疫病的記憶啊……我們打倒災厄的魔物之後，師父總是會確實燒光牠們呢。另外，打倒很多黑色魔物就會導致天亮，讓世界充滿水，是因為汙穢減少，使琉洛帕嘉大人恢復理智的關係吧？」

聽到瑪莉艾拉這番解說，師父張大了嘴巴。

「……瑪莉艾拉變聰明了！」

師父擠出一句非常失禮的台詞。更悲哀的是，不只尤利凱等人，連吉克都連連點頭贊同芙蕾琪嘉。

瑪莉艾拉雖然嘴巴上說「太沒禮貌了吧」，但嘴角也上揚成笑容的形狀，一看就知道很高興。

「哼哼～我早就發現師父不單是為了消滅迷宮、拯救迷宮都市才活過那麼漫長的歲月的～雖然我不知道師父幫助迷宮都市是順便還是達成目的的手段之一。我一直都很在意師父在分別的時候說過的話。就是『活著的期間還會再見』的那句話。原來是這樣啊，『書庫』和鍊金術師……我總算懂了……」

瑪莉艾拉所說的話讓師父一臉尷尬地別開目光。

「沒關係啦。妳真的打算挑在我臨終的前一刻吧？那就什麼問題也沒有了。可是啊，我還是覺得妳很見外。我希望師父能告訴我這些，也跟我聊聊更多其他的事。別說再見一面，我還想再見師父好幾次嘛。」

「嗯，瑪莉艾拉，抱歉。」

看到吉克等人一頭霧水的表情，瑪莉艾拉笑了。

「還記得嗎？在迷宮的最深處，師父有轉讓鍊金術的經驗值給我吧？師父以前的徒弟們都會在死前對師父做同樣的事。我也一樣。」

「為什麼要做那種事……」

答案只有一個。

「為了救出湖精靈——對吧？師父。」

瑪莉艾拉這麼說的時候，表情一點也不像是在責怪總有一天要帶走自己的鍊金術經驗的芙蕾琪嘉，那副微笑就像接受世界最原始模樣的精靈一樣。

06

過去，獲得人心的火精靈拚了命摸索解放湖精靈的方法。

然而，單單是與世界共存而不具肉體的存在並沒有力量能主動干涉、改變世界。就算能煽動既有的火焰燒毀其他東西，也無法淨化染上汙穢的湖精靈，或是阻止仍然不斷流入的汙穢。

所以，她藉著自己葬送的眾多人類來完成受肉，以非精靈的身分在世上獲得有限的生命。

獲得肉體的芙蕾琪嘉雖然不再能與火焰共存，卻能藉著獻上供品來借用精靈的力量，最重要的是能夠懷抱自我意志、依照自我意志行動，獲得干涉世界的力量。她已經不像精靈是誕生或消失都曖昧不明的無限存在，有了明確的生死界線；但相對之下，以精靈的身分長期觀察世界的她就連人類終究無法承受的情報洪流——世界的記憶（阿卡西紀錄）都能加以消化，雖然只有片斷，卻也能得知達成目的所需的步驟。

就像碰巧飄過眼前的落葉上所寫的詩，屬於偶發性的片斷資訊，但芙蕾琪嘉就是靠著這些線索度過了漫長的時光。

或許是因為過去曾是精靈的關係，芙蕾琪嘉的肉體老化速度遠比人類慢，但她現在的生命是有限的。所以，沒有必要待在人世的期間，她會藉著假死的睡眠離開肉體，在這個湖精靈的世界致力於淨化汙穢。

只有在該履行職責的時候，她才會甦醒過來，干涉人世間。

舉例來說，在安妲爾吉亞王國末期收瑪莉艾拉為徒，並再次甦醒於現代，引導瑪莉艾拉等人前往迷宮的最深處，都是拯救琉洛帕嘉的必經過程。

「聖靈藥是從迷宮核心之中去除汙穢，才能完成的頂級祕藥。我原本還以為如果能做出聖靈藥，就能得知淨化這道地脈的方法了……」

芙蕾琪嘉一臉寂寞地笑了。從世界的記憶（阿卡西紀錄）中取得的情報很零碎，無法將一切都看穿。過程就像是在閱讀一本拯救琉洛帕嘉的故事書。芙蕾琪嘉只是實行每次翻頁所看見的內容，並不知道故事的整體走向，也無法依自己的想法任意翻頁。

「如果是在死前，我反而希望師父把我的鍊金術經驗拿去好好活用，現在也願意盡我所能地幫忙……可是很抱歉。我製作聖靈藥的時候確實去除了迷宮核心的汙穢，但汙穢回歸的地方還是地脈……」

瑪莉艾拉回答得不太乾脆。

因為她只是轉移了汙穢，並非淨化。

「不，已經夠了。多虧你們來到這裡，燒死了一大票黑色魔物，累積的汙穢幾乎都清除乾淨了。雖然我現在是被瑪莉艾拉召喚而顯現，但平常都維持在精神體的狀態，肉體則是假死狀態，所以只能使用透過脈線從地脈獲得的力量。肉體的力量真的很厲害。光靠精神體，頂多只能阻止汙穢繼續增加，根本沒辦法讓琉洛變得這麼輕鬆。我跟琉洛也已經好久沒有聊聊了。晚上有汙穢，早上有水的阻擋，所以我很難來到這裡。」

——我也要感謝你們讓我倆能夠暫時相聚，芙蕾琪嘉的徒弟啊——

明明是因為人類才染上汙穢，甚至失去理智，琉洛帕嘉卻好像還是不恨人類。

正如在夢中聽見的這句話，擺脫汙穢的琉洛帕嘉將身為人類的瑪莉艾拉視為芙蕾琪嘉的徒弟，接納了她。

『人類憎恨人類』。

「可是，新的汙穢還是會繼續流過來吧？」

芙蕾琪嘉想拯救的精靈就寄宿在汙穢的累積之處。即使多虧有瑪莉艾拉等人打倒黑色魔物，淨化了不少累積的汙穢，只要祂還與那座湖同在就會再度染上汙穢，這個世界往後也會不斷陷入夜晚的黑暗。

這個世界連結著記錄在世界的記憶（阿卡西紀錄）中的琉洛帕嘉的情報，不管祂失去理智幾次，只要祓除汙穢就能讓祂恢復理智。

就這樣，為了總有一天能祓除所有汙穢與其根源，找到拯救琉洛帕嘉的方法，芙蕾琪嘉活過了漫長的歲月。

「這只不過表示能夠拯救琉洛的時代不是現在。一定有方法的，我絕對會找出方法。妳別擺出這種臉嘛，瑪莉艾拉。我已經活了很久，今後還會再活得更久。我搞不好會遇到妳的小孩或孫子，甚至是後代的子子孫孫呢。與人類交流、看著世界變遷的模樣，其實是一件很快樂的事。」

只要琉洛帕嘉還是被束縛在這道地脈的湖精靈，祂就不會得救。

至少現在，方法並不存在。

就算明白這一點，芙蕾琪嘉仍然露出了一如往常的笑容。

明明是師父的熟悉笑容，瑪莉艾拉卻心痛得無法繼續看著她的臉。自己不知道受了師父多少幫助，卻什麼都無法回報她嗎？就算做出了聖靈藥，被譽為頂尖的鍊金術師，自己還是什麼忙也幫不上。一想到這裡，瑪莉艾拉便感到無地自容，低下頭來握緊拳頭。

「……來吧，你們差不多該回去了。回去時就請那邊那個偷窺狂精靈幫你們帶路吧。快出來，伊露米娜莉亞。我要燒了喔……怎麼？祢連顯現的力量都沒有啊。吉克，你分祂一點魔力吧。」

師父的目光轉向吉克背著的行李。

一行人也跟著望向吉克從背包裡拿出的大瓶子。

「咦！史萊肯？為什麼牠會變得這麼大？而且那根樹枝是哪裡來的？」

「呃，瑪莉艾拉，我一直沒機會說明，這是有原因的……」

吉克的背包裡面，大部分的空間都被這個瓶子占據了，瓶子裡裝著膨脹了大約百倍的史萊姆。這隻瓶中史萊姆本來明明是能用雙手捧起的可愛模樣，現在卻成了需要裝在木桶或澡盆裡的尺寸。

巨大史萊姆重出江湖了。老實說，這種尺寸的軟體生物實在是一點也不可愛。

而且，雖然沒有傷到核心，上面卻插著長有兩片葉子的聖樹樹枝，正在頻頻搖晃著。

對於驚訝的瑪莉艾拉，吉克一邊透過「精靈眼」對聖樹樹枝輸送魔力，一邊開始找藉口似的說明。

「史萊肯和伊露米娜莉亞不是都跟瑪莉艾拉的魔力很契合嗎？所以只要像這樣插上伊露米娜莉亞的樹枝……」

——我就能操縱牠移動了！——

「史萊肯說話了！不對，這個聲音是伊露米娜莉亞？」

或許是因為得到吉克提供的魔力，插在史萊肯頭上的樹枝前端出現了大拇指尺寸的伊露米娜莉亞。

「我能來到這裡也是因為有伊露米娜莉亞帶路。」

——因為魔森林裡長著好幾棵聖樹嘛！我就是靠聖樹的網路掌握瑪莉艾拉的位置的。很厲害吧？——

「那個……雖然對瑪莉艾拉很抱歉，但我想請史萊肯從迷宮的湖底採集某種東西……所以我跟伊露米娜莉亞商量，用這種方法拿到了東西，但史萊肯回來之後，身體就變成……」

——這孩子好久沒去外面玩了，結果有點不受控制，不小心就吃了太多～因為包含一部分的克拉肯，所以牠在水裡還滿厲害的——

搖啊搖啊搖。

插在史萊肯上面的聖樹樹枝得意地搖晃著。

——欸，不要亂搖啦，住手！——

伊露米娜莉亞這麼罵道，可見得意地搖著樹枝的其實是史萊肯。只要插著伊露米娜莉亞的樹枝，就能與牠溝通嗎？

「什麼？」

令人震驚的嚴肅氣氛只獲得短暫的緩和。

眾人從來沒有聽過瑪莉艾拉發出如此低沉而不悅的聲音。

察覺到她聲音中的強烈怒氣，別說是吉克了，連伊露米娜莉亞甚至史萊肯都停止搖晃樹枝，頓時靜止不動。

「吉克和伊露米娜莉亞，你們憑什麼擅自亂來？誰准你們把史萊肯帶出去的？而且還是去迷宮？你們說牠吃了太多，不就表示那裡有魔物嗎？怎麼可以帶牠去那麼危險的地方！而且史萊肯的核心刻著從屬魔法陣，沒有我提供魔力就會死掉耶！你們也知道吧！」

瑪莉艾拉非～常生氣。

想要解釋的吉克偷瞄了瑪莉艾拉一眼，卻又被她吊起眉尾發火的憤怒表情嚇得馬上別開目光。

就連站在瑪莉艾拉後面而沒有看到這副表情的芙蕾琪嘉都莫名端正了姿勢，暫停剛才的對話。

原來平常很溫和的瑪莉艾拉生起氣來這麼可怕……

吉克是天生擁有「精靈眼」的少爺，在百般呵護之下長大，所以就連他的爸爸都沒有這樣罵過他。

債務奴隸時代的主人雖然對他很殘酷，但兩者根本無法比擬。就連過去奪走吉克的「精靈眼」的飛龍，或許都不如現在的瑪莉艾拉可怕。

「你們說話啊！」

「都、都是我的錯！」

——對不起！——

搖啊搖。

聽到瑪莉艾拉大聲怒喝，兩人（？）與一隻……應該說一支，同時低下頭來。

「我等一下再好好唸你們一頓……史萊肯，魔力來嘍~你餓了吧？我會罰他們兩個暫時不准吃飯和喝含有『生命甘露』的水喔。啊啊，這下怎麼辦？你變得這麼大。這樣就沒辦法養在『枝陽』了。」

瑪莉艾拉無視於因為「不准吃飯」這句話，在九十度鞠躬的道歉姿勢下僵住的吉克與伊露米娜莉亞，隔著巨大的瓶子向史萊肯灌注魔力。雖然他們倆都能從地脈汲取或是外食，靠自己填飽肚子，但瑪莉艾拉所準備的餐點還是特別美味。

史萊肯高興地不斷搖晃插在身上的聖樹樹枝，果然是肚子餓了。仔細一看會發現，瓶底累積著吉克珍藏的瑪莉艾拉周邊的殘渣，所以吉克先前應該是用含有魔力的瑪莉艾拉周邊或魔藥來餵養牠，但魔力會不斷流失，所以應該相當不足。吉克的瑪莉艾拉周邊大概全都被史萊肯吃光了，但這也是自作自受，所以跟吉克本人都一樣不值得同情。

——那個，瑪莉艾拉，核心因為魔力不夠，所以還是一樣小，只要切掉一部分的身體就能恢復原狀了喔——

「切掉？那麼做沒關係嗎？伊露米娜莉亞。」

——嗯。好好提供魔力的話，牠就不會死了！——

伊露米娜莉亞想靠著幫上瑪莉艾拉的忙來躲過「不准吃飯」的懲罰，於是積極地提供情報。

「是喔～太好了。」

雖然瑪莉艾拉一度暴怒，但史萊肯平安無事，而且好像也能恢復原狀。

聽到這裡，稍微放下心來的瑪莉艾拉終於注意到周遭的視線，回想起現狀。

「師父，對不起。現在這種狀況，我還……」

「不會啦～瑪莉艾拉也很厲害嘛！不愧是我的徒弟！」

——火焰總說人類孩子很有趣，這段時光確實愉快——

兩人對感到抱歉的瑪莉艾拉所說的話就像是在道別，讓瑪莉艾拉深覺自己有多麼無力。

（只要琉洛帕嘉大人還是被束縛在這道地脈的精靈，就不可能得救……）

瑪莉艾拉用眼角餘光看著因為她消氣而在史萊肯的樹枝前端鬆了一口氣的伊露米娜莉亞。祂明明是無法離開生長之地的樹木精靈，卻擅自遠端操控別人的寵物，離開聖樹到別處旅行。

（我得好好罵祂，免得祂又擅自跑出去。師父也一樣，原本明明是火精靈，卻總是擅自跑到別的地方。精靈很自由、不負責任，一下子受肉一下子附身，就連存在本身都很隨便。祂們本來就是這個樣子嗎……呃，奇怪？）

瑪莉艾拉先是看著史萊肯和伊露米娜莉亞，再依序看著芙蕾琪嘉與琉洛帕嘉。

「琉洛帕嘉大人雖然住在這座湖，但與其說是湖精靈，不如說是水精靈吧？」

——是的——

對於琉洛帕嘉的回答，瑪莉艾拉說出了內心的疑問：

「琉洛帕嘉大人不能放棄當精靈嗎？」

如果對象是人類，她當然說不出「乾脆放棄當人類吧」這種話，但瑪莉艾拉的師父芙蕾琪嘉雖然有點超乎常理，卻也已經成為接近人類的存在，就連年輕的聖樹精靈伊露米娜莉亞都能以樹枝為媒介，附身在史萊姆身上來到這種地方。

再說，吉克的祖先──森林精靈女王安妲爾吉亞最後雖然以精靈的身分當上了地脈管理者，但也曾與獵人生下孩子，所以祂跟獵人一起生活的期間肯定也是接近人類的存在。

「精靈這種存在，或是該說是存在的方式，其實很隨便呢，」

──存在得很隨便……──

對於瑪莉艾拉這種不加修飾的說法，就連琉洛帕嘉都啞口無言。

只不過是瑪莉艾拉身邊的精靈剛好都很特殊，不代表所有的精靈都是這個樣子。

「沒有啦，我只是在想，琉洛帕嘉大人明明跟師父感情很好，為什麼沒有受肉，離開這座湖呢……」

帝都的汙穢會流入這座湖。因為路徑已經形成。

只要琉洛帕嘉還是被這道地脈束縛的湖精靈，就不可能得救。

不過，假設琉洛帕嘉離開這座湖……

「─！─！還有這招啊！」

──可是，我必須管理這道地脈……──

芙蕾琪嘉恍然大悟地心想自己為何一直都沒有察覺這一點，琉洛帕嘉則給出模範生式的回答。

看來並非所有的精靈都很隨便。

「迷宮都市現在就沒有管理者啊。還有，師父以前好像也是很厲害的精靈，但有管理過帝都的地脈嗎？」

「沒有啊。雖然我以前很厲害，但沒做過管理地脈這種麻煩事。帝都是由人類彌補類似的東西，所以很安定。」

芙蕾琪嘉的回答大致符合瑪莉艾拉的預料。雖然其中好像也包含了一部分不該聽到的情報，但瑪莉艾拉說道「我就知道師父不會做那種辛苦的事」，簡單帶過。

「看吧，現在好像有很多管理者從缺的例子呢。」

——唔，不過……——

從來沒有想過要放棄管理地脈的琉洛帕嘉聽完瑪莉艾拉的提議，似乎有點反應不過來。

「琉洛帕嘉大人不當地脈管理者會怎麼樣呢？汙穢本身是由魔森林整體來分擔吧？」

——流入湖泊的汙穢會盤據或流動，不再平均分配。汙穢的累積之處或許會湧出許多魔物，引發魔森林氾濫(魔物暴動)——

「兩百年前明明也有琉洛帕嘉大人在，卻還是發生發魔森林氾濫(魔物暴動)了吧？」

——汙穢過多，魔物自然會傾巢而出。再加上與安妲爾吉亞之間的因果，分量便超出了負荷——

「所以說，如果沒有管理者，汙穢就會頻繁地累積，經常發生小規模的魔森林氾濫(魔物暴動)嗎？」

——恐怕如此——

聽到琉洛帕嘉與瑪莉艾拉的對話，吉克開始跟愛德坎交頭接耳。

「如果是那樣，帝都和迷宮都市應該都有充足的能力應對……你覺得呢？愛德坎。」

「嗯啊？這個嘛～應該行吧？自從迷宮都市變成人的領地，光蓋就很感嘆以後再也不能舉辦半獸人祭典了，那樣不是更好嗎？」

琉洛帕嘉對人類的擔憂在現今的迷宮都市，只不過是新祭典的預兆罷了。迷宮都市的人們已經變得有點太過堅強了。

看到人類們想起半獸人祭典，臉上浮現「希望有好吃的魔物會來！」的高興表情，琉洛帕嘉用難以理解的表情低語：「祭典？」芙蕾琪嘉則開心地喊道：「喝酒！」

「所以～假設汙穢的問題可以解決，管理地脈的工作也能由這座森林的精靈們各自分擔吧？迷宮都市也是這麼做的。話說，伊露米娜莉亞，魔森林也有很多聖樹吧？祢說過自己就是靠這招找到我的嘛。這就表示，像伊露米娜莉亞這樣的精靈還有很多吧？」

——有喔。雖然沒有像安妲爾吉亞大人那麼強的精靈，單論數量的話是很多，而且會沿著地脈生長。森林裡的聖樹都是很悠閒的個性，但因為根部連接到地脈的深處，就算距離很遠也能對話。而且如果沒有了管理者，祂們應該會努力管理，免得枯萎吧？——

聽完伊露米娜莉亞的回答，瑪莉艾拉定睛望著琉洛帕嘉。

她的眼神好像非常想說些什麼。

人家總說眼神比嘴巴更會說話，瑪莉艾拉似乎正在用視線傳達「祢其實不必勉強自己獨自扛起責任吧」、「沒有祢在好像也沒問題喔」、「祢要不要稍微學學師父，活得更隨便一點呢？」之類難以啟齒的糟糕台詞。

「琉洛，跟我一起走吧！」

相較之下，芙蕾琪嘉的說服簡單多了。她大步跨進湖中，朝琉洛帕嘉張開雙臂。

——芙蕾……我……——

芙蕾琪嘉正面面對琉洛帕嘉。

彷彿要避開她的視線，琉洛帕嘉看著腳下的湖泊與映照在其中的森林。

瑪莉艾拉等人雖然看不見，但魔森林裡應該有野獸與魔物等許許多多的生命。

——我無法像安妲爾吉亞一樣，拋棄共同承擔汙穢的這座森林與魔物們——

「嗯，那就生活在森林裡吧。沒關係，我不介意住在森林。可是啊，祢以後不要再一個人扛起責任了。」

琉洛帕嘉的選擇不同於過去愛上人類獵人而選擇隔絕人類與魔物的安妲爾吉亞。因為祂長時間在魔森林與魔物們共同承擔汙穢，無法只選擇非常接近人類的芙蕾琪嘉一個人。

可是，長期陪伴琉洛帕嘉的芙蕾琪嘉認為，祂會這麼選擇也是理所當然的。

「為什麼我一直都沒有發現呢？我都已經變得這麼接近人類，從世界的記憶（阿卡西紀錄）獲得許多知識，甚至被譽為『炎災賢者』。但到頭來，我的本性或許還是精靈吧。」

火焰再也不退縮或迷惘。

「雖然我很想替琉洛分擔獨自背負汙穢的重擔，但我對琉洛獨自統治地脈的事卻從來沒有抱持疑問。如果森林發生火災，森林裡的樹木就只能被燒毀。我一直覺得就像那樣，對此深信不疑。住在這座森林裡的精靈們一定也抱著同樣的想法吧。琉洛會管理地脈，承受大部分流過來的汙穢，以整座森林加以淨化。因為一直以來都是這個樣子，所以我以為以後也一樣。可是琉洛明明總是會痛苦得失去理智……」

在芙蕾琪嘉說出「對不起」之前，琉洛帕嘉的右手觸碰了芙蕾琪嘉的臉頰。

——我失去理智，痛苦的明明不是我，而是妳啊——

芙蕾琪嘉的手重疊在琉洛帕嘉的手上，漣漪便從接觸的指尖擴散開來。雖然外表是人型，琉洛帕嘉的身體仍然是由水組成，觸感或許就跟水一樣。

芙蕾琪嘉就像用指尖撥動水面，嘆息似的說道：

「啊，好想觸碰琉洛……更真切地觸碰。琉洛不必變成人，只要能跟森林的樹木和魔物一起，永遠生活在魔森林就好。我們可以一起分擔汙穢和地脈。別擔心，魔物是非常堅強的生物，這座森林的樹木也不全是嫩苗。這裡已經是了不起的大森林了。就算琉洛沒有獨自背負，大家一定也能好好活下去的。」

芙蕾琪嘉的金色眼瞳裡映照著琉洛帕嘉的身影。

她微笑的表情就像閃閃發亮的金色眼瞳般明亮，彷彿許久以前的人類因為畏懼黑暗而點亮的燈火，讓琉洛帕嘉憶起初次邂逅那個嬌小火精靈的日子。

當時明明是那麼弱小的燈火，現在卻已經能傳遞亮光到這個又深又暗的水底了。

不只如此，芙蕾琪嘉的身後還有注視著琉洛帕嘉的瑪莉艾拉等人。

他們就跟反覆穿越森林而造訪這座湖泊的人類一樣，卻已經具備比以前堅強許多的生存能力。

──…………也對，或許他們已經不再需要幫助──

於是，湖精靈琉洛帕嘉決定對自己與世界的關係劃下休止符。

07

「用這種材料真的可以嗎？」

──以暫時的肉體而言，甚至是有過之而無不及──

瑪莉艾拉從琉洛帕嘉口中聽說受肉所需的材料，感到有些錯愕。

「會嗎？我當初只是覺得自己想救琉洛就不能再繼續當個精靈，然後就從灰燼中誕生了耶。因為肉體突然就冒出來，連我都嚇了一大跳。反正都要當人了，我也想穿輕飄飄的衣服，享受被追捧的感覺嘛。結果就變成這副迷人的樣子了，真佩服我自己！」

——聽說安妲爾吉亞大人當初就是對獵人懷抱著「喜歡你喜歡你喜歡你～」的心情，然後在不知不覺間變成人類的喔。不過，我們是寄宿在聖樹裡，所以或許也算是一開始就受肉了吧——

芙蕾琪嘉扭動身體擺出與其說是性感不如說像章魚的姿勢，簡略地敘述自己的受肉經驗談，伊露米娜莉亞也跟著附和。雖然這應該是非常寶貴的經驗，但兩者令人傻眼的程度不相上下。

而且師父所謂「迷人的樣子」到底是怎樣？正因為她是個前凸後翹的美女，聽在水桶型身材的瑪莉艾拉耳裡，感覺特別火大。

瑪莉艾拉本來就覺得師父是個很隨便的人，原來她就連誕生的方式都很隨便。導致受肉的因果明明相當嚴肅，她竟然想要穿著輕飄飄的衣服受人追捧，未免太忠於自己的慾望了吧。

「精靈這種存在果然很隨便……」

瑪莉艾拉對稱為師父的神祕生物投射冷淡的視線，然後為了進行受肉的準備，重新面對琉洛帕嘉。

「不好意思，我來確認一下流程。首先要製作核心，將琉洛帕嘉大人的存在與魔力的一部分轉移到上面。只要能適應核心，肉體就有很大的通融空間，這次要將史萊肯膨脹的黏體切下一部分來使用。」

——嗯，沒錯——

「因為琉洛太認真了，對受肉的要求也很詳細呢～」

雖然芙蕾琪嘉這麼調侃，但現有的材料相當粗糙。在一口氣變得跟平常差不多的氣氛中，認真確認流程的人只有瑪莉艾拉。

琉洛帕嘉從湖泊中心來到瑪莉艾拉等人所在的水邊，法蘭茲因此再次變得心神不寧，被多尼諾和格蘭道爾拉住；尤利凱將注意力都放在法蘭茲身上，所以可能是沒有控制好馴獸技能，光是要把開心地在湖裡追逐小魚的奔龍庫帶回來就費盡力氣。

而說到這種時候最可靠的吉克——

「芙蕾大人，非常恭喜您。琉洛大人，我是正在與瑪莉艾拉小姐交往的吉克蒙德。」

他正以滿臉的業務式笑容假裝優質青年，討好可能跟瑪莉艾拉的養母成為伴侶的對象。

「呃～琉洛是芙蕾的Honey（甜心）？Husband（老公）？還是兩個人要一起跟我Hug（擁抱）？」

愛德坎在吉克身旁一如往常地胡鬧，卻因為冷場而遭到排擠。他的H開頭造句讓大家都覺得他簡直是Hopeless（無可救藥）。既然精靈沒有性別，只要受肉的時候變成女性，愛黃坎就覺得一點問題也沒有了。他在瑪莉艾拉的耳邊發出「女體化、女體化」的奇怪叫聲，實在非常擾人。

情況真是亂七八糟。

就像在迷宮都市的學校，瑪莉艾拉開始上課之前的教室。

啪！瑪莉艾拉用手掌拍出響亮的聲音，就像在迷宮都市的學校開始上課之前一樣，對著愈來愈不受控制的一行人宣布：「大家看我這邊～！我現在要開始製作核心了～」

「呃～因為琉洛帕嘉大人長期接觸汙穢，在製作核心的時候稍微加進一點人類的原罪，應該會很契合。因此，我想請大家各提供一點記憶。」

「原罪……？記憶是指那些記憶之石嗎？」

最認真聆聽瑪莉艾拉說明的法蘭茲開口說道。他也許是難以壓抑想要幫助水精靈的本能吧。

——嗯，你的血之記憶特別棘手。如果這份記憶會隨著血脈，使後代子孫不斷尋求水精靈，那麼寄宿在其血中的「貪婪」就歸我吧——

「是……是的，感謝祢的慈悲。」

只要交出血之記憶，他應該就會失去渴望水精靈的衝動，失去從內心深處湧現並驅動自己的強烈情緒。這份感情雖然棘手，但也是構成自我的重要元素。可是，法蘭茲看到自身血統所尋求的水精靈，以及在身旁擔憂地仰望自己的尤利凱之後，下定決心交出記憶。

「我沒事的，尤利凱。我會靠自己的意志，選擇自己要走的路。妳願意跟我一起思考吧？」

「法蘭茲，我當然願意咧！」

尤利凱高興地點頭回應法蘭茲決定的答案，然後用感謝中帶著一點憤怒的眼神看著要奪走法蘭茲的記憶的琉洛帕嘉。

「我要交出什麼才好咧？」
——請別那麼生氣，馴獸師啊。就讓我收下一點充滿那副嬌小身軀的「憤怒」吧。不論多麼厭惡人類，人類的孩子還是必須與人類攜手活下去。願妳能多愛人一點——
『而不只是身旁的那個男人。』
就像是要打斷琉洛帕嘉正要說出口的這句話，尤利凱急急忙忙地回答：「我知道咧！」
「那麼我們該提供什麼呢？」
「拜託別加上多餘的講解。」
格蘭道爾與多尼諾開口這麼說道。
——「嫉妒」與「怠惰」——
琉洛帕嘉向溫厚的紳士格蘭道爾要求「嫉妒」，向黑鐵運輸隊的勤勉維修員多尼諾要求「怠惰」。
瑪莉艾拉沒有確認過多尼諾的塔，但格蘭道爾的塔內有看似昂貴的酒瓶和香水瓶裡裝著染色的水或便宜香水，還放著用舊的銀製餐具與衣物等東西。瑪莉艾拉還記得尤利凱看到這些物品之後，給出了「愛慕虛榮」的評語。
看到瑪莉艾拉用不解的眼神看著自己，格蘭道爾露出了有些困擾的表情。
「我的家族世世代代都是盾牌戰士的名門，到現在仍然繼承了優秀的護盾技能。不過，從曾祖父那一代開始，我的家族就只有虛弱的孩子誕生。技能再怎麼優秀，這樣的肉體也無法好好發揮。我花了相當長的時間才學會不去在乎血統、名譽和面子之類的東西呢。」

格蘭道爾用一如往常地神情拉著八字鬍，呵呵笑著。

「我其實也差不多。你們知道樣樣通樣樣鬆是什麼意思嗎？就是很多事情都能做到水準以上，但又稱不上一流的意思。啊～啊，『怠惰』是吧，真是被打敗了。其實我也知道，自己從來沒有拚了命鑽研某種事物。」

多尼諾用力搔搔頭，只說了一句「不嫌棄就拿走吧」，然後閉上嘴巴。

窺見人生經驗豐富的年長者的心理陰影，實在讓人感到尷尬。

能夠破壞突然變得沉重的氣氛的，果然還是大家的愛德坎。

「我要獻上滿滿的愛！」

——嗯，那就請你提供「色慾」吧——

「咦！色慾？」

「很好懂呢。」

「這傢伙爛透了咧。」

「太好了，愛德坎！人家願意接受你的愛呢！」

對於意料之中的發展，瑪莉艾拉擺出想當然耳的表情，尤利凱的評論還是一樣狠毒。

只要能收拾眼前的狀況便什麼都不在乎的吉克就跟平常一樣，隨便說了幾句安撫的話。

實在非常不夠朋友。這種地方正好顯露了他年輕時的壞習慣。

對於這樣的吉克，琉洛帕嘉說道：

——我就請這位吉克提供「傲慢」吧——

「哈哈哈傲慢哈哈哈！吉克，你是傲慢耶。這位是哪裡來的大少爺啊？真是委屈你了～」

「閉嘴，愛黃坎。」

面對捧腹大笑的愛德坎，吉克低頭咬著下唇。連瑪莉艾拉都說「擅自把史萊肯帶出去真的很不好喔」，所以他也無話可說。

「最後是我吧。請問我應該提供什麼呢？」

——「暴食」——

「咦！」

最後由瑪莉艾拉……瑪肉艾拉交出「暴食」的記憶，人的原罪便湊齊了七種。琉洛帕嘉一觸碰瑪莉艾拉等人的額頭，便輕易取出了記憶珠子。被冰涼的指尖觸碰，當時的記憶便隨著水珠滴到額頭的感覺一起復甦，就像從額頭滑下的水滴一樣，化為一顆落入手掌的珠子。

「因為這裡是世界的記憶（阿卡西紀錄），能輕易收放記憶。雖說是拿走記憶，但不會像黑色魔物那樣連根拔起。拿走之後還是會以情報的形式留下，所以不會影響到生活。」

正如芙蕾琪嘉的說明，就算被抽出「暴食」的記憶，瑪莉艾拉也沒有忘記自己曾在吉克等人外出的期間亂吃零食的事實。只不過，記憶會變得有點模糊，想不起當時吃過的點心的詳細特徵，或是遺忘味道，就像是事後回想自己當初的感受一樣，變得事不關己。

平安回去之後，雖然自己大概還是會想吃點心，但應該不會再用點心來填補內心的空洞了。

瑪莉艾拉隱約有這種感覺。

所有人應該都有同樣的感傷，於是帶著五味雜陳的神情注視著記憶珠子。

「欸，師父，這是人類的負面記憶吧？用種東西來做核心，琉洛帕嘉大人不會怎麼樣嗎？祂說要留在魔森林，以後會不會變得很討厭我們人類呢？而且祂說這是暫時的肉體，意思是這個核心沒辦法撐很久吧？」

瑪莉艾拉拿著「暴食」的記憶，這麼詢問芙蕾琪嘉。

因為人類的汙穢，琉洛帕嘉忍受了長期的痛苦。雖然要求祂喜歡人類是很厚臉皮的願望，但可以的話，瑪莉艾拉還是希望祂別討厭人類。而且「暫時的肉體」這句話讓瑪莉艾拉很介意。

「你們的記憶沒問題。這些雖然是罪過的記憶，但不是只有汙穢的記憶。裡面也包含了喜悅、悲傷以及體貼他人的心。因為是兼具人類的優點和缺點的回憶，就算是暫時也很持久，一定會順利的。」

對於擔憂的瑪莉艾拉，芙蕾琪嘉用笑容答道。

她自信滿滿，笑容燦爛。

（我擔心得不得了……）

看到那副豁達的笑容，以前的瑪莉艾拉可能會坦然相信，但在迷宮最深處鍊成了聖靈藥、成為頂尖鍊金術師的瑪莉艾拉可不會受騙。

「師父，妳上次也說我『能學會製作聖靈藥』，但當時我的經驗值還差了一點點耶。要是沒有林克斯給我的地脈碎片，不知道後果會怎麼樣……」

「不，那是那個……包含最後的奇蹟在內……」

「我才不管呢～話說，我覺得與其依靠奇蹟，做事還是應該謹慎一點才對吧～要是好不容易受肉的琉洛帕嘉大人變成人類的敵人，那該怎麼辦？琉洛帕嘉大人比較接近魔物，師父卻比較接近人類耶。難道妳想跟祂全面開戰嗎？那樣會給迷宮都市帶來新的危機吧！絕對不行！」

「唔……我無話可說。」

「結果還不是說話了。真拿師父沒辦法。」

瑪莉艾拉竟然靠口才辯倒了師父。攻擊力甚至超越過去的最強攻擊技能「不准吃飯」。對此，連養尊處優的吉克也只能作好一輩子都在瑪莉艾拉面前抬不起頭來的覺悟。只不過，他只是沒有自覺，早就已經被瑪莉艾拉吃得死死的了。

——徒弟所說的話也有幾分道理。最好能為核心添加某種良善之物——

慎重的琉洛帕嘉這麼說道，於是瑪莉艾拉點點頭，暫時停下來思考什麼樣的東西比較適合。

「良善之物……良善之物……」

手邊有這種東西嗎？瑪莉艾拉這麼想著，左顧右盼。

深信自己非常良善的師父與伊露米娜莉亞用半張開嘴巴的笑容看著瑪莉艾拉，但這兩個人不論好壞都被人類荼毒太深，有可能會連不好的習慣都傳承下來。目前的階段已經從性格豐富的成員身上取得極端的特質，最後的拼圖應該使用更純粹的東西。

一開始的計畫是使用在湖底形成的手掌大小的地脈碎片，加上瑪莉艾拉等人的原罪記憶，製作成核心。雖然比不上迷宮核心，但那個地脈碎片散發著強烈的力量與水的氣息。

地脈碎片是凝聚成塊狀的能量，耗盡就會消失。

瑪莉艾拉等人的記憶在這個世界雖然呈現珠子的型態，但本來是無形的東西。受肉以後也要藉著進食來攝取能量，但核心缺乏可靠的物質，真的沒關係嗎？

而且帶著水之氣息的地脈碎片跟瑪莉艾拉等人類的記憶，屬性好像不太一樣。有沒有什麼是有形的存在，跟水和瑪莉艾拉等人都很契合，而且帶著強烈善性的東西呢……

（我記得好像有……）

瑪莉艾拉開始翻找腰包裡面的東西。

一顆散發月光般色澤的半透明神祕石頭從平時穿戴的腰包底部滾了出來。

「這個能不能用呢？」

「瑪莉艾拉，那是『人魚之淚』嗎？妳怎麼會有這種高檔貨！」

——而且其中還包含了感謝之意，十分稀奇呢——

芙蕾琪嘉與琉洛帕嘉對瑪莉艾拉取出的神祕石頭感到驚訝。

人魚流下的眼淚會化為石頭。這個傳說是真的，而這種稀少的珍貴寶石只有極少數會流通到市面上。除非偶然拾獲漂流到海邊的人魚之淚，或是從捕獲的人魚身上採集，否則無法取得。若使用後者的方法，被捕獲的人魚會遭受什麼樣的對待並不難想像，因此人魚的存在已經成為半個傳說，只有一定數量的人魚之淚出現在市場上的時候，才會引發真真假假的議論。

瑪莉艾拉就曾經見過人魚。

那是迷宮討伐軍剛打倒「海中浮柱」之後，瑪莉艾拉跟黑鐵運輸隊一起被招待到迷宮第54樓的海洋洞窟時發生的事。

瑪莉艾拉趁著玩累的吉克和林克斯睡著時跑到海裡，跟著水流的指引，意外遇見了因受傷而回不了家的人魚。

藉著魔藥治好傷勢的人魚回到了大海，瑪莉艾拉卻在這場騷動之後發現腰包裡多了一顆人魚之淚。

這是那個人魚贈送的謝禮。

人魚應該不是魔物，而是不同型態的「人」吧。瑪莉艾拉覺得因為人魚之淚而遭到追捕的她們很可憐，連對吉克都不曾提過關於人魚之淚的事，一直把它放在腰包裡，或許現在正是使用它的時機。

「這個東西跟身為水精靈的琉洛很契合，也是包含謝意的良善之物。」

——以核心而言無可挑剔，但對人類而言也是頗有價值之物吧？——

看來以核心而言算是合格了。

「我留著也用不到嘛。」

瑪莉艾拉對人魚之淚吹了一口氣，然後用手帕擦拭。

因為一直閒置在腰包裡，上面沾滿了灰塵和汙垢。可以賣到一大筆錢的東西竟然受到這種對待。

實在是暴殄天物。在所有人一致的心聲之下，核心最後的拼圖就這麼確定了。

08

「那麼，首先要把人魚之淚和地脈碎片……」

琉洛帕嘉提供的特大號地脈碎片一靠近小小的人魚之淚，就立刻被吸收進去了。同樣是水屬性的素材，契合度似乎相當好。原本只有指尖那麼大的人魚之淚一吸收地脈碎片便膨脹成李子的大小，顏色也從月亮的色澤轉變成令人聯想到水底的藍色。任誰也無法想像，這個彷彿有一層透明薄膜包裹著液體的東西原本是人魚之淚。

接著要添加瑪莉艾拉等人類的記憶，所以契合度恐怕沒有這麼好，但可以感受到法蘭茲的血之「貪婪」記憶正受到強烈的水之氣息深深吸引。

眾人沉默地注視著瑪莉艾拉手中的藍色核心，看著她拿起「貪婪」的記憶漸漸靠近。

「一開始都是最難的，可是既然記憶會主動受到吸引，接下來應該會順利一點。」

正如芙蕾琪嘉所說，法蘭茲的血脈所繼承的，尋求水精靈的強烈慾望一碰到帶著水之氣息的藍色核心，就像是落入水面的一滴血擴散開來似的，轉眼間便溶入其中。

「接著是『憤怒』。」

偏愛野獸勝過人類的尤利凱的記憶也具有不錯的契合度。因為她最信任的法蘭茲的記憶已經先溶入核心，她的記憶也很快就混合了。

「比想像中還要順利呢。到了這裡，接下來就容易多了。」

芙蕾琪嘉說得沒錯，「嫉妒」、「怠惰」、「色慾」、「傲慢」的記憶之石就像是追溯人與人的連結，逐漸溶入其中，最後再加上瑪莉艾拉的「暴食」記憶，琉洛帕嘉的嶄新核心便完成了。

——啊，成品真不錯。這麼一來，我肯定也能與人類融洽相處。感謝你們——

琉洛帕嘉收下完成的核心，將它一口吞下，身體便像是配合核心從口腔通過喉嚨再落入腹部的軌跡，從頭部崩解，變回水的模樣。

「琉洛……」

剛才的核心落在琉洛帕嘉原本站立的湖畔，芙蕾琪嘉將它撿起來，輕輕放在事先切除的史萊肯黏體上面。

黏體以核心為中心，就像震動的水面，逐漸將核心包覆到其中。核心移動到黏體中心之後，連同黏體一起如湧泉般隆起，在轉眼之間成形，變成剛才站在水面上的琉洛帕嘉的姿態。

「琉洛！啊，你終於受肉了！」

琉洛帕嘉接住張開雙臂擁抱自己的芙蕾琪嘉。

他的身體已經不是會讓對方沉入水中的虛幻模樣了。

「啊，芙蕾。原來所謂的肉體是如此有限而不自由，卻又能如此自由地活動啊。」

琉洛帕嘉第一次用雙手擁抱的對象是芙蕾琪嘉，使瑪莉艾拉感到非常高興。

令人感動的一幕讓瑪莉艾拉的眼眶都開始泛淚。

水精靈受肉的神祕景象是如此，歷經悠久的時光後終於能夠觸碰彼此的火與水精靈亦是如此。

瑪莉艾拉的眼裡映照著深邃森林中的美麗湖泊，以及互相擁抱的兩個人影。

如果這還不算美麗，究竟什麼才算美麗呢？

如果在背景處響起的雜音不是一隻色猴子胡言亂語地說著「女體化、女體化」，肯定非常完美。

「愛德坎先生明明已經交出『色慾』的記憶了……」

「我的個人特色是不會因為這樣就喪失的！」

瑪莉艾拉等人的視線冰冷得幾乎要凍結森林裡的湖水，愛德坎卻一點也不在意，這麼答道。不愧是跟一群男人一起去過冰雪樓層與冬天的亞利曼溫泉，征服多個極地的男子漢。精神防寒措施相當完美。

「人家好像覺得愛德坎的記憶『不需要那麼多』喔。你也差不多可以朝別的方向發展個人特色了吧。」

吉克對他說出正經的評語，沒有像平常一樣說些「不愧是愛德坎！始終如一的人應該很受歡迎吧！」之類很隨便的話。

雖然是接受別人的幫助，但吉克的傲慢似乎收斂了一點，多少變得比較紳士。

「所以？所以？琉洛帕嘉應該已經女體化了吧？琉洛帕嘉啊～！」

「喂、喂，愛德坎，你給我稍微克制一點！」

完全無視於吉克的制止，跑過去確認琉洛帕嘉是什麼性別的愛德坎得到的答案是——

「史萊姆是無性別的，所以兩者皆非。」

琉洛帕嘉用十分不解的表情看著執著於性別的愛德坎，以平淡的語氣答道。

在這種情況下，究竟該作何反應呢？

吉克輕拍明顯陷入沉思的愛德坎的肩膀，搖了搖頭。

「不要再丟人現眼了，愛德坎。」

「唔啊！」

吉克蒙德使出一記暴擊。不愧是弓箭手，這無情的一擊正中要害。

然而，愛德坎的防禦力也頗高，不甘示弱地展開反擊。

「這位吉克先生自己又多厲害啊～？嗯？老大不小的男人只敢拚命對外宣示主權，也太廢了吧？你不是弓箭高手嗎～？那就一箭攻下主堡啊。話說，就連這次你把史萊肯帶走的原因，這麼重要的事情你到現在都還沒提起耶～？」

「唔唔……話是這麼說沒錯，但『枝陽』有太多別人的目光了啊！如果沒有一個契機，要怎麼在那種地方迅速拉近距離啊！」

「想製造契機又失敗的不就是你嗎～」

雙劍士的攻擊頻率很高。突如其來的一陣猛攻讓吉克招架不住了！

雖然是言語的激烈交鋒，看在旁人眼裡卻也顯得十分融洽。

（吉克他們好像很開心呢～）

瑪莉艾拉一邊捏著變回手掌尺寸的史萊肯，一邊往反方向望去，發現完成受肉的前精靈二人組正在卿卿我我地享受肢體接觸，就連平時很冷酷的尤利凱都在附近說著「法蘭茲，你沒事唄？」「嗯，讓妳擔心了」等等的對話，氣氛比平時還要親密。

沒有對象的大叔二人組——格蘭道爾與多尼諾已經準備好踏上歸途，開始在附近尋找這個不可思議的世界有沒有什麼能帶回去的東西。

「……我們也差不多該回去了，史萊肯。」

瑪莉艾拉不是邀請吉克，而是邀請史萊肯一起回去。

這趟旅程令人非常疲憊。瑪莉艾拉原本是因為史萊肯被遺棄才會離家出走。吉克擅自把牠帶出去的行為當然值得生氣，但既然牠沒事，瑪莉艾拉也早就失去繼續離家出走的理由了。就連找到師父的目的也已經達成，如果瑪莉艾拉有擬訂業務目標，如此超乎想像的成果已經足以獲得好上加好的評價。

「下次再吵架的話，就把吉克趕出家門吧！」

體會到自己的成長而變得更有自信的瑪莉艾拉吐出一口氣，握緊小小的拳頭。

雖然看起來一點也不強，卻看得出堅強的意志。畢竟現在的師父正跟剛受肉的琉洛帕嘉沉浸在兩人世界，就算周圍有許多人也令人有些尷尬。這陣子如果再吵架，與其由瑪莉艾拉跑去找師父，不如把吉克趕出家門。

把史萊肯放回原本瓶子裡的瑪莉艾拉說道：「伊露米娜莉亞，回程就拜託祢帶路了。」然後把裝著大瓶子的背包綁到庫的背上。

「等一下，瑪莉艾拉，拜託妳讓我解釋。我不希望這件事就這樣不了了之。」
吉克奔向一個人匆匆準備踏上歸途的瑪莉艾拉。
他的表情有點認真。
雖然瑪莉艾拉可以輕鬆看穿吉克的表面，但他這次好像真的下定了決心。與愛德坎鬥嘴過後，他似乎有了什麼覺悟。
「什麼事~吉克？就算你道歉，我還是一樣會罰你沒飯吃喔。」
對於吉克那句「不希望這件事不了了之」的發言，瑪莉艾拉也表示自己不會讓他帶走史萊肯的事就這樣不了了之。瑪莉艾拉最近發現，吉克是別人對他太寬容，他就會得意忘形的類型。該嚴格的時候就要嚴格。
吉克對瑪莉艾拉的冷淡回應發出「嗚嗚……」的呻吟，但他仍然不氣餒，在瑪莉艾拉面前跪下，從口袋裡取出某種東西。
「我拜託史萊肯從迷宮的湖底找來的東西是一種藍色的石頭。我希望妳……願意收下它。」
說著，吉克對瑪莉艾拉遞出的是一枚戒指，上頭鑲著與他的左眼有著相同色彩的藍色寶石。
『吉克終於出手了……！』
雖然大家都沒有出聲，但沒有什麼情境比這更明白的了。

見到這一幕，就連正在卿卿我我的前精靈二人組與尤利凱等人都不禁停下來注視他們。

雖然沒有氣氛與前兆，給人一種衝動行事的感覺，但畢竟對象是瑪莉艾拉，這樣或許剛剛好。

於是重視物質勝過浪漫、重視食慾勝過情慾的鍊金術師瑪莉艾拉一見到戒指，立刻露出訝異的表情。她好不容易失去關於食慾的記憶，吉克希望她能夠相對萌生一點情慾。

「咦……？呃，吉克，謝謝你。這個戒指真漂亮……

……可是，今天又不是我生日，為什麼要送我這個？」

「！！？」

看到瑪莉艾拉拿著戒指，擺出茫然的表情，吉克啞口無言。

這時芙蕾琪嘉偷偷靠近他的背後。

「你知道嗎？吉克，贈送戒指代表～的習俗大概是在一百年前才開始的喔。」

「！！！」

聽到芙蕾琪嘉用滿臉笑容告知的事實，吉克無力地用雙手撐住地面。

（一百年前……從兩百年前就開始進入假死睡眠的瑪莉艾拉不知道戒指代表什麼意思嗎……）

「都怪你想要這樣敷衍了事啦，吉克小弟～！」

愛德坎一臉高興地開玩笑，實在可恨。

「好了～大家，我們差不多該回去了。」

「是啊～」

「直到最後都還滿好玩的咧。」

吉克還來不及說明戒指的意義，瑪莉艾拉便宣布收工，一行人於是開始準備踏上歸途，讓吉克下定決心的人生大事成了普通的贈禮儀式。

「回去之後，回去之後，我會再好好說一次……」

一行人丟下正在低聲碎碎唸的吉克，邁出步伐。

「吉克，我們要走了喔！快點過來！」

瑪莉艾拉擺出「真拿你沒辦法」的表情，對吉克招手。

她應該不知道戒指代表什麼意義，左手的無名指卻已經戴起與吉克的眼瞳有著相同色彩的戒指。

終章

人與魔物及精靈

Epilogue

＊01

「自從精靈湖泊變成普通湖泊，魔森林就變得比以前更不穩定一點，有時候會有大量的魔物出現。可是成長茁壯的人類會將魔物暴增的時候視為賺錢的機會，挺身驅除失控的魔物，所以人與魔物都過著還算快樂的生活。

在那之後不知道過了多久的歲月。

今天也有一名少年衝出迷宮都市的城門。

擁有「精靈眼」的這名少年是個鍊金術師，他帶著弓箭，今天也要去採集素材。

少年靠著代代相傳的狩獵技巧與鍊金術知識，能夠前往魔森林深處採集珍貴的素材，還有小小的火蠑螈與寄宿在聖樹細枝上的精靈陪伴在他身邊。雖然有點調皮過頭，但少年將與可靠的伙伴一起冒險，永無止盡地探索這個世界。」

「那、那是記錄在世界的記憶（阿卡西紀錄）中的既定未來嗎？那名少年是不是我和瑪莉艾拉的……」

「這個嘛，誰知道呢～？如果有酒喝，我說不定就能想起來了～」

「吉克，不可以大白天就給她喝酒！還有……為什麼妳會在『枝陽』呢～？師父。啊，琉洛帕嘉大人請慢慢坐。」

精靈湖泊的事發生後不久，準備好午餐的瑪莉艾拉回頭往餐桌一看，發現正在等待用餐的吉克與警衛之中，有兩個前精靈若無其事地混了進來。

「枝陽」的午餐時間會有常客和負責警備工作的士兵輪流來廚房隨意用餐，所以人數的增減是很稀鬆平常的事，但他們實在是出現得太自然了，讓瑪莉艾拉也忍不住回頭重看了一眼。

芙蕾琪嘉對吉克說起不知是真是假的故事，慫恿他在白天就拿酒來招待自己，琉洛帕嘉則在店內好奇地左顧右盼。

現在的琉洛帕嘉雖然是以史萊姆為基礎而接近魔物的存在，但肌膚並不透明，除了過長的頭髮和蒼白的膚色以外，外表並沒有與人類相差太多，所以看起來也像是某種罕見的亞人。

從湖精靈的世界回到原本的世界以後，芙蕾琪嘉與琉洛帕嘉並沒有跟瑪莉艾拉等人一起回到迷宮都市。

「我並不打算獨自背負一切，但也無法獨自逃離汙穢。而且這副身軀是由史萊姆構成，比起人類更接近魔物。多虧以你們的記憶所製作的這個核心，我才能理解慾望的背後隱藏著令人瘋狂又憐愛的感情，以及善意和感謝，但如果長期相伴，恐怕會輕易遭到汙穢吞噬。我不適合待在人類的城市。芙蕾的徒弟與其同伴們啊，我會在魔森林的深淵守望著你們。有緣再見吧。」

「就是這麼回事，瑪莉艾拉，辛苦啦～我還會去找妳玩的～」

魔物與人無法共存。彷彿要體現這個道理，生性認真的琉洛帕嘉往魔森林的深處走去，連生性隨便的師父都揮了揮手，追上了琉洛帕嘉，不過……

「師父，妳也太早回來了……琉洛帕嘉大人待在這種到處都是人的地方，沒關係嗎？會不會想攻擊人？」

汙穢究竟怎麼樣了？他不會化為魔物，對瑪莉艾拉等人萌生攻擊的衝動嗎？

瑪莉艾拉擔心地看著琉洛帕嘉，卻覺得他看起來有些不太安分，似乎心神不寧的。

「其實，不只是記憶與地脈碎片這些無形的東西，多虧有在核心中添加名為人魚之淚的水屬性物質，所以這副身體與我非常契合。」

「那不是很好嗎？」

瑪莉艾拉對語氣含糊的琉洛帕嘉感到不解，同時這麼回應。

「所以呢，這副身體原本是叫做史萊肯的魔物，而牠從屬於妳吧？牠以前的習性，該說是慾望嗎……」

「是……」

心神不寧，忸忸怩怩。

表現出一連串怪異的態度以後，琉洛帕嘉就像是下定了決心，對瑪莉艾拉坦然說道：

「能不能給我一些灌注魔力的水呢！」

「是！」

原本神祕又莊嚴的湖精靈琉洛帕嘉本來就是這樣的人嗎？還是因為繼承了瑪莉艾拉的暴食記憶，完全變成了一個貪吃鬼呢？

琉洛帕嘉喝光了一整桶由瑪莉艾拉灌注滿滿魔力的水。成功攏絡吉克的芙蕾琪嘉在他旁邊大口大口地喝著酒。

「噗哈！真好喝。」

「噗哈！活過來了。」

正因為相貌端正，前精靈二人組這個樣子才顯得更令人傻眼。火與水明明是相反的屬性，他們現在卻已經完全變得一個樣了。

「哎呀~魔森林沒有酒嘛。而且我和琉洛都不會做菜，所以每天都吃著難吃的東西。雖然琉洛是史萊姆，好像吃什麼都無所謂就是了~」

「我可不是吃什麼都無所謂的。我對魔力也有講究。」

用類似的姿勢同時喝光水與酒的兩人融洽地聊了起來。

瑪莉艾拉用親手做的午餐招待他們，在聊天的過程中得知琉洛帕嘉不同於核心有從屬刻印的史萊肯，就算沒有瑪莉艾拉的魔力也不會餓死，但有時候會特別想吃。感覺似乎就像是吃了太多麵食之後，就會想要回去吃熟悉的麵包一樣。

「我懂，我也會想喝酒嘛。」

跟隨時都想喝酒的師父相提並論，好像不太合理。

瑪莉艾拉原本還擔心他會不會因為想要人類的魔力就把人類當作點心吃掉，但據說獵食而來的魔力與經過溝通所獲得的魔力，味道似乎不一樣。雖然是以動物或魔物測試的結果，但對方帶著愛意餵食的魔力好像特別美味。瑪莉艾拉對史萊肯灌注的愛的味道好像也被他繼承了。

「我的魔力的火之氣息好像太強了，就算我要餵他，他也不肯吃呢～」

「原來師父做過那種事……」

芙蕾琪嘉一臉遺憾，在一旁聽著的瑪莉艾拉卻比她更害羞。

除了飲食習慣以外，前精靈的魔森林生活似乎過得相當舒適。

住宅是芙蕾琪嘉一邊把玩火焰一邊跟某棵聖樹「商量」，請祂把有一個大洞的老樹變成像家的形狀；琉洛帕嘉則拜託織女蜘蛛（阿拉克妮）編織吊床，兩人就睡在輕輕搖晃的床鋪上。

蘑菇椅子坐起來柔軟又舒適，當作桌子的樹卻長了四隻腳，所以有時候會跑去別的地方，讓他們大傷腦筋；兩人還說現在屋子裡的東西還很少，顯得有些單調，所以他們會蒐集星光來裝飾，瑪莉艾拉卻無法想像那究竟是什麼樣子。光是聽著就令人興奮不已，真想去拜訪看看。

接近魔物的琉洛帕嘉跟其他魔物一樣，多少會有汙穢流向他，但分量已經比以前少多了，而且也拜核心所賜，他並不會對接近人類的芙蕾琪嘉感到煩躁。

「竟然不會對師父感到煩躁，請問你是聖人嗎？」

他整天跟難搞的師父待在一起還能心平氣和，讓瑪莉艾拉驚訝地心想自己是不是比他骯髒多了。

「哪有～傷腦筋的反而是我耶～」

琉洛帕嘉本來就是認真且淡泊的性格。除了瑪莉艾拉的魔力以外，他吃什麼都可以，有時候會整天徘徊在魔森林，或是整晚聆聽河川的潺潺流水聲、觀賞天上的星星，很享受有肉體的生活。

不論是好是壞，他都具備強烈的精靈特質，但明明已經用人類的原罪來製作核心，卻還過著這種很有「前精靈」風範的簡樸生活，熱愛享樂的芙蕾琪嘉肯定無法滿足。

「我想讓琉洛體驗什麼是娛樂，所以今天才會帶他過來！」

「枝陽」從什麼時候開始變成娛樂設施了？看到他們開心的樣子，連伊露米娜莉亞都忍不住從天窗朝屋內窺探。

「所以，你們後來怎麼樣了？」

渴求娛樂的芙蕾琪嘉丟出一記直球。看到她一臉興奮的表情，瑪莉艾拉雖然覺得她應該是在問關於自己的事，卻還是談起黑鐵運輸隊的成員從那個湖之世界回來以後的事。

「雖然時間還沒過多久，但聽說尤利凱和法蘭茲先生好像想出發去尋找尤利凱出生的故鄉。可是他們說不會馬上出發，還要先蒐集情報、存旅費。他們倆現在都過得很好。格蘭道爾先生說下次去帝都的時候，要到好久沒有回去的老家露個臉。多尼諾先生為了磨練裝甲馬車的維修技術，最近好像常常待在矮人街。」

各自交出一點記憶的黑鐵運輸隊成員都坦然面對自己的問題，踏出了新的一步。

這一點，就連隨時隨地都能跟任何人輕易示愛的愛德坎也不例外。他使用護衛瑪莉艾拉所得的「血緣魔藥」來證明親子關係，一一與前來求償的女性交涉時，曾經這麼說過：

「可是啊，要不是生活過不下去，她們也不會想要騙我吧。」

於是，愛德坎拿了一些分手費給欺騙自己的人，很像是他會有的作風。

「對了，愛德坎有說過一些奇怪的話。」

「是喔，他說什麼？」

經常跟愛德坎見面的吉克隨口說道，師父便這麼反問。

「他說自己獨處的時候，總是會聽到的慘叫已經消失了。或許是因為這樣，他的異性關係好像變得比較穩定。」

「那還真是拿得很值得呢。」

說完，師父笑著舔了嘴角一下，讓瑪莉艾拉無意間想起火蠑螈舔了愛德坎的臉頰的樣子。那個時候，師父故或許是對愛德坎做了什麼，舒緩了他的痛苦回憶吧。

「所以？你們呢？」

「……沒飯吃之刑總算是結束了。」

吉克的窩囊回答讓芙蕾琪嘉放聲大笑。

一起用餐的警衛擔心再繼續聽下去的話，接下來的訓練會變得更嚴格，於是早早離去，保全了吉克的面子，但最重要的事——與瑪莉艾拉的關係完全沒有進展，讓他相當沮喪。

瑪莉艾拉一直都把吉克送的戒指戴在左手的無名指，但似乎只有吉克沒注意到這個舉動的意義。

「因為……就算是我也不想在周圍的壓力之下答應嘛。」

被眼尖的安珀小姐和梅露露姊發現戒指的存在時，瑪莉艾拉曾經這麼說過，但遺憾的是吉克到現在還不知道。

即便瑪莉艾拉生活的兩百年前並沒有這種習俗，她也認識生活在現代的女性友人。雖然當時下意識地裝傻，瑪莉艾拉也是花樣年華的少女，當然不可能不知道戒指代表的意義。

「好吧，加油啦！我們還會再來，期待下次可以聽到好消息！」

說完，師父他們以魔森林深處才採得到的稀有素材為交換，帶著大量的糧食和酒，以及蘊含瑪莉艾拉的魔力的水，回到了魔森林。

「這裡是捷徑。有琉洛在，一下子就到了。」

師父口中的捷徑就是連接到「枝陽」地下室的地下大水道。

藉著這條專用通道，兩名前精靈今後也會以常客的身分，經常造訪「枝陽」吧。

02

當天晚上。

「瑪莉艾拉，我有很重要的事要說，妳能不能來屋頂一趟？」

下定決心的吉克邀請瑪莉艾拉到屋頂。

沒有「枝陽」的常客和增加的警衛，而且氣氛還不錯的地方就是屋頂，雖然給人有點不夠用心的感覺，但這裡也是林克斯過世的晚上，兩人一起度過的地方，所以如果要說「重要的事」，這裡並不算太糟的選項。

「吉克？哇，好漂亮。」

瑪莉艾拉在吉克的邀請之下登上屋頂，平常總是晾著床單或兩人的內褲、充滿生活感的屋頂已經被收拾得乾乾淨淨，現在到處都放著點燃的蠟燭，讓瑪莉艾拉不禁發出讚嘆的聲音。

蠟燭不是在「枝陽」販售的除魔蠟燭，而是從其他店家買來的時髦蠟燭。點滿寬敞屋頂的許多蠟燭既像滿天星斗，也像是地脈之中的景象，十分夢幻。

在搖曳的燈火中央，吉克蒙德對瑪莉艾拉伸出手。

瑪莉艾拉走向吉克身旁，把自己的左手輕輕放到他伸出的手上。

「瑪莉艾拉……我……」

吉克牽起瑪莉艾拉的手，單膝跪下，準備開口說出自己練習了好幾次的台詞。

不過非常可惜的是，因為師父的來訪而活化的火精靈寄宿在屋頂上的燈火中，注視著兩人，生長到屋頂的聖樹枝椏也有伊露米娜莉亞帶著興奮不已的表情偷偷看著，所以吉克的求婚不知道究竟有沒有成功。

戴在瑪莉艾拉的左手，與吉克的眼瞳有著相同色彩的寶石映照著星空與蠟燭的無限光芒，閃閃發亮著。

The

Survived

Alchemist

with a dream

of quiet town life.

06

book six

附章

無限肉之祭典

Additional Chapter

＊01

「小子們———！＠＃＄％︿＆＊＃＄％︿％＊＃＠！！！」

「唔喔喔———！＠＃＄％︿＆＊＃＄％︿％＊＃＠！！！」

男人們發出讓人聽不懂的吵雜吶喊。

他們並不是在說什麼異國語言。

許多年輕冒險者在迷宮都市的外牆列隊，迫不及待地等著魔森林氾濫（魔物暴動）的魔物群。

所有人的士氣都異常高昂。

他們雖然興奮得口齒不清，但似乎準備得很周全，年輕人大多都穿著擦得亮晶晶的防具，連髮型都梳理得非常完美。甚至有強者舉起擦得跟鏡子一樣亮的劍，確認自己的服裝儀容。

他們雖然瞪著魔森林，卻也會不時回頭瞄著外牆的方向，就是因為那裡有一群稍微打扮過的女性。

咚咚咚咚咚———！

大地開始搖晃。可能會引發重大的災害、有什麼事即將發生的預兆讓現場的所有人都挺直背脊。

震撼魔森林，甚至壓倒樹木而來的是發狂的魔物們。本來不會成群結隊的魔物大舉湧來的現象，只有一個詞可以形容。

「好的～開始了！第一屆迷宮都市攻防戰。究竟有誰能夠打倒許多魔物，贏得高額獎金呢？限制時間只到魔森林氾濫（魔物暴動）平息為止！解說員由我『雷帝愛爾席』以及……」

「『破限』，也就是我光蓋來擔任！小子們，上吧——！！！」

「@#$%^&*#$%^%*#@！！！」

魔物發出震撼大地的咆哮，男人們則發出足以蓋過這陣咆哮的異國語言……應該說開戰的吶喊。對男人們投射的熱情視線來自未婚的年輕小姐，其他的嚴厲視線則來自派老公去爭取食材的太太們。

沒錯，這是取代了「肉之祭典」又稱半獸人祭典，誕生在迷宮都市的，兼顧生存與邂逅的高效率活動。

＊02

迷宮都市團結起來消滅迷宮，讓這一帶回歸人的領地確實是好事一樁，但那一年討伐半獸人的「肉之祭典」在極度冷清的狀態下結束了。雖然有零星的半獸人為了過冬而前來覓食，數量卻少得只靠都市防衛隊的巡邏就能擊退，左等右等都等不到半獸人大軍襲擊迷宮都市。

因為如此，去年並沒有舉辦年輕男女滿心期待的聯誼活動「肉之祭典」。

多虧有消滅迷宮後時間與體力都相當充足的迷宮討伐軍進入魔森林，大舉狩獵可食用的魔物，所以人們不缺冬季的糧食，但迷宮都市的年輕人可沒有安分到達成基本需求就會滿足的程度。

熱血沸騰，鮮肉起舞，還能順便大飽口福，戀人齊聲歌唱。這座城市就是需要那樣的祭典。

和平帶來意想不到的壞處，讓萊恩哈特大傷腦筋，卻又在絕佳的時機接到瑪莉艾拉通知「可能會發生魔森林氾濫（魔物暴動）」的消息。

如果是其他的城市，應該會將其視為嚴重的災難而陷入恐慌，但根據瑪莉艾拉描述的詳細情形，規模與時期都可以透過聖樹精靈伊露米娜莉亞得知。而且，相對於定期發生的頻率，規模並不大，而迷宮都市有許多身經百戰的戰士，所以能夠充分應付。

「那不就是效率很高的狩獵嗎……」

聽完魔森林的由來——「火與水精靈的故事」後，萊恩哈特雖然對類似獎勵關卡的魔森林氾濫（魔物暴動）感到有點過意不去，卻也欣然答應了新的肉之祭典——魔森林氾濫（魔物暴動）的壓制工作。

在萊恩哈特的要求之下，渴望活動的迷宮都市領導者都團結一致，所以新的肉之祭典在計劃的階段就反應熱烈。

「首先，最重要的是誘導魔物。」

對於泰魯托提出的正經意見，萊恩哈特點頭稱是。

馬上因為『將軍閣下贊成我的意見耶～！』而綻放笑容的泰魯托接下來說的話都跟平常一樣無聊得不值一提，但為了避免對迷宮都市造成傷害，同時打倒從魔森林湧出的魔物，開拓中的農地被選為戰場。

魔森林氾濫（魔物暴動）中的魔物具備勝過除魔魔藥的攻擊性。要將魔物誘導至目的地，就必須在相當寬廣的魔森林範圍內潑灑魔物厭惡的魔藥，改變牠們的前進方向，但現在的迷宮都市是人的領地，用來製作除魔魔藥的布魔敏特草並不會無限生長，所以除魔魔藥的分量不夠。

雖然效果較差，但目的只是要誘導，所以最後獲選的是在「咒蛇之王（巴西利斯克之王）」一戰中大放異彩的聖水。本來用於預防詛咒的聖水對汙穢也有效。體內含有汙穢的魔物會本能地避開聖水。

聖水的材料有聖樹的朝露、用精靈之火淨化過的鹽，以及少女的頭髮。

聖樹的朝露是潑灑大量的水，直到伊露米娜莉亞哀號「住手～我要被泡爛了～」才採集到；鹽則是瑪莉艾拉召喚火蠑螈，再由吉克拜託祂充滿朝氣地「火焰！」一下。

而最後的少女頭髮——

「既然如此，就從帝都邀請人氣美容師過來吧！」

基於凱羅琳的提議，迷宮都市開了一家僅限十幾歲少女免費的美髮沙龍，蒐集到的頭髮分量已經足以應付這幾年的需求。

在人氣美容師的巧手之下，女童們從土氣的小丫頭搖身一變成為早熟的淑女。

街上到處都是時髦的少女，其他女性當然不可能忽略這個變化。

多虧維斯哈特建議提早開設兒童限定美髮沙龍，許多小姐與太太們都為了參加祭典，即使付費也要請人氣美容師替自己打理外表，讓美髮沙龍的客人絡繹不絕。

營收不只能支付美容師的薪水，甚至能在祭典期間免費開設診所。

凱羅琳本來就多才多藝，但自從與維斯哈特訂下婚約之後，不只是經商的才華，就連美貌都更上一層樓。

她幸福得閃閃發光，甚至名列瑪莉艾拉的三大閃耀之人名單。

順帶一提，這份名單的另外兩個人分別是帶電中的愛爾梅拉小姐和光蓋。

會列出這種名單，就表示瑪莉艾拉還是一樣脫線，但多虧有在課堂上示範製作聖水的鍊金術技巧，學生都開始對她刮目相看了。

儲存大量聖樹朝露的容器竟然是蓋在迷宮附近的公共澡堂的大澡桶。瑪莉艾拉用傻裡傻氣的聲音說著：「然後攪拌均勻～」以龍捲風般的力道將如此大量的材料一口氣混合；見到這等魔力，一部分嘲笑她是「平民」或「凡人」的學生便對她完全改觀了。

提議舉辦這項課程的吉克與擔心迷宮都市的鍊金術師會有派系之分的維斯哈特一起笑著說「計畫成功」；看著他們倆，瑪莉艾拉與凱羅琳都說「好壞的臉」，融洽地一起喝著茶。

03

魔森林的樹木同時開始搖晃，最初衝出來的是成群的殺人蜂。每一隻的尺寸都相當於犬貓的這種蜜蜂當然是以毒針為武器，牠們能以鳥類望塵莫及的滯空能力與帶有麻痺毒素的毒針，從四面八方攻擊敵人。

中毒而動彈不得的可憐獵物會被當場啃食，或是被帶回蜂巢，成為幼蟲的食物。而且牠們會團體行動，萬一在魔森林碰上就得作好受死的覺悟，是一種非常凶猛的魔物。

「哦~一開始就出現殺人蜂啦。這下傷腦筋了，這可不能吃啊！」

「正確肢解就可以食用，但外骨骼硬得難以切開，毒囊又能賣到高價，所以最好還是回收一下素材喔。」

「……可以吃是嗎？」

「成蟲建議油炸。順帶一提，蛹好像是最好吃的，但這次的魔森林氾濫（魔物暴動），幼蟲會以異常的成長速度一口氣化為成蟲，所以蜂巢是空的。從中能看出魔森林不會輕易讓人類飽餐一頓的氣魄呢。真令人遺憾！」

不過，對負責解說的光蓋和愛爾梅拉來說，牠們似乎是不適合當作糧食的可惜魔物。只要好吃，就算是蟲也沒關係嗎？

再說，迷宮都市明明就是被襲擊的一方，「不會輕易讓人類飽餐一頓的氣魄」是什麼意思？未免太游刃有餘了吧。

「哎呀，希望大家也別忘了回收毒針。那個部位裡面含有稀有金屬呢。洛克威爾將會全部收購。」

不知道是來解說還是來參觀的，麥洛克在解說員所在的總部藉機表達收購素材的意願，這時擅長遠距離攻擊的魔法師與弓箭手紛紛削減殺人蜂的數量。目前情況還算順利。

不過，專心面向上方戰鬥的冒險者們忽略了腳下的狀況。在不知不覺間靠近的是名為吸血藤的藤蔓型魔物。它們原本沒有這麼長的藤蔓，卻因為魔森林氾濫（魔物暴動）而急速成長，纏住了在最前線戰鬥的冒險者的腳。

「唔哇！什麼時候來的！」

終於發現自己的腳被纏住的冒險者想要解開藤蔓，注意力都放在腳邊的時候，森狼與黑狼構成的混合部隊從魔森林衝了出來。雖然上方的殺人蜂減少了，牠們卻趁機攻擊被吸血藤纏住腳的前線冒險者，於是混亂立刻在人群中擴散開來。

「好痛，我被咬了！」

「喂，也別忘了殺人蜂啊！」

狼型魔物撲了過來，上方還有雖然減少卻仍具威脅的殺人蜂。

就像是要乘勝追擊一口氣被打亂的隊形，長著八隻腳與四根角的巨大牛型魔物撞倒了魔森林的樹木，隨著地鳴現身。

四根角之中，較短的兩根從額頭筆直往前生長，另外兩根從頭蓋骨旁邊往左右兩側延伸到肩膀的寬度，然後再往前彎曲。比普通的牛大上數倍的身軀不只是巨大，還帶著沉甸甸的重量感，若沒有粗壯的八隻腳，恐怕就無法支撐牠的體重。

「哎呀，真稀奇。那是重壓牛呢。雖然終於有美味的魔物出現了……」

「但在這種混戰狀態下，情況或許不太樂觀啊。」

從龐大的身軀就能想像得到，重壓牛並不是行動敏捷的魔物。從正面遭到衝撞就會名符其實地被壓成肉餅，但牠加速需要時間，開始奔跑後也難以變換方向。躲過牠的衝撞本來並不是多麼困難的事，只要別站在牠的正面就是很容易打中的魔物，但現在天上有殺人蜂，地上還有狼型魔物正在玩弄冒險者們，使現場一片混亂。

「哼嘶──────！」

將人類視為獵物的雙眼因充血而泛紅，亢奮到連除魔魔藥都無效的重壓牛以攻城兵器般的壓迫感衝了過來。而且還是三隻同時。

冒險者們被這波攻勢撞飛，運氣差的人甚至還被重壓牛的四根角撞得皮開肉綻。

「嗚哇啊啊啊！」

祭典的氣氛蕩然無存。重壓牛的攻勢不只是將冒險者們連同狼與吸血藤一起撞飛，竟然還繼續朝著迷宮都市的外牆衝了過來。

憑牠那副如攻城兵器般粗壯的角，迷宮都市的外牆恐怕也無法倖免於難。

「果然是魔森林氾濫（魔物暴動），不容小覷啊……」

在總部坐鎮指揮的萊恩哈特迅速舉起手，命令迷宮討伐軍出動。為了維護祭典的樂趣，他們一直在後方待命，但遊戲差不多該結束了。

接到萊恩哈特的命令，在猜拳中勝出的三名迷宮討伐軍隊長出面對付衝過來的重壓牛。以盾牌戰士沃夫岡為中心，迪克及大劍士守在兩側。

率先行動的是長槍手迪克與大劍士。往前奔跑的兩人雖然手持不同的武器，默契卻出乎意料地好。兩人稍微使了個眼色，然後幾乎同時對三頭並肩衝過來的重壓牛揮舞長槍與大劍，將左右兩頭重壓牛的四隻前腳砍斷。

速度飛快的巨大身軀即使失去前腳的支撐，也不可能立刻停下來。

咚咚！兩頭牛向前傾倒，其中一頭的臉部埋進地面，移動了幾公尺才總算停下來；另一頭的角不幸插進土裡，因此翻了個跟斗，扭斷脖子而亡。

高階戰力實在驚人。戰鬥在轉眼之間落幕，或許稍微欠缺了一點娛樂性。

「不愧是迷宮討伐軍！三兩下就解決了！」

不知道是因為聽見愛爾梅拉的這段實況，還是單純因為天生喜歡表演，坐鎮在中央的盾牌戰士沃夫岡用誇張的動作舉起盾牌，發出「哼嗯！」的一聲吆喝，漂亮地擋住了體格高大的重壓牛使出的衝撞。

「太、太厲害啦——！」

「不愧是迷宮討伐軍！」

「呃，好痛！我被狼咬了！」

幾個冒險者看得目瞪口呆而放下手邊的武器，正被狼咬到連聲慘叫時，單靠一張盾牌就擋下重壓牛的沃夫岡大喊：「喝啊啊啊！」把重壓牛撞飛了。

仔細觀察隨著一陣沉重的地鳴倒下的重壓牛，會發現牠額頭上的兩根角已經折斷，額頭出現不自然的凹洞，嘴角還吹出血泡。應該是擋住衝撞的力道都集中在角上，使頭蓋骨凹陷了。

「哦哦哦哦哦！」

「呀啊啊啊啊！」

對於冒險者與觀戰的女性們發出的歡呼，三名戰士一邊舉手回應，一邊返回迷宮討伐軍。

「很遺憾，他們全都是已婚人士啦！」

不愧是光蓋。已婚人士也是會想贏得喝彩的，這段實況真是多此一舉。

由於迷宮討伐軍的介入，原本處於混亂狀態的冒險者們都振作了起來，氣氛不再輕浮，眾人的士氣也隨之提高，但從魔森林湧出的魔物當然不只這些。

彷彿才剛結束熱身，魔森林中傳出地鳴，好幾頭地龍隨之現身。或許是想在大型魔物肆虐的狩獵場分得一杯羹，地龍的兩側還有哥布林與半獸人等弱小的魔物紛紛湧出。

天上有平常會獵食哥布林或半獸人的飛龍，追逐獵物似的朝這裡飛了過來。

「迷宮討伐軍往前！對付地龍！」

在萊恩哈特的指揮之下，迷宮討伐軍列隊朝地龍前進。

「迷宮討伐軍即將上場迎戰強敵！各位冒險者請盡速就位，進行外牆的防衛工作。」

冒險者們遵守愛爾梅拉的廣播，讓路給迷宮討伐軍，開始對付從地龍之間的縫隙攻向迷宮都市的雜兵魔物。

如果親眼見到仍看不出地龍是強大的魔物，即使是菜鳥也沒資格自稱冒險者。戰線交替是事先訂下的規矩。

「『寒冰領域』。」

維斯哈特等魔法師部隊將大地冰凍。地龍施展的石槍比那副巨大身軀使出的物理攻擊還要棘手。從腳下竄出的長槍形成得非常快速，就算躲過第一波攻擊，著地處通常也已經化為一片劍山。

以「寒冰領域」凍結地面，就能延遲石槍的形成速度，重點是可以藉著冰的裂痕來推測石槍的軌跡。

「喝啊！」

一陣沉重的地鳴響起，手持戰鎚的士兵重擊隆起的地面裂痕，阻止了石槍的初期攻勢，讓攻略的過程變得輕鬆多了。

話雖如此，地龍的鱗片仍然很堅硬。特別是背部，粗糙的攻擊就連擦傷都無法造成。如果地龍只有一頭，眾人還可以靠著圍攻的方式打倒牠，但或許是因為魔森林氾濫（魔物暴動）的效果，平常並不會群居的地龍總共聚集了十幾頭之多，若花費時間太多時間就有可能遭到別的個體攻擊。

牠們身上唯一柔軟的部位就是龐大身軀上的小小眼球。可是要精準擊中地龍的眼球，簡直就像是將線穿進會動的針孔一樣。

能輕易辦到這種技巧的人可不多，不過……

咻！咻！咻！

迷宮都市有一名技巧高超的弓箭手。

如果沒在這個時候拿出好表現就得接受「沒飯吃之刑」的吉克，以地龍最好吃的肉為報酬，臨時加入了迷宮討伐軍。比起以冒險者的身分獨自參加，他選擇的方法一定能帶回最好吃的肉，求生意志可說是相當強烈。

「射得漂亮！射得漂亮！他是、他是『枝……』唔嗯唔咕……」

對自己支持的冒險者——吉克的活躍感到興奮不已的泰魯托闖進解說員的座位，正要拿起擴音器洩露吉克的個人資料之前，都市防衛隊的隊員們摀住了他的嘴巴，將他帶離現場。這也是意料之內的應對方式。不論是戰場還是參觀區都陷入一片混亂，所有人都興奮得不得了。

狙擊手吉克的弓箭漂亮地射傷前排地龍的眼睛，使地龍因疼痛而後仰或是胡亂掙扎，迷宮討伐軍的士兵便趁牠們露出相對柔軟的腋下或腹部時刺中其要害。

雖然他們是第一次壓制這麼大群的地龍，卻也在魔森林的遠征中習慣對付這種魔物了。多虧馬洛的念語，在開闊的場地進行團體戰對迷宮討伐軍有利。雖然因為後續地龍的攻擊而多少受到了一點傷害，但迷宮討伐軍仍然能確實葬送一隻又一隻的地龍。

「弩砲部隊，瞄準飛龍！都市防衛隊也要跟進！」

準備從上空發動攻擊的飛龍被都市防衛隊的狙擊手擊落。

在凱特隊長的指揮之下，裝設在外牆上方的弩砲射出強勁的箭，接二連三地擊落飛龍。雖然他們的表現相當精彩，但畢竟是在高牆之上，所以欠缺引人注目的亮點，頗有都市防衛隊的風格。

迷宮討伐軍正在穩定地打倒地龍時，菜鳥冒險者們從前線退了下來，勇於擊退攻向迷宮都市的半獸人或哥布林。靠近參觀區的人果然會比較有幹勁。

掉落到地上，但仍有呼吸的飛龍或等級更高的魔物會由中階冒險者分工打倒。算得上老手的中階冒險者不論是戰鬥方式還是私生活都很穩定，所以能確實拿出戰果、賺取利益。

奔龍拉著二輪車穿梭在冒險者或迷宮討伐軍之間，接送有時會出現的傷患。

鋼鐵車身上裝著金屬製的大輪胎和尖銳的槍尖，幾乎可以說是一輛戰車。為駕駛量身訂做的車身上刻著黑鐵運輸隊的標誌。

尤利凱操縱的戰車是一輛沒有載貨台，只有駕駛座的攻擊型車輛，正發出「唰啦──」的聲音，做出接近直角甩尾的刁鑽動作。

她善用馴獸師的技能，展現出人馬一體，甚至與戰車合而為一的駕駛技術。特別強化行駛性能而難以駕馭的車身連森狼或黑狼都能玩弄在股掌之間，裝在輪胎鋼圈上的槍尖則把半獸人絞成了碎肉。

拉著這輛車，在轉彎的前一刻踢起土壤，或是用尾巴毆打魔物，極盡挑釁之能事的奔龍毫無疑問是庫。從遠處就能看出牠玩得很盡興，還是一樣血氣方剛。

尤利凱與庫的戰車引來的魔物會由格蘭道爾的裝甲戰車迎戰。

不同於重視機動力的尤利凱的戰車，格蘭道爾的戰車重視防禦力，所以裝甲很厚實，奔龍也穿著鎧甲，整體非常笨重。雖然速度不值得期待，但多尼諾結合矮人的技術結晶所打造而成的這輛戰車就算沒有尤利凱那種特別的操縱技巧，也能依駕駛的意思移動，可以輕易做出甩尾來衝撞魔物的動作。

「『盾牌強擊』。」

「傳說中的勇者」進化成騎士型的英雄了嗎？

再說，利用戰車的車身使出的衝撞攻擊也能稱之為「盾牌強擊」嗎？

如今只要是能抵擋攻擊的東西都能夠當作盾牌，如果還可以活動就能再加上強擊了。也許他總有一天會用魔法對傘送風，在天上飛翔吧。

魔物被格蘭道爾操縱的戰車撞擊，騰空飛起。多尼諾與法蘭茲會利用這個空檔，搭著附有載貨台的戰車接送傷患。順帶一提，駕駛這輛戰車的人是努伊與尼可，多尼諾和法蘭茲會一面將倒地的冒險者丟到載貨台上，一面用戰鎚或拳頭把剩下的零星魔物打倒。

「大爺你們也應該一起去狩獵魔物的。」

「對付這些雜兵根本就不過癮吧。」

迷宮都市恢復為人的領地，瑪莉艾拉身為鍊金術師的事情也不再是祕密，因此被治好喉嚨的努伊與尼可紛紛開口說道。

「因為我們在戰車上花了太多錢啊，你們明明知道！」

「這些車廂確實有其價值，多尼諾。車身不太會搖晃，速度也快。而且尤利凱也玩得很開心。迷宮討伐軍給的委託金還不賴，這次不也是很好的表現機會嗎？」

法蘭茲笑著對抱怨的多尼諾說道。

將傷患接送到診所就是黑鐵運輸隊這次的工作。他們也藉機展示了新的車廂，今後應該會有更多工作上門。

而另一個人——應該待在這裡的黑鐵運輸隊隊長愛德坎則是……

「嗚啊——！痛痛痛、好痛、好痛啊——！我投降，真的很對不起——！」

「不必客氣，愛德坎。趁現在還沒有重傷患出現，我就替你調養一下身體吧。你都有時間來這裡偷懶了，應該很閒吧？」

為了取得聖水原料而開張的臨時美髮沙龍所獲得的營收，有一部分是用來補貼肉之祭典期間的診所費用。

診所的工作能接觸在戰鬥中受傷的冒險者，很受想認識新對象的女性歡迎，所以裡面都是擠得進這道窄門的美女，以肉之祭典的目的而言，這裡稱得上是所謂的獎勵關卡。

漂亮小姐親手使用魔藥，治癒傷患的身心。過程中也有空得知彼此的名字，很容易創造邂逅的機會。

前提是沒有迷宮都市最優秀的治療技師兼「枝陽」的除魔神像——尼倫堡為了因應重傷患的出現，如最後魔王般坐鎮在診所內。

這次的祭典規劃得十分縝密，這點小事當然在預料的範圍內。面對沒受什麼大傷就跑來診所閒晃的蠢蛋，尼倫堡會讓他們體驗比戰鬥還要痛苦的感受。

診所就像附帶陷阱的寶箱一樣，萊恩哈特為了減少悲哀的犧牲者，並督促冒險者認真對付魔物，已經指示主婦諜報員梅露露姊到處散播這項情報，所以明明沒受傷卻大搖大擺地跑到診所，被尼倫堡的「診療」弄得哭天喊地的情報白癡，果然還是只有大家的愛德坎。

04

魔物與人的戰鬥直到日落時分才終於落幕。

暫時還會有魔物斷斷續續地從魔森林出現，所以輪流看守的士兵比平常還要多，但已經不會再有大量的魔物來襲。

參與戰鬥的冒險者們為了領取符合戰果的獎勵，所有人都聚集到大街上的櫃檯邊了。

「請出示開始前領到的燈籠～」

這麼說著，從冒險者手中接過燈籠的是「枝陽」的常客。

冒險者們的腰上都繫著點有小蠟燭的燈籠。那是在肉之祭典開始前，從這裡領到的東西。

雖然燈籠有防風的作用，火焰卻沒有因為冒險者的劇烈動作而熄滅，仔細一看會發現裡面寄宿著小小的火精靈，正從蠟燭的芯探出身子，好奇地觀察外頭的狀況。

這是稱為精靈蠟燭的特殊蠟燭，同時也是獻給寄宿其中的精靈的供品。

「如果要呼喚很多精靈～就需要獻出供品喔～具體來說就是酒啦。」

「供品是精靈蠟燭吧？」

假裝沒聽見瑪莉艾拉的吐槽，在祭典開始前不久一邊大口灌酒，一邊點燃精靈蠟燭的人，就是過去身為火之大精靈的芙蕾琪嘉。

「陣陣火焰，滾滾而來～太麻煩了，全部火焰！」

這已經連詠唱都算不上了，但隨著芙蕾琪嘉喊出的一聲「火焰」，大量的精靈蠟燭同時被許多弱小的火精靈點燃。

「祢們回到這裡之前不准消失喔～靠毅力撐下去。要是消失了……知道會有什麼後果吧？」

因為芙蕾琪嘉的恫嚇，小小的火精靈們才會拚了命抓著蠟燭的芯不放。大家都非常努力。

這些火精靈的職責是細數戴著燈籠的冒險者打倒了多少魔物。祂們也會順便保護冒險者，減少一點來自魔物的傷害，所以冒險者們都會多少努力避免火焰熄滅。

「枝陽」的常客或許是因為跟芙蕾琪嘉有交集，也跟火精靈很契合。特別是她教導過的艾蜜莉、雪莉、帕洛華與艾里歐，能比其他人聽見更多精靈的聲音，所以他們負責檯檯的工作，以免有人想作弊，但似乎沒有不肖之徒偷拿別人的燈籠來繳交。

幾乎所有的火精靈都維持普通火焰的樣子，只是靜靜地燃燒著，但在戰鬥的期間與精靈熟識起來的冒險者正在排隊時，對著祂問道：「祢會數數嗎？」

被問到的小小精靈回答「一、二」、「一、二、三」，卻遲遲答不出四以上的數字，讓人有點擔心祂到底行不行。

「他打倒了幾隻魔物？」

「很多～」「很多。」「很～多。」

對於艾蜜莉的問題，精靈們回答「很多」。

小小的火精靈數不到比三更大的數字，所以全都說著一樣的話。

火精靈說並肩作戰的冒險者打倒了很多魔物的開心模樣雖然令人感到溫馨，但這樣不就無法計分了嗎？

「是喔～辛苦祢了。」

艾蜜莉等人一邊笑著回答，一邊把寄宿著精靈的燈籠放到磅秤上。

「總共是五十隻哥布林。」

「哇，好厲害。換算成哥布林總共是兩百隻。」

艾蜜莉等人依磅秤上顯示的數值算出持有人的戰果，發行證書給他們。

冒險者戰鬥的期間，火精靈看似只是在燈籠中閃爍，但祂們雖小，卻也會淨化魔物死亡時散發的些微汙穢，然後逐漸成長。

火精靈一旦成長，顯現的期間所需的供品就會隨之增加。所以只要測量精靈蠟燭的重量，就能知道持有人大約打倒了多少魔物。

聽完這段說明，冒險者說：「沒想到祢這麼厲害。」誇獎自己的搭檔，小小的火精靈於是得意地答道：「嘿嘿！」

領到戰果證書的冒險者前往迷宮前的廣場。

這裡就是慶功宴會場。因為是任何人都可以免費參加的宴會，所以只有供應簡單的餐點和飲料，不過冒險者們的目的是跟在戰鬥中認識的人碰面。

運氣比較差而還沒找到對象的人，也還能在這裡得到邂逅的機會。

為避免冒險者沉浸在戰鬥的熱潮裡，被女性吹捧而不小心花光所有的獎勵，今天只能領到一部分的獎金，剩下的戰果以證書的形式發行，往後會核對本人的身分再支付肉品或金錢，是相當貼心的設計。接下來才是祭典的重頭戲，萬一錯過今天的機會，今後還會不斷發生魔森林氾濫（魔物暴動）。

夜晚與祭典才剛開始，充滿了無限的可能性。

為祈求迷宮都市前途無量，被民眾私下取名為「無限肉之祭典」的這場祭典正熱鬧的時候，每聽到祭典就一定會現身的人物卻身在陰暗的魔森林之中。

05

「琉洛，這樣好嗎？」

在隔開迷宮都市與魔森林氾濫（魔物暴動）發源地的河邊，芙蕾琪嘉這麼問道。

平常水勢穩定得可以讓魔物直接走過的河川，現在有湍急的濁流在其中翻騰。好幾隻魔物在魔物發源地的這一側，徘徊著尋找可以渡河的地方。

「這樣就好，芙蕾。那些魔物體內的汙穢太過強烈，除非回歸地脈，否則無法恢復理智。這次的氾濫淨化了不少汙穢，應該能維持一陣子。河川對面的那些魔物也跟著變得亢奮，不過很快就會冷靜下來，回到森林裡了。」

琉洛帕嘉是長期在魔森林與魔物共同承受汙穢的精靈。即使是離開地脈、完成受肉的現在，他仍然站在魔物那一邊，別說是慶祝人類的勝利了，就連保護人類的義務也沒有。他現在之所以造成河川氾濫、隔開魔物，也是為了避免汙穢較淡的魔物過於亢奮而襲擊迷宮都市，最後遭到獵殺。

自從決定放棄地脈管理者的職責起，他就知道會如此，而且即使繼續管理地脈，能淨化的量也有限。情況會變成這樣，只是時間早晚的問題。

「比起一口氣爆發，頻繁發生魔森林氾濫（魔物暴動）當然是能減少人類的損失，不過……」

芙蕾琪嘉的語調很含糊。

災禍的根源——產生汙穢的元凶明明就是人類，但即使發生魔森林氾濫（魔物暴動），卻仍然只有人類存活下來。考慮到琉洛帕嘉的心情，就算是長期與人類共同生活的芙蕾琪嘉，也無法坦白慶幸迷宮都市只受到這麼少的損害。

「人類並非只會創造汙穢。芙蕾，妳不是最清楚這一點嗎？而且妳看，妳的眷屬也像那樣……」

琉洛帕嘉回頭望著迷宮都市的方向。在魔森林與黑夜的阻撓下，眼前明明什麼也沒有，過去身為湖精靈的他卻好像能看見某些東西。

他的目光很溫柔，眼瞳就像反射城市燈光的杯中物，寄宿著細小的光芒。

「乾杯！」

「你是怎樣啊？這裡這麼多漂亮女孩，你卻跟燈籠一起喝酒。」

其中一個同伴這麼調侃向燈籠裡的火精靈乾杯的年輕人。

達成任務的火精靈不是轉移到其他火焰，就是已經回歸，很少有精靈仍然留在燈籠裡；但這名青年似乎跟自己的火精靈搭檔很合得來，祂現在仍寄宿在燈籠的精靈蠟燭上，高興地輕輕搖曳著。

「沒有啦，這傢伙其實還滿可愛的耶。不知道有沒有方法能讓祂不要熄滅？」

「啊～聽說有一家叫做『枝陽』的店有在賣精靈蠟燭喔。」

「是喔，那我明天就去買。」

肉之祭典結束後，許多冒險者都表示想要精靈，所以精靈便連同燈籠一起被交到了他們的手上。

冒險者想跟精靈共處的心意讓瑪莉艾拉很高興，於是她用接近成本價的價格販售精靈蠟燭，讓消費者能以較少的負擔取得小小火精靈的供品；但天生隨興的火精靈無法長期存在，大多數的火精靈都會在當天內回歸，剩下的精靈也幾乎都會在幾天內消失。

其中仍有少數幾個火精靈與冒險者意氣相投，此後也繼續一同冒險，在魔森林氾濫（魔物暴動）的幾個月後，還是會有冒險者來買精靈蠟燭。

偶爾看到冒險者帶著精靈一起出現，經常出沒在「枝陽」的芙蕾琪嘉與琉洛帕嘉就會露出有些害臊的表情，對於能讓他們倆露出這種表情的迷宮都市，瑪莉艾拉與吉克都感受到無限的可能性。

人與魔物及精靈。

居住的世界與遵循的法則各有差異，互不相容。

不過，即使步調難以配合，有時候也能一起前進。
這樣肯定就夠了。
因為這令人不禁覺得，這樣的世界比什麼都還要美麗。

The
Survived
Alchemist
with a dream
of quiet town life.

06

book six

※ 補遺 ※

Appendix

Guide Map of the World of Water 水之世界示意圖

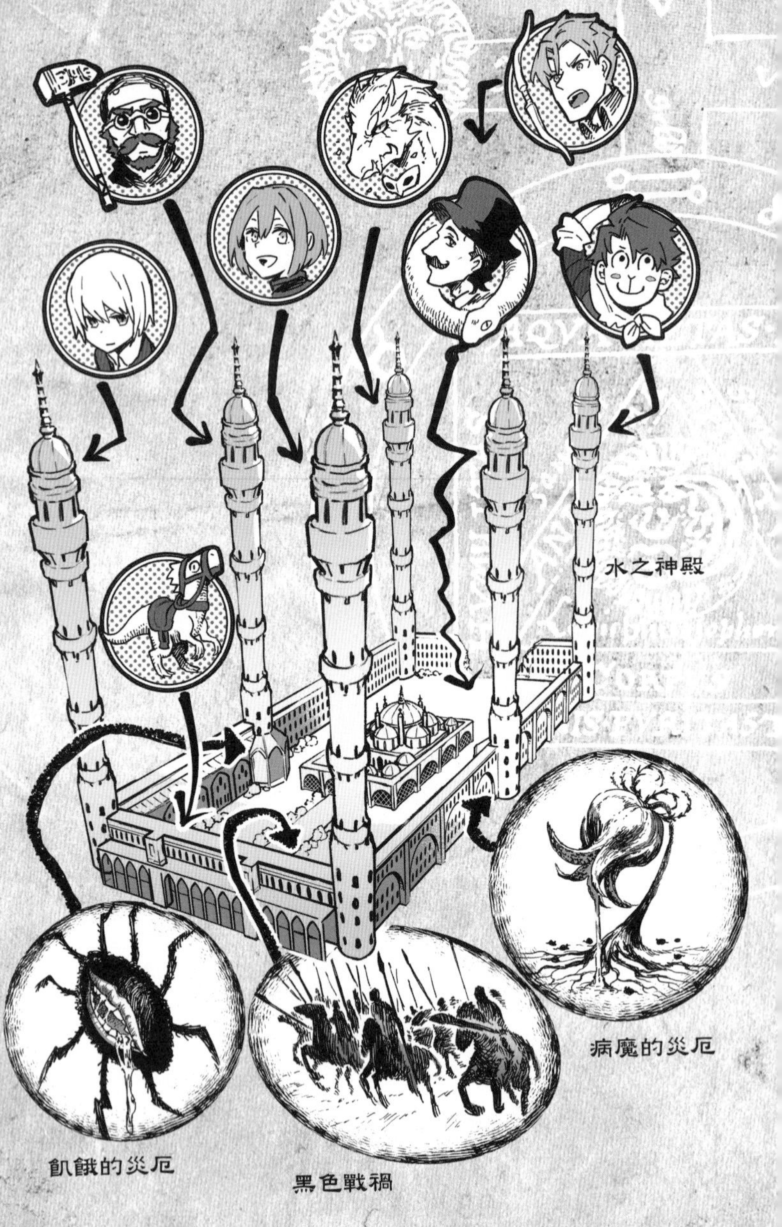

西南塔
東南塔
4樓
3樓
2樓
1樓
入口玄關

水之世界的鍊金術辭典

河尼厄思草

又稱為水邊守護者的水生植物。長有堅硬又強韌的葉片，會在岩石等處生根。由於它會以魔物的骯髒魔力為養分，所以魔物不會靠近，經常有蝦子或小魚棲息在其中。

【稀有度】★★

【建議用途】簡易除魔魔藥

繩藤

藤蔓類似繩子的水生植物。纖維十分堅韌，可以捻成繩子，或是當作藤編的材料。葉片很厚實，烘乾後會變成海綿狀，可以用來吸水或是點火，是一種非常方便的植物。

【稀有度】★

【建議用途】燃燒彈、繩子

蓋浦勒果實

含有豐富油分的水生植物果實。小顆果實結成一串一串的模樣好像很美味，卻帶著腥臭味，不適合食用。營養價值高，是蛙類魔物很喜愛的食物。吸收魔力就會膨脹。另外也有不會膨脹，但能萃取食用油的亞種。

【稀有度】★★

【建議用途】燃燒彈

Alchemy Dictionary of the World of Water

燃燒彈

將蓋浦勒果實的油裝進瓶子裡，再用繩藤的葉子封起瓶口的燃燒彈。雖然做起來很簡單，但灌注魔力的蓋浦勒油會像啤酒一樣冒泡，火力也更強。它易於燃燒，所以需要裝上繩藤做成的導火線。

【稀有度】★

【建議用途】火焰！

摩拉梅尤毒蛾的幼蟲

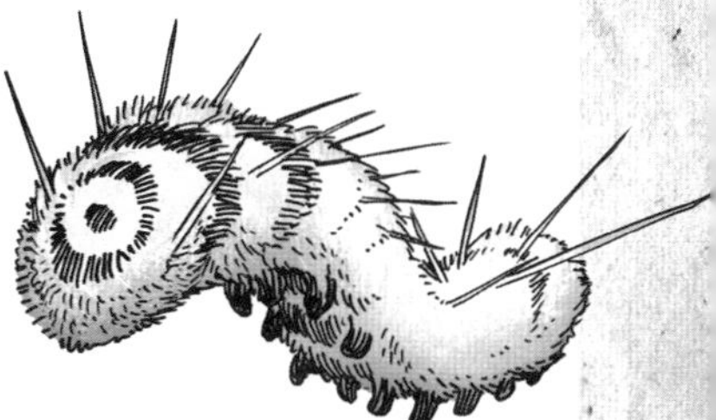

會用毒毛發動攻擊的大型毛蟲魔物。因為毛髮濃密，「首飾樹」會將牠們當作皮草來豢養。是一種會麻痺獵物再加以捕食的凶猛昆蟲，腳程也相當快。用於結繭的體液可以作為魔藥的原料。

【稀有度】★★★

【建議用途】捕捉魔藥

虛張蛙

鳴囊能夠大幅膨脹的蛙類魔物。可以用充飽的鳴囊反彈攻擊，或是靠著噴出空氣的方式逃走。就算不吸氣，灌注魔力也能膨脹，所以這種蛙的鳴囊以前曾經被用來製造送風機。

【稀有度】★★

【建議用途】送風魔導具、捕捉魔藥

捕捉魔藥

結合毛蟲的體液與虛張蛙的膨脹特性所做成的魔藥。朝目標投擲就會化為堅韌的絲線，束縛目標。對人類或魔物都能發揮效用，相當方便，但因為毛蟲體液難以採集，鮮少出現在市場上。

【稀有度】★★★★

【建議用途】束縛、阻擋敵人

首飾樹

會使用寄生在身上的藤蔓勒死獵物，拿來裝飾自己，是很愛打扮的樹木型魔物。還會豢養毛蟲魔物，品味很差。不會移動但會活動，所以木材既柔軟又強韌。藤蔓與木材都有許多用途，特別適合作為武器的材料。

【稀有度】★★★★

【建議用途】十字弓、弓、棍棒等

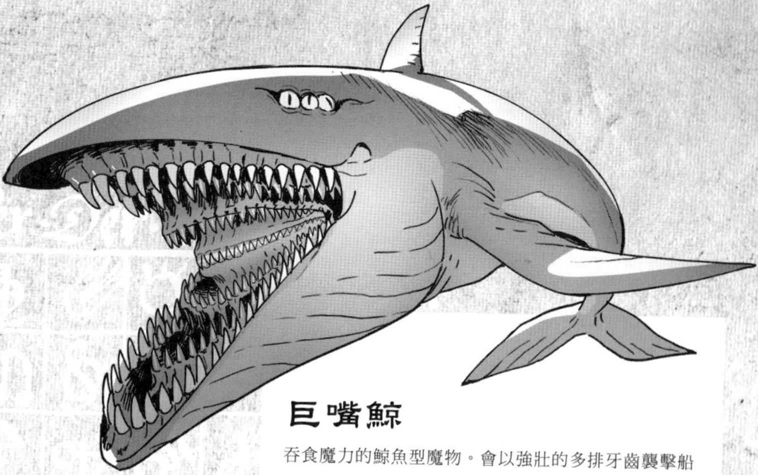

巨嘴鯨

吞食魔力的鯨魚型魔物。會以強壯的多排牙齒襲擊船隻，連同船員一起吞進連木材都能分解的嘴巴裡，號稱海中惡魔。巨嘴鯨能藉著魔力改變密度，辦到急速下潛或浮起，其鯨油可說是價值連城。

【稀有度】★★★★★

【建議用途】高級燈油

拉彌亞

具有女性化上半身的蛇類魔物。格蘭道爾養育的蛇長出了六隻手臂，屬於不折不扣的高階品種。話雖如此，牠也不是亞人而是魔物，所以不會說話且凶暴。不過，牠卻自願石化，保護格蘭道爾不受黑色戰禍的威脅。

【稀有度】★★★★★★★

Alchemy Dictionary of the World of Water

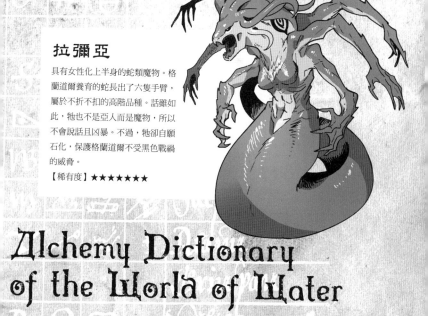

✲後記

非常感謝拿起這本書並閱讀至此的各位讀者。

雖然我在第五集的後記表示故事已經完結，卻又將網頁連載的外傳《倖存鍊金術師與魔森林的深淵》進行部分的修改，以第六集的名義出版了。直到最後都能推出紙本書籍，我對支持我的各位讀者、插畫家ox老師、角川的清水編輯等一同完成本作的各位同仁有說不完的感謝。

這本第六集是以消滅迷宮後帶著謎團離去的瑪莉艾拉的師父——芙蕾琪嘉的真面目與真正目的為核心所構想的故事。

一開始被黑色魔物追趕，在城牆般的地方移動的情節，靈感是來自位於印度的一座受詛咒的城堡；我想描寫手無寸鐵的女孩在有可怕怪物的地方逃跑、帶著陰暗氛圍的故事，於是開始撰寫這一集。不過，瑪莉艾拉雖然毫無戰力可言，性格上卻不軟弱，所以她沒有到處逃竄，反而做了燃燒彈來對敵人放火。

決定了大致的架構以後，再加進角色特質鮮明卻在本篇沒什麼戲份的黑鐵運輸隊成員的過去，並毫無保留地融入前五集沒能寫出的隱藏設定，便完成了本書。

網頁版的讀者總是會留下溫暖的感想，給我許多鼓勵，所以直到途中都是藉著留言區的問卷結果來決定故事的走向。玩法就像以前流行的遊戲書。改編為紙本書籍的時候，我省略了太冗長的部分，再加上沒有獲選的路線，寫成完整版的故事。

順帶一提，這些問卷的真正目的是為中性女孩尤利凱找對象。候選人是她的養父法蘭茲，以及因為個性而不被當一回事的愛德坎，愛德坎路線卻一次都沒有獲選。如此完美的落空，讓我也不禁獨自感嘆：「不愧是愛德坎……」

至於結局，因為第二集的新發表章節「搖曳的影子」出現了人魚之淚這個剛剛好的道具，所以我用它寫出了更加圓滿的尾聲。而「無限肉之祭典」描寫了迷宮都市後來的模樣，希望大家都會喜歡這些安排。

我開始撰寫小說也已經進入第三年，寫作終於漸漸成為日常生活的一部分。剛開始的兩年總是為網頁版的更新和紙本書籍的工作而忙得團團轉，但今後我希望能將其視為畢生志業的一部分，依穩定的步調繼續寫下去。

但願往後也能再次為各位帶來令人心馳神往的故事。

のの原兎太

のの原兎太

Niconico靜畫的漫畫版留言中，瑪莉艾拉的人氣之高令我很驚訝。而且，留言真的很歡樂。由衷感謝各位如此喜愛本作的小說與漫畫。

ox

插畫家。喜歡風景與怪物。
第六集了！棲息在封閉世界中的獨特生物很令人嚮往呢。能夠描繪《倖存鍊金術師》的世界，我真的很開心！謝謝大家～！

轉生後的我成了英雄爸爸和精靈媽媽的女兒 1~7 待續

Kadokawa Fantastic Novels

作者：松浦　插畫：keepout

艾齊兒的女兒艾米爾在鄰國下落不明!?
鄰國海格納卻進行著一樁可怕的陰謀！

我是還在修行的女神艾倫。爸爸的宿敵艾齊兒的女兒艾米爾在鄰國下落不明。腹黑陛下求助我們幫忙，我們也決定用精靈之力幫他。但在同一時間，鄰國海格納卻進行著一樁可怕的陰謀——「艾倫會因你而死。」家族牽絆更穩固的第七集！

各 **NT$200~220/HK$67~73**

聲優廣播的幕前幕後 1～3 待續

Kadokawa Fantastic Novels

作者：二月公　插畫：さばみぞれ

「「絕對不會輸給妳！」」
由想有所突破的聲優們主持的廣播，再度ON AIR！

隨著日常恢復平靜，夜澄目前的煩惱是──沒有工作！就在她窮途末路時，居然獲得了在夕陽主演的神代動畫中扮演女主角宿敵的機會！她幹勁十足，然而沒能持續多久……一流水準的高牆便毫不留情地阻擋在她面前──

各 **NT$240~250/HK$80~83**

豬肝記得煮熟再吃 1~6 待續

Kadokawa Fantastic Novels

作者：逆井卓馬　插畫：遠坂あさぎ

潔絲化身名偵探？豬與少女接下新委託，
這次也嚄嚄地來解決事件吧——

終於打倒最凶殘的魔法使，迎接快樂結局！……現實當然沒有這麼順利。與深世界的融合現象引發了一場混亂，課題堆積如山。眾人尋找解放耶穌瑪的關鍵——「最初的項圈」，詭異的連續殺人事件卻阻擋在眼前……

各 **NT$200~250/HK$67~83**

熊熊勇闖異世界
18
くまなの
Illustrator029
Kadokawa Fantastic Novels

NEON GENESIS
EVANGELION
ANIMA 3
新世紀福音戰士
ANIMA 3
山下いくと
原作◆カラー
企劃、編輯◆柏原康雄
IKUTO YAMASHITA Presents
Kadokawa Fantastic Novels

救了想一躍而下的女高中生會發生什麼事？ 1~4（完）

Kadokawa Fantastic Novels

作者：岸馬きらく　插畫：黒なまこ　角色原案、漫畫：らたん

塑造出結城祐介的過去及一路走來的軌跡終將明朗。
加深兩人愛情與牽絆的第四集——

寒假第一天，兩人接受結城母親的邀請，前往結城老家。神色緊張的小鳥第一次見到結城性格爽朗的母親，以及與哥哥截然不同，總是閉門不出的弟弟。不僅如此，甚至還出現一個宣稱自己喜歡結城的兒時玩伴……？

各 **NT$200~220/HK$67~73**

義妹生活 1~5 待續

Kadokawa Fantastic Novels

作者：三河ごーすと　插畫：Hiten

萬聖節的燈火具有魔力。
展開不能讓任何人知曉的祕密生活——

既像兄妹又像戀人的悠太與沙季，有了一段無從命名的關係。彼此在適度依賴彼此的同時，嘗試著成為對方的理想伴侶。原先對異性不抱期待的兩人，在共度相同時光的情況之下，逐漸產生「變化」的徵兆。而周圍的人也慢慢注意到他們的「變化」……？

各 **NT$200~220/HK$67~73**

刮掉鬍子的我與撿到的女高中生 1~5（完）

Kadokawa Fantastic Novels

作者：しめさば　插畫：ぶーた

「吉田先生，能遇見你這位有鬍渣的上班族實在太好了。」
上班族與女高中生的同居戀愛喜劇，堂堂完結！

吉田和沙優前往北海道，意味著稍稍延後的別離已然到來。在那之前，沙優表示「想順便經過高中」──導致她無法當個普通女高中生的事發現場。沙優終於要面對讓她不惜蹺家，一直避免正視的往事。而為了推動沙優前進，吉田爬上夜晚學校的階梯……

各 NT$200~250/HK$67~83

刮掉鬍子的我與撿到的女高中生 Another side story 後藤愛依梨 上

作者：しめさば　插畫：ぶーた

「吉田想要的話……可以喔？」
描寫兩人感情修成正果的系列作外傳。

儘管吉田與後藤都自覺對彼此有好感，但沙優回北海道之後過了半年，兩人的關係卻還是毫無進展。一度拒絕吉田心意的後藤要涉足「情侶」關係，只需要主動告白。然而，始終裹足不前的她讓神田心急催促，這才決定邀吉田一同到京都旅行……

NT$220/HK$73

刮掉鬍子的我與撿到的女高中生
Another side story 三島柚葉

Kadokawa Fantastic Novels

作者：しめさば　插畫：ぶーた

「為什麼，我會喜歡上這種人呢……？」
描寫三島柚葉戀情告終的外傳。

三島柚葉單戀的吉田家裡曾有個同居的女高中生，在前陣子已經回北海道去了。然而吉田始終心不在焉，三島於是在加班後硬帶他去看了晚場電影。見三島對電影移情而流淚，吉田事不關己似的顯得錯愕。那樣的遲鈍讓三島在心急之下忽然奪走他的唇……

NT$200/HK$67

國家圖書館出版品預行編目資料

倖存鍊金術師的城市慢活記/のの原兎太作 ; 王怡山譯. -- 初版. -- 臺北市 : 臺灣角川股份有限公司, 2023.04

冊 ; 公分. -- (Kadokawa fantastic novels)

譯自 : 生き残り錬金術師は街で静かに暮らしたい

ISBN 978-626-352-437-8(第6冊 : 平裝)

861.57 112001579

Kadokawa
Fantastic
Novels

倖存鍊金術師的城市慢活記 6（完）

（原著名：生き残り錬金術師は街で静かに暮らしたい 6）

2023年4月26日 初版第1刷發行

作者：のの原兎太
插畫：ox
譯者：王怡山

發行人：岩崎剛人
總編輯：蔡佩芬
編輯：邱瓈萱
美術設計：莊捷寧
印務：李明修（主任）、張加恩（主任）、張凱棋

發行所：台灣角川股份有限公司
地址：104台北市中山區松江路223號3樓
電話：（02）2515-3000
傳真：（02）2515-0033
網址：www.kadokawa.com.tw
劃撥帳戶：台灣角川股份有限公司
劃撥帳號：19487412
法律顧問：有澤法律事務所
製版：尚騰印刷事業有限公司
ISBN：978-626-352-437-8